KB055775

로크미디어가
유혹하는
재미있는 세상

ROK
MEDIA
로크미디어

비급먹는
학사님

비급 먹는 학사님 8 완결

2021년 4월 14일 초판 1쇄 인쇄
2021년 4월 19일 초판 1쇄 발행

지은이 리콘
발행인 이종주

총괄 김정수
경영지원 배진경 임혜솔 송지유

기획 팀 이기헌 왕소현 박경무 강민구
책임 편집 오영란

발행처 (주)로크미디어
출판등록 2003년 3월 24일
주소 서울시 마포구 성암로 330 DMC첨단산업센터 3층 318호, 319호
Tel (02)3273-5135 **편집** 070-7863-8596 **Fax** (02)3273-5134
홈페이지 rokmedia.com **E-mail** rokmedia@empas.com

ⓒ 리콘, 2020

값 8,000원

ISBN 979-11-354-9179-5 (8권)
ISBN 979-11-354-8939-6 04810 (세트)

리콘 신무협 장편소설

완결 8

비급먹는
학사님

차례

천마군림보의 해석 (2)

　진법 안으로 들어간 한진우는 천마군림보의 비급을 툭툭
털며 주위를 둘러봤다.

　그리고 사람 좋은 얼굴로 입을 열었다.

　"내가 시간이 없어서 이 얘기만 하고 끝낼 테니 잠시만 기
다려라. 특히 너!"

　한진우의 말에 일의 복면을 썼던 사내가 움찔했다.

　한진우는 그 모습을 보며 말을 이었다.

　"네 신분이 동창인 것 같으니 너한테는 특별히 한마디만 더
하겠다. 누군가 공자께 '왜 공자께서는 정치를 하지 않으시느
냐'고 물었다. 그러니 공자께서……."

　한진우는 천마군림보를 품 안에 넣고 잠시 하고 싶은 말을

꺼냈다.

일의 복면 사내의 정체는 동창의 인물이었다.

아직 확실하게 확인하진 못했지만, 동창을 나타내는 특유의 패와 녀석이 아랫도리가 조금 허전한 것을 보면 쉽게 짐작할 수 있었다.

동창은 황실의 직속 첩보 기관이며 그 조직을 관리하는, 황제의 명을 받은 환관이었다.

즉, 이놈은 동창 중에서도 관리자급이라는 말이었다.

이쯤 되니 이 조직의 세력이 얼마나 큰지 짐작도 되지 않았다.

구대문파의 장로에 동창의 관리라니?

한진우는 한동안 강의를 이어 나갔다.

"마지막으로 이 얘기는 하고 넘어 가야겠다……."

한진우의 강의에 고통받는 것은 일의 복면 사내뿐이 아니었다.

그의 수하들도 움찔하며 인내의 한계를 시험받고 있었다.

그때, 한진우가 옆에 놓은 두 개의 섭혼령이 붉은빛을 발하기 시작했다.

뭐지?

한진우는 눈을 가늘게 떴다.

본격적인 섭혼술은 천마군림보를 섭취하고 나서 펼치려 했다.

정확히는 아직 섭혼술의 '섭' 자도 시작을 하지 않은 상태였다. 그런데 왜 갑자기 섭혼령이 붉은빛을 낸다는 말인가?

섭혼령이 저리 빛을 내는 것은 섭혼술의 영향을 받은 자가 생을 포기하려 할 때였다.

자신의 강의를 듣고 생을 포기하려 하다니?

뉘우침이 과한 것일까?

한진우는 천마군림보의 섭취를 잠시 미루고 섭혼술을 펼쳤다. 그러자 두 개의 섭혼령이 마치 불에 달아오른 쇳덩이처럼 변했다.

투득, 투드득.

그러더니 이제는 불꽃이 튀기 시작했다.

전에 법문 진인에게 섭혼술을 펼쳤을 때보다도 더 강한 기운이 흘러나오고 있어 한진우는 놀랄 수밖에 없었다.

따라랑.

따라랑.

두 개의 종이 괴기스럽게 울리기 시작했다.

그리고 종에서 일던 불길이 툭툭 튀며 불꽃을 뿌려 대더니 붉은색 꽃잎 같은 불꽃이 진법 안으로 휘날렸다.

잠시 후, 그 붉은색 불꽃이 복면 사내들의 머릿속으로 스며들었다.

그 모습에 한진우가 작게 심호흡을 했다.

"후."

그는 복면 사내들에게로 터벅터벅 걸어가 그들의 혈도를 풀었다.

툭.

툭.

막힌 혈도를 풀어 줬지만, 복면 사내들은 움직이지 않았다.

그 모습에 한진우가 말했다.

"그만 일어나라."

스스슥.

그들이 천천히 일어나기 시작했다.

마지 강시 같은 모습이었다.

전에 법문 진인 때도 그랬고, 이게 섭혼술의 일 단계였다.

지금처럼 일 단계에서는 섭혼령으로 그들을 조종할 수 있었다.

하지만, 이 점조직을 효과적으로 사용하려면 이들을 평상시에도 활동할 수 있도록 섭혼술의 이 단계를 펼쳐야 했다.

한진우가 말했다.

"다들 자리에 앉아라."

탁.

탁.

그들은 마치 나무토막처럼 영혼 없는 표정으로 자리에 앉았다.

잠시 후.

한진우는 마지막으로 그들의 머리에 핵심 단어를 심었다.

"빌어먹을!"

한진우의 목소리가 그들의 귓전을 때렸다.

그들은 동시에 다시 이지를 찾은 듯 한진우를 향해 포권했다.

"네. 주군의 명에 따르겠습니다."

"존명."

모두가 각기 다른 말로 충성을 외치자 한진우는 그들에게 지시를 내렸다.

"이제부터……."

한진우의 명은 간단했다.

이 배는 갑자기 몰아친 거센 바람에 좌초된 것이고, 다시 전열을 재정비했으니 아무 일 없었던 것처럼 행동하라는 것이었다.

한진우는 일의 복면 사내에게 다가갔다.

그리고 손을 들어 툭툭 그의 어깨를 두드렸다.

그의 쭉 찢어진 눈이 동그랗게 변했다.

그때, 한진우가 그의 뒤통수를 휘갈겼다.

빡.

하지만, 섭혼술의 효과인지 일의 복면 사내는 행복한 듯 눈을 빛내고 있다.

그 모습에 한진우가 말했다.

"됐다. 내가 동창에게 좀 억하심정이 있어 한번 갈겨 봤다. 이해하지?"

뭐, 사실이었다.

지금은 오히려 잘된 일이긴 했지만, 한진우를 과거에서 떨어지게 한 것은 동창의 수뇌가 한 일이었다.

벌써 몇 년도 더 지난 일이었지만, 자신을 해코지한 자를 잊을 만큼 한진우는 그리 너그러운 사람이 아니었다.

한진우는 한 대 더 갈길까 하다가 고개를 좌우로 내저었다.

녀석이 깊숙이 포권했기 때문이다.

"존명!"

한진우는 조용히 고개를 끄덕이더니 몸을 돌려 조용히 강가로 걸었다.

그리고 진법을 해체한 후 외쳤다.

"빌어먹을!"

법문 진인에게 새겨 놨던 핵심 단어였기에 이제 십이간지 중, 이 해(亥)의 조직도 '빌어먹을'이라는 단어로 통일되었다.

한진우가 뒤를 보며 지시했다.

"너희들은 이제 강 가운데로 간다. 그리고 나와 있었던 일은 모두 잊는다."

"존명."

동시에 울려 퍼지는 함성에 한진우는 귀찮다는 듯 손을 휘휘 저었다.

한편, 강가에서 이를 지켜보고 있던 천하영의 눈이 순간 커졌다.

자신을 마지막까지 몰아붙였던 이들이 지금 한진우에게 존명이라 말하며 고개를 숙이고 있었다.

저게 뭐지?

천하영은 너무 놀라운 광경에 주변 사람들을 힐끔 보았다.

하지만 다른 이들은 조금 웅성대기만 할뿐, 그리 놀라워하지 않는 눈치였다.

그녀는 조금 전까지 숨을 돌리느라 깊게 생각하지 못했지만, 이제야 이 일행의 행동이 뭔가 이상하다는 것을 느꼈다.

천하영이 천수명에게 조용히 속삭였다.

"수명아. 이게 정상적인 상황이냐?"

"누님, 왜 그러십니까?"

"아니, 저들이 학사님께 존명이라 하는 걸 보면 학사님이 그들을 단시간에 굴복시켰다는 것인데……."

"정상 맞습니다. 뭐, 항상 이런 식인데요. 뭘."

"그러면 너도 이 상황이 이상하다고 느끼지 않는 것이냐?"

"뭐가 이상한가요? 모두가 공자님과 맹자님의 말씀대로 돌아가고 있는데요."

"그게 무슨 말이냐?"

"아침에 도를 깨우치면 저녁에 죽어도 원이 없다 하지 않습니까? 아마도 저들도 도를 깨우쳐 학사님께 감복한 것 같습니다.”

“아.”

천하영의 입술에서 나지막한 탄성이 흘러나왔다.

그때 천하영에게 한진우가 천천히 다가왔다.

천하영이 한진우를 보고 살짝 고개를 숙였다.

하지만, 한진우는 입맛을 살짝 다시며 그들을 지나쳤다.

그때였다.

쉬익.

복면 괴인들이 탔던 배가 강바람을 타고 서서히 움직이기 시작했다.

그 배를 바라본 천하영이 급히 한진우를 불러 세웠다.

“학사님, 저들을 그냥 보내 주시는 겁니까?”

“네.”

“아니, 저대로 두면……!”

“뭐가 문제입니까?”

“강호에서 저들을 막을 수 있는 자는 아무도 없습니다. 그런데 저들을 이대로 보내시면…….”

“뭐, 아마 밥값은 할 겁니다.”

“밥값이라니 그게 무슨 말씀이십니까?”

“다시 만나면 우리의 지시에 따르도록 조치했습니다.”

“아니, 아무리 그래도…….”

"뭐, 쓸모없는 사람이 어디 있겠습니까?"

이건 그의 진심이었다.

그들의 점조직을 섬멸하기 위해서라도 당연한 수순이었고 말이다.

그 이유는 그들을 여기서 없앤다면 점 하나가 사라질 뿐이지만, 섭혼술에 걸린 이들이 계속 조직 속에서 활동한다면 그들은 언젠가 조직 깊숙이 퍼져 나갈 것이기 때문이다.

물론 그렇게 된다면 앞으로 좀 더 많은 십이지신의 조직을 섭혼술로 옭아매야 하겠지만 말이다.

"아까 저희한테는 똥 밟았다고 하지 않으셨습니까?"

"뭐, 개똥도 약에 쓰려면 없다는 말이 있지 않습니까?"

"그 얘기가 무슨 상관인지요?"

"미리 개똥 좀 구해 놨다고 생각하면 편합니다."

한진우가 손을 휘휘 저으며 수풀 쪽으로 걷자 천하영이 외쳤다.

"어디 가십니까?"

"잠시 요기 좀 하고 오겠습니다."

"요기요?"

"……."

의아한 표정을 한 천하영에게 한진우는 아무 말 없이 그저 웃었다.

그리고 뒤돌아서서 가슴에 넣어 둔 천마군림보를 툭툭 손으로 두드렸다.

한진우가 자리를 비우자 일행은 재빨리 한곳으로 모였다.

그 모습에 천하영도 천수명과 함께 그들이 모인 곳에 쪼그리고 앉았다.

일행은 잠시 눈치를 보듯 서로를 살폈다.

이상하게도 그들의 시선은 한곳으로 모였다.

그 시선을 받은 것은 다름 아닌 철심이었다.

철심이 아무렇지도 않게 말했다.

"학사님이 또 몸이 안 좋으신 것 같네요."

"제가 보기에도 그래요. 철심 아저씨."

당소소가 고개를 끄덕이자 여기저기서 한숨 소리가 터져 나왔다.

"어째……."

"휴, 큰일 났네."

천하영이 상황을 파악하지 못하고 일행의 한숨에 의아해하고 있을 때, 팽연화가 이한빈에게 물었다.

"저러다가 정말 학사님이 등선하시는 거 아닙니까?"

"아마도……."

이한빈이 말끝을 흐리자 철심이 옆으로 바싹 다가섰다.

"어르신, 등선을 멈출 방법은 없습니까?"

"인간인 내가 어찌 선계의 일을 알겠는가?"

"휴."

철심이 한숨을 깊게 내쉬었다.

그때 제갈무학이 자리에서 일어나 모두를 둘러보며 그들의 시선을 모았다.

그리고 준비됐다는 표정으로 입을 열었다.

"등선이니 절맥이니 하는 걱정은 하지 않으셔도 됩니다."

"그게 무슨 말인가?"

이한빈이 고개를 갸웃하자 제갈무학이 어디에서 났는지 부채를 쫙 펼치며 입을 열었다.

"몇몇 동료들에게는 말했지만, 제가 천기를 봤습니다."

"천기를?"

"네, 학사님이 모든 무림인들을 앞에 두고 강의를 하는 모습이었습니다."

"그게 사실인가?"

"네, 아마도 언젠가 일어날 일입니다."

"그럼 그때까지는 아무 일도 없다는 것이 아닌가?"

"네, 그렇죠. 여기까지는 제가 동료들에게 밝힌 일이고, 한 가지 더 말하지 않은 사실이 있었습니다."

"그게 뭔가?"

이한빈이 눈을 빛내며 물었다.

물론 그 자리에 있는 철심을 비롯한 다른 이들도 똑같이 눈을 빛내며 제갈무학의 말을 기다렸다.

사소한 일들을 마무리한 한진우는 천마군림보를 꺼내들었다.

"큼큼."

그가 책에 코를 대고 냄새를 맡아 보니 역시나 꽤 오래된 듯, 눅눅한 냄새가 코끝을 찔렀다.

물론 그도 처음에는 냄새가 역한 책들 앞에서 많이 망설였었다. 하지만 지금은 적응한 지 오래되어 이 정도 냄새는 아무렇지도 않았다.

한진우는 책을 조용히 한 장, 한 장 정성스럽게 씹기 시작했다.

순간 눈앞에 문자가 떴다.

천(天).

천은 하늘이 아닌 세상을 뜻한다. 여기서 세상이란······.

마치 성현의 말씀과도 같은 금과옥조가 쫘르륵 펼쳐졌다.

한진우는 다시 다음 장을 곱씹기 시작했다.

얼마나 씹었을까.

다시 눈앞에 문장이 나타났다.

마(魔).

마란 사악함이 아닌 순수한 힘을 뜻한다. 여기서 힘이란…….

이 부분에서 한진우는 천마신교를 다시 한번 보게 되었다.

'마'란 힘이라고 항상 떠들기에 그냥 넘겼었던 부분인데, 왠지 제자백가에 버금가는 철학을 담은 설명이 되어 있었기 때문이다.

군(君).

군이란 마, 즉 힘을 얻은 자를 뜻한다. 여기서 군이란…….

설명을 곱씹으며 그 내용을 머릿속의 만상서고 안에 넣고 있던 한진우의 백회혈에서 흐릿하게 푸른색 빛이 흘러나왔다.

마치 누에가 실을 뽑아내는 듯한 모습이었다.

하지만, 한진우는 이를 모른 채 계속 천마군림보의 비급을 곱씹었다.

얼마나 지났을까.

보(步)의 뜻을 깨우쳤을 때였다.

갑자기 모든 문자가 이어져 완벽한 제목으로 나타났다.

천마군림보(天魔君臨步).

그러고는 그 아래도 쭈르륵 구결이 지나갔다.

"음."

한진우는 자신도 모르게 침음을 삼켰다.

머릿속으로 밀려드는 막대한 구결의 요체.

하지만, 한진우의 머릿속에는 바다보다도 넓은 만상서고가 들어가 있었다.

한참을 구결을 보던 한진우의 눈앞에 구결 중, 빨간 글씨가 나타났다.

이것은 한진우가 제자를 가르칠 때 쓰던 방법이었다.

해석이나 외운 문장이 틀리면 이렇게 빨간색 염료로 표시를 해 주고는 했었다.

그런데 여기서 왜 빨간 글씨가 나타난다는 말인가?

한진우는 눈을 좁혔다.

그것도 잠시 고개를 끄덕이며 한 가지 가능성을 생각해 냈다.

바로 이 부분이 잘못된 부분이라는 것이다.

천하영을 주화입마에 몰아넣고 천마군림보를 익힌 자가 삼십 년간 없었던 이유.

한진우는 눈을 빛내며 다시 한번 그 구결을 되새김질했다.

그리고 구결을 되새김질하던 한진우는 조용히 고개를 끄덕였다.

이 빨간색 글자들은 분명 고의적인 훼손(毁損)을 의미하는 듯

했다.

그리고 이러한 훼손은 정, 사, 마를 막론한 모든 문파가 겪은 것 같았다.

팽가의 오호단문도도 그랬고, 당가의 만천화우는 심지어 책장이 뜯어지거나 묘하게 글자가 지워져 있기도 했다.

하지만 천마군림보를 손본 이가 더 악의적이라고 그가 생각한 이유는 구결 중 몇 자만 교묘하게 바꾸어 놓았기 때문이다.

한진우는 다시 빨간색 염료를 덮어 놓은 것처럼 빛나는 부분을 응시했다.

그러다 마음속의 붓을 꺼내 강(强)을 지우고 그곳에 중(重)이라고 썼다.

강하게 첫걸음을 내딛으라고 되어 있는 부분을 무겁게 첫걸음을 내딛으라고 수정한 것이다.

사사삭.

그러자 붉은 빛이 한 번 일더니 이내 먼지처럼 사라졌다.

이를 본 한진우가 희미하게 미소 지었다.

그렇게 훼손된 비급의 본질을 꿰뚫어 진본으로 돌려놓는 작업이 시작되었다.

잠시 후, 한진우가 구결에서 붉은 부분들을 모두 지웠을 때였다.

구결에서 푸른빛이 맴돌았다.

파ー바ー팍.

그리고 마치 불꽃이 튀듯 눈앞이 환해지면서 몸이 하늘로 붕 뜨는 기분이 들었다.

한진우가 씩 하고 입꼬리를 올렸다.

비로소 완벽한 구결이 머릿속에 들어오기 시작한 것이었다.

불완전한 천마군림보를 복원하고 나니 이상한 느낌과 함께 환상이 보인다?

이건 곧 누군가와의 만남을 뜻했다.

환상 속 하늘에 선 한진우가 아래를 내려다보았다.

셀 수 없이 많은 봉우리가 끝없이 펼쳐져 있었다.

그렇다면 이곳은 천마신교가 자리한 십만대산일 것이다.

그때, 한진우의 눈에 회색의 점 하나가 들어왔다.

분명 사람이었다.

이 높은 곳에서 땅에 있는 사람이 어떻게 보일까 하는 생각이 들었지만, 분명 보였다.

그리고 그것이 사람이라고 확신할 수 있었던 것은 바로 존재감이었다.

그 사람의 존재감이 여기까지 생생하게 전해졌다.

대충 누군지는 금방 감이 잡혔다.

그것은 장삼봉과 달마를 만난 경험에서 우러나오는 감이었다.

한진우는 조용히 몸을 움직여 그 잿빛 점을 향해 갔다.

물론 현실에서라면 있을 수 없는 일이겠지만, 이것은 자신의 머릿속에서 재생되는 환상이라는 걸 그는 잘 알고 있었다.

아래로 내려가자 잿빛의 점 대신 백발의 노인이 흠뻑 젖은 상의를 벗어 놓고 죽통에 든 술을 벌컥 들이켜고 있었다.

노인은 한진우를 기다렸다는 듯이 죽통을 건넸다.

한진우가 죽통을 잡아들고 술을 쭉 들이켰다.

그러고는 빙긋 웃으며 말했다.

"술 한 모금 가지고는 계산이 맞지 않는군요."

"그게 무슨 말인가?"

"천마라고 불리던 신교의 시조가 맞으시죠?"

"그렇다네."

그의 대답에 한진우는 다시 포권했다.

고개를 숙인 한진우의 입꼬리가 살짝 올라갔다.

그는 사람 좋은 얼굴을 하고 천마에게 다가갔다.

"제가 천마군림보를 돌려놓은 건 알고 계시죠?"

"알고 있다네. 그러니 내가 여기 있겠지."

"그럼, 온전한 천마군림보가 천마신교의 후예에게 전해지지 않으리라는 것도 알고 계시겠군요?"

한진우가 말하는 바는 간단했다.

대가를 내놓지 않으면 온전한 비급을 천하영과 천수명에게 전하지 않겠다는 협박이었다.

한진우의 말에 천마는 상의를 탁 털어 다시 걸치고는 살기를 쏘아 보냈다.

현실에서 진짜 천마가 이런 살기를 쏘아 보냈다면 살아남지 못했을 수도 있겠지만, 지금 이것은 환상이었다.

　　그리고 그 환상의 주인은 한진우였다.

　　천마가 보내는 살기에 한진우가 미소로 답했다.

　　"싸움은 말리고 흥정은 붙이라는 옛말이 있습니다."

　　"……."

　　천마의 눈이 바뀌었다.

　　그때 한진우가 다시 말을 이었다.

　　"저는 싸움도 붙이고 흥정도 붙이는 편이죠."

　　"허허."

　　천마가 살기를 가라앉혔다.

　　"그리고 세상에는 공짜가 없다고 믿는 편이고요."

　　"허, 이것 참. 내가 아무리 사념이라 해도 천마를 이리 대하는 강호인이 있을 줄이야."

　　"강호는 무슨 강호입니까. 저는 그저 학문을 연구하는 학사일 뿐입니다."

　　"학문이라고?"

　　"네, 지금은 무학을 연구하고 있습니다."

　　"무학이라?"

　　"네. 전 무학의 끝을 보고 싶습니다."

　　"쉽지 않은 길이군."

　　천마가 표정을 굳혔다.

그 모습을 본 한진우가 지그시 미소를 지으며 말을 이었다.

"그래도 비교적 소박하지요. 그저 학문으로서 무학의 끝을 보고 싶은 것뿐이니까요."

"그럼 지금 무학의 끝을 보지 않았나?"

"제가 끝을 봤다고요?"

"천마군림보는 내 무학의 시작이자 끝이네."

"……광오한 것은 제가 아니었군요."

"그게 무슨 말인가?"

"어르신께서는 어르신의 무공이 무학의 끝이라 생각하십니까?"

"그렇다네."

천마의 단호한 대답에 한진우는 고개를 천천히 흔들었다.

그 모습에 천마가 다시 말을 이었다.

"왜 그러나?"

"달마 대사님도 그렇고 장삼봉 선인도 자신의 무공을 무학의 끝이라 확신하지는 못했습니다."

"허허. 자네가 그것을 어찌 아는가?"

"잘 아는 사이니까요?"

"잘 안다고? 그럼 혹시?"

"뭐, 잠시 제 곁에 머물러 계십니다."

"……."

천마는 놀란 듯 말을 더 잇지 못했다.

한참 두 눈을 굴리던 천마가 조심스럽게 말을 이었다.

"근래에 선계에서 폐관에 들었다는 선인들이 모두……."

천마의 말에 한진우는 전에 달마와 장삼봉이 한 말을 떠올렸다.

그들은 이곳 만상서고에 머무는 건 영혼의 일부분일 뿐이라고 했었다.

원신은 선계에서 폐관 수련을 하고 있다고 말이다.

고개를 끄덕이던 한진우가 뭔가 생각났는지 깜짝 놀라 물었다.

"선계라고요? 어르신이 선계라고요?"

한진우의 표정에 천마가 도리어 놀라 물었다.

"왜 그렇게 놀라나?"

"생각해 보십시오. 살아생전에 사람이나 패시던 분이 선계에 있다니 그게 말이 됩니까?"

한진우가 말을 꽤나 직설적으로 해서 그런지 천마가 미간을 찌푸렸다.

"허허. 나한테 이렇게 거침없이 말하는 이는 처음 보는군."

"제 신분이 학사니까요. 관과 무림은 예로부터 별개입니다. 그건 선계도 마찬가지고요."

"허허."

"그러니 제가 궁금한 거나 말씀해 주시죠."

"깨달음에는 귀천이 없는 거라네. 만류귀종이라는 말이 있지 않은가?"

"만류귀종이라? 그럼 마를 깨우쳐 선계로 갔다는 말씀이시
군요."

"그렇다네."

"네, 일단 그렇게 알고 있겠습니다."

한진우가 고개를 끄덕이자 이번에는 천마가 눈에 이채를 띠
었다.

"그런데 그럼 자넨 천마군림보에서도 무학의 끝을 보지 못
했다는 말인가?"

천마가 살짝 자존심이 상한 듯한 표정을 얼핏 내비치자 한
진우는 잠시 망설였다.

하지만 그것도 잠시, 할 말은 꼭 해야 하는 한진우는 고개
를 천천히 끄덕이며 답했다.

"네. 많이 허전합니다."

"허허."

천마가 황당한 듯 웃었다.

그 웃음이 끝나기도 전에 한진우가 말했다.

"후세들이 자라나는 모습을 잠시 구경하지 않으시겠습니
까?"

"그게 무슨 말인가?"

"잠시 인간계에 머무를 수 있게 해 드리지요."

"그게 정말인가?"

"제가 거짓말을 할 사람처럼 보입니까?"

"그게 조금은…….".

"됐습니다. 그럼 빨리 돌아가시지요."

한진우가 손을 휘휘 내저었다.

그 모습에 천마가 화들짝 놀라 한 걸음 다가왔다.

쿵.

한진우는 눈을 좁혀 천마를 바라보았다.

그러다 활짝 웃었다.

아마 지금의 한걸음이 분명 천마군림보의 시작일 것이다.

활짝 웃는 한진우를 보고서 고개를 좌우로 흔들어 침착함을 되찾은 천마가 말했다.

"그럼 원하는 게 뭔가?"

"일단 자리부터 옮기시죠."

한진우가 손뼉을 쳤다.

짝짝.

순간 주변이 빙글빙글 돌았다.

천마도 놀란 듯 눈을 크게 뜨며 주변을 살폈다.

그리고 얼마 지나지 않아 주변의 풍경이 점점 변했다.

십만대산의 푸르른 녹색의 전경 대신 구름이 걸친 봉우리 몇 개가 살짝 나타났다.

천마의 사념이 눈을 동그랗게 뜨며 빙글빙글 도는 주변 광경을 바라봤다.

"여기가 어딘가?"

천마가 묻자 한진우가 아무렇지도 않게 답했다.

"무당입니다."

"무당?"

천마가 눈을 크게 뜨자 한진우가 앞으로 나서며 말했다.

"이리 오시죠."

한진우가 휘적휘적 앞서서 걸어가자 천마가 그 뒤를 따라왔다.

하지만 선계를 옮겨 놓은 듯한 정자를 본 천마는 걸음을 멈췄다.

문제는 그곳에 있는 이들의 풍모였다.

"달마 대사가 왜 저곳에?"

천마는 사실 한진우의 말에 반신반의했었다.

그런데 이렇게 보니 입이 떡 벌어질 수밖에 없었다.

한진우가 고개를 돌리며 씩 웃었다.

"다들 사정이 있으십니다."

말을 마친 한진우가 정자로 다가가자 바둑을 두고 있던 장삼봉과 달마 대사가 손을 멈췄다.

자리에서 일어난 장삼봉이 한진우의 앞으로 다가왔다.

"잘 지냈는가?"

"네, 저야. 항상 잘 지내고 있죠. 어르신."

한진우가 가볍게 묵례하자 어느새 달마도 달려와 불호를

외우며 인사를 건넸다.

"아미타불······."

천마의 사념은 눈을 동그랗게 떴다.

대체 이 분위기는 뭐란 말인가?

잠시 얘기가 오간 후 한진우가 씩 웃으며 말했다.

"결정은 하셨습니까?"

"머물겠네."

천마가 흐뭇한 표정으로 바라보자 한진우가 사람 좋은 얼굴로 답했다.

"잘 생각하셨습니다."

"내 절대 실망하게 하지 않겠네."

천마가 눈을 빛내자 한진우가 주먹을 가볍게 잡으며 포권하는 시늉을 했다.

"네, 감사합니다."

말을 마친 한진우는 몸을 돌려 문파의 사조들에게 고개를 숙이며 인사를 건넸다.

진한 미소와 함께 그들이 있던 곳에서 나온 한진우가 현실에서 눈을 떴다.

번쩍.

오늘따라 유난히 빛나는 한진우의 눈은 마치 정오의 햇살을 연상시켰다.

한진우가 이렇게 눈을 빛내는 이유는 간단했다.

만상서고에 머무는 문파의 사조들에게 그는 한 가지 부탁을 하고 왔었다.

그것은 무학의 끝을 논해 달라는 것이었다.

생전에 한 시대를 풍미했던, 아니 최고의 정점에 올랐던 그들에게 이런 부탁을 하는 것은 당연했다.

물론 생각해 보면 그들은 서로가 각기 다른 목표로 만상서고에 머물고 있었다.

달마는 한진우의 마음에 꽃핀 불심이 어디까지 갈 것이냐를 지켜보기 위해.

장삼봉은 세상을 좀 더 가까이 보기 위해.

천마는 천마신교의 부활을 확인하기 위해.

남궁징천은 남궁태랑의 성장을 돕기 위해서였다.

그런데 한진우가 이런 부탁을 한 이유는 간단했다.

천마군림보도 무학의 끝을 보기에는 턱없이 부족한 무공이었다.

초식과 무공의 근본은 대단했지만, 무학에 대한 갈증은 여전히 사라지지 않았다.

아마도 포만감을 느끼는 그 시점이 바로 무학의 끝을 보는 때라 한진우는 생각했다.

상념에서 깬 한진우는 진득한 미소를 머금으며 짐 속에서 지필묵을 꺼냈다.

그러고는 휙휙 천마군림보의 요결을 적기 시작했다.

요결이란 방대한 구결 중에서 요점만을 추려 낸 것으로, 그가 적고 있는 것은 천마군림보의 본질에서 꼭 필요한 것들이었다.

툭.

붓을 멈춘 한진우는 다시 요결을 확인했다.

그러고는 한지가 마르도록 펼쳐 놓은 후, 다시 천마군림보를 떠올렸다.

그는 '중'의 묘리에도 첫발을 내디뎠다.

쿵.

그때, 순간 땅이 흔들리기 시작했다.

뭐지?

한진우는 다시 두 번째 보법을 옮겼다.

그것은 바로 마(魔).

여기서 마란 누르는 힘을 뜻했다.

쿵.

이번에는 단순히 흔들리는 것이 아니라 지진이라도 난 것처럼 옆에 있던 나뭇가지의 열매들이 떨어졌다.

투두둑.

"헉!"

한진우가 보법을 멈추고 고개를 흔들었다.

이런 보법을 어떻게 쓴다는 말인가?

물론 이것은 한진우가 삼재심법을 운용하며 펼쳤기에 나타난 현상이었다.

동시에 그의 머릿속에 색다른 구결이 떠올랐다.

군자의 첫걸음은 무거워야 하며…….

쫘르륵 구결이 나타나자 마지막에 비급의 문구가 나타났다.

학사군림보.

이게 무엇인가?

두 눈을 크게 뜬 한진우는 재빨리 현실을 인정했다.

자신의 성향이 천마군림보와 섞여서 나타난 무공이었다.

한진우는 머릿속에 새겨진 학사군림보를 다시 떠올려 봤다.

보법이 진중하며 내딛는 걸음이 대나무와도 같았다.

지금 손에 쥐고 있는 천마군림보와는 결을 달리하는 것이었다.

한진우는 잠시 멈춰 변경된 구결을 다시 한번 곱씹었다.

갑자기 지축이 흔들리자 철심을 비롯한 한진우 일행은 동작을 멈추고 주변을 살폈다.

하지만, 그 진동의 근원이 어디에서 오는지를 아는 사람은 아무도 없었다.

모두의 시선이 자연스레 강호 경험이 제일 많은 이한빈에게 돌아갔다.

모두의 시선을 받은 이한빈은 멋쩍게 웃었다.

그도 잘 모르겠다는 듯 수염만 쓰다듬었다.

그 모습에 철심이 이한빈의 앞으로 다가가서 제대로 물었다.

"이 진동은 대체 무엇입니까? 어르신."

다급한 철심의 물음에 이한빈은 한숨을 내쉬었다.

"휴, 나도 모르겠네."

이한빈이 고개를 젓자 이번에는 팽연화가 나섰다.

"혹시 아까 봤던 거대한 괴인의 걸음걸이 아닙니까?"

팽연화의 질문에 모두가 움찔하며 서로를 바라봤다.

이때 천하영이 나섰다.

"그건 아닌 것 같습니다. 이 정도 진동이라면 그 투라한이라는 거대한 괴인보다 몸집이 몇 배는 더 커야 할 것입니다."

천하영의 말에 팽연화의 눈이 커졌다.

"그렇다면 더욱 큰 문제가 아닙니까? 더 큰 괴인이 나타났다는 말이지 않습니까."

팽연화의 말에 모두 눈을 크게 떴다.

모두가 벌떡 일어나 주위를 경계할 때, 천하영이 나지막한 목소리로 읊조렸다.

"네, 일단 자리부터……."

천하영이 조심스럽게 주위의 동의를 구할 때, 철심이 불쑥 나섰다.

"그런데 학사님은 어디 있는 거죠?"

철심의 눈동자가 부르르 떨리자 천하영이 떨리는 목소리로 똑같이 물었다.

"그러고 보니 학사님은 어디에?"

천하영도 눈을 크게 떴다.

둘의 대화에 모두의 눈길이 아까 한진우가 사라졌던 수풀 속으로 향했다.

그때 수풀이 흔들리며 발걸음이 들렸다.

터벅터벅.

모두가 긴장하며 각자의 병기를 움켜잡았을 때, 수풀 속에서 한진우가 얼굴을 내밀어 고개를 갸웃하며 모두를 바라봤다.

수풀 속에서 사람 얼굴 하나가 불쑥 튀어나오자, 한진우임을 순간 알아보지 못한 모두가 깜짝 놀랐고, 특히 맨 앞에 나섰던 철심은 너무 놀라 뒷걸음질을 치다 엉덩방아를 찧고 말았다.

"헉."

이내 수풀 사이에서 모습을 전부 드러낸 한진우가 모두를 돌아봤다.

"무슨 일이 있었느냐?"

"아, 저 간 떨어지는 줄 알았습니다."

철심이 가슴을 쓸어내리며 하소연하자 한진우가 다시 물었다.

"대체 무슨 일이냐?"

"지금 이상한 진동이 일어나서 경계하고 있던 차였습니다."

"음. 그랬구나. 미안하다."

"학사님께서 왜 미안해하십니까?"

"뭐 그럴 일이 있다. 그런데, 다들 왜 표정이 그 모양이냐?"

한진우가 뒤쪽에서 긴장하는 일행을 바라보자 철심이 설명을 이었다.

"저희는 그 괴인들이 다시 나타난 줄 알고 가슴이 철렁했습니다. 게다가 학사님이 돌아오시지 않아서."

"그건 걱정할 필요 없다."

한진우의 확언에 철심이 물었다.

"그럼, 그 섭혼술이란 걸 그놈들한테도 거신 겁니까?"

"뭐, 지난번 법문 진인에게 걸었던 것보다 조금 더 강한 거로……."

한진우의 설명이 끝나기도 전에 철심의 눈썹이 꿈틀댔다.

"그러고 보니……."

철심의 불안한 표정을 본 한진우가 물었다.

"왜 그러느냐?"

"그런데, 백련 소저는 대체 어찌된 것입니까? 분명 저 둘을 마중 나간다고 간 것이 아닙니까?"

철심은 법문 진인의 이름이 튀어나오자 그제야 생각이 났는지 천하영과 천수명을 바라봤다.

한진우도 철심의 의문에 동의하듯 고개를 끄덕였다.

"그러고 보니 백련이 안 보이는구나."

천하영과 천수명을 마중 나가기 위해 떠났던 백련이었다.

이들과 함께 와야 했지만, 이를 살필 겨를도 없었다.

한진우가 곰곰이 생각에 잠겼을 때, 천하영이 재빨리 달려와 포권하며 말했다.

"그건 제가 설명하겠습니다."

"길이 엇갈린 겁니까?"

"아닙니다. 도중에 백련과 만났습니다."

"그럼?"

한진우의 목소리가 다소 차가워졌다.

"백련은 저희를 추적하는 이들을 뒤쫓고 있습니다."

"음. 왜 그런 위험한 짓을 한단 말입니까?"

"상대는 정체를 알 수 없는 집단입니다. 저희가 당장에 무사하다고 해서 끝날 전쟁이 아닙니다."

"그래서 정보를 수집하기 위해 남았다는 말입니까?"

"네, 그렇습니다."

그때였다. 철심이 천하영을 쏘아봤다.

마치 성난 황소가 콧김을 뿜어대는 모습이었다.

그 모습에 천하영이 조심스럽게 물었다.

"왜 그러십니까?"

천하영의 물음에 철심이 사자후를 내지르듯 외쳤다.

"왜 그러냐고요? 백련 소저를 그렇게 위험한 곳에 남겨 두고 오면 어떻게 합니까? 그렇게 연약한 사람을요."

성난 철심의 목소리는 마지막에 울먹이는 듯 변했다.

천하영은 영문을 모르겠다는 듯 멍하니 철심을 바라봤다.

생각지도 못한 반응에 그녀는 아무런 대답도 할 수 없었다.

지금 자신과 천마신교가 의지해야 할 사람은 한진우였다.

철심은 한진우의 오른팔이었고 말이다.

그런 철심이 천하영을 원수 보듯 쏘아보고 있다는 것은 단순한 문제가 아니었다.

그때 부드러운 전음이 천하영의 머릿속에 울려 퍼졌다.

─철심은 백련 소저가 걱정되어 그러는 것입니다.

순간 천하영은 다시 한진우에게 고개를 돌렸다.

그곳에는 한진우가 사람 좋은 얼굴로 웃고 있었다.

지금 그 전음은 분명 한진우에게서 온 것이다.

한진우가 다시 전음을 이었다.

―사랑하는 이가 적진에 홀로 있으니 걱정되는 것은 당연한 것이 아닙니까?

한진우의 전음에 천하영은 고개를 끄덕였다.

이제야 대충 사정을 알 것만 같았다.

천하영은 왠지 가슴이 따뜻해졌다.

무인과는 다르게 한진우에게서 세심한 배려를 느꼈기 때문이었다.

직설적으로 사실을 밝히는 것이 아니라 사람들 몰래 전음으로 수하의 사정을 설명하는 그 세심함이란?

그런데 왠지 주위의 눈빛이 따가웠다.

모두가 한진우와 철심 그리고 천하영을 번갈아 보는 느낌이었다.

천하영은 고개를 갸웃했다.

마치 한진우가 보낸 전음을 모두가 알아들었다는 표정이 아닌가?

그때 철심이 꽥 소리를 질렀다.

"학사님, 아무리 그래도 그렇지 그걸 다 말씀하시면 어떻게 합니까?"

천하영은 눈을 좁히며 이게 어떻게 된 일인지 한진우를 바라봤다.

아니나 다를까, 철심은 방금 전의 전음을 다 들었다는 표정이었다.

그때 한진우가 더욱 짙은 미소로 철심을 바라봤다.

"괜찮다. 철심아."

"그게 왜 괜찮습니까? 굳이 말씀하고 싶으셨으면 귓속말로 하지, 육합전성으로 하시면 어떻게 합니까?"

철심의 말에 정작 놀란 것은 천하영이었다.

육합전성이라니?

육합전성이란 전음을 일정 반경의 모두에게 보내는 것이 아닌가?

전음이란 본래 상대방의 기에 맞추어 목소리를 내공으로 전달하는 법이었다.

그런데 모두에게 전음을 전달할 수 있다는 것은 한사람, 한 사람에 맞춰 기를 나누어 전달한다는 것인데 그것은 불가능했다.

강호에서 현재 누구도 따라 할 수 없는 수법.

의문도 잠시, 천하영은 고개를 좌우로 저었다.

그녀는 한진우이기에 가능할 것이라 생각했다.

그때 한진우가 말을 이었다.

"여기 있는 천 소저가 백련이 속한 조직의 수장이다. 그 얘기는 백련의 친어머니와 같다는 것이지."

한진우의 말에 옆에서 듣고 있던 천하영이 자신도 모르게 고개를 끄덕였다.

수하를 자식이라 생각해 본 적은 없었지만, 한진우가 말하자 이상하게도 수긍이 되었다.

한편 한진우의 말에 철심은 눈매가 살짝 누그러지면서 확인하듯 물었다.

"친어머니라고요?"

"그렇지, 너도 알지 않느냐? 백련의 부모를 일찍이 여의었다는 것을 말이야."

"네, 알고 있습니다."

이것은 백련에게 들었던 이야기였다.

백련은 암영대주라는 신분에 어울리지 않게 자신의 과거를 일행에게 털어놓은 바 있었다.

철심의 표정을 본 한진우가 말을 이었다.

"그렇다면, 나중에 혼례를 허락받을 사람이 누구겠느냐? 또한 성현이 말씀하시길 신체발부는 수지부모라 하셨다. 부모님께 물려받은 것이 머리털뿐이겠느냐. 그리고 하물며 목숨은 어떠하겠느냐. 백련 소저는 염려 말아라."

"아."

철심이 긴 탄성을 질렀다.

그 모습에 천하영은 고개를 갸웃했다.

모든 일이 한진우를 중심으로 돌아가는 것 같았다.

그리고 별것도 아닌 말로 모두를 설득하는 한진우를 보고 천하영은 믿을 수 없었다.

천하영의 의문은 당연했지만, 그녀도 마치 자신이 백련의 친부모가 된 것 같은 기분이 들었다는 것을 모르고 있었다.

철심의 탄성이 끝나갈 때쯤, 천하영이 고개를 돌려 철심을 향해 포권했다.

"죄송합니다. 그런 줄도 모르고. 하지만, 걱정 안 하셔도 됩니다."

"걱정 안 해도 된다니요?"

"암영대주, 아니 백련은 적에게 잡힐 사람이 아니니까요."

"……."

"그러니 마음 놓으셔도 됩니다."

"정말 믿어도 되는 겁니까?"

"네, 믿으셔도 됩니다. 그리고……."

"네, 그리고요?"

"백련이 돌아오면 혼례를 허락하겠습니다."

"아, 혼례는……."

철심이 말끝을 흐리며 고개를 푹 숙였다.

푹 숙인 얼굴이 잘 달궈진 화로 같았다.

그렇게 철심이 고개를 숙여 자신의 표정을 숨길 때, 한진우가 아무렇지도 않게 둘둘 말린 종이를 천하영에게 건넸다.

"이게 무엇입니까?"

천하영의 질문에 한진우가 아무렇지도 않게 말했다.

"천마군림보의 해석입니다. 뭐, 요결이라고 해 두죠."

말을 마친 한진우는 어서 받으라는 듯 턱짓을 했다.

그 모습이 마치 시장에서 산 당과를 건네는 모습처럼 자연스러웠다.

문제는 그 자연스러움이었다.

이한빈은 진지한 표정으로 한진우의 모습을 눈에 담았다.

천마군림보가 저리 아무렇지 않게 건넬 비급이었던가?

한진우에게는 그 비급이 왜 그리 가벼워 보이는지 이해가 되질 않았다.

게다가 한 시진도 안 되어 천마군림보를 해석하다니?

이한빈은 자신의 눈이 틀리지 않았음을 확신하고 입꼬리를 올렸다.

반면 그 자연스러움에 천하영은 다소 실망했다.

천마군림보를 하루도 안 돼서 해석한다는 게 말이 되는가?

그렇다면 자신이 왜 주화입마에 들었겠는가?

이것은 천하영의 합리적인 의심이었다.

하지만, 해석본을 펼쳐 본 천하영의 심장은 거칠게 요동쳤다.

쿵쿵하는 심장의 고동이 귓가에 울리고 기가 눈으로 몰렸다.

한진우가 건넨 것은 천마군림보의 요결이었다.

구결의 핵심을 추려 만든 요결은 아무나 만들 수 있는 것이 아니었다.

그 무공의 본질을 꿰뚫어야만 가능한 일이었다.

털썩.

천하영은 자신도 모르게 가부좌를 틀고 자리에 앉았다.

그 상태로 천마군림보의 요결을 모두 머리에 넣었다.

아!

천하영은 속으로 탄성을 질렀다.

이제야 이전에 익혔던 비급의 내용이 뭐가 잘못되었는지를 알 것 같았다.

천하영은 요결에 나와 있는 천마군림보의 초식을 머리에 그렸다.

사사삭.

마치 기가 무너진 강둑을 뚫듯 끊임없이 온몸을 휘돌기 시작했다.

백회혈에서 견정혈, 그리고 용천혈까지 말이다.

머리에서 발끝까지 휘도는 기의 흐름을 느낀 천하영은 잠시 눈을 감았다.

그때였다.

한진우의 부드러운 목소리가 들려왔다.

"세상에 공짜는 없습니다. 깨달음은 선불입니다."

하지만, 천하영은 그 뜻을 잘 알지 못했다.

아니, 알고는 있었지만, 지금은 깨달음에 심취해 한진우의 목소리가 귀에 들어오지 않았다.

한진우가 천하영에게 터벅터벅 걸어갔다.

그 모습을 본 팽연화와 그 일행이 입을 떡 벌렸다.

천마비동

당소소는 제갈무학의 옆구리를 콕콕 찌르며 물었다.

"무학아, 진짜 갈길 거 같지?"

"설마 학사님이…… 천 소저를……."

계속 말끝을 흐리던 제갈무학은 고개를 저었다.

"아니, 지난번에는 천수명을 갈겼잖아."

"그때야 동맹 관계도 아니었고, 여자를 때린 것도 아니었잖아."

"학사님이 남녀노소 가리시는 거 봤냐? 항상 남녀노소, 빈부의 격차를 가리지 않고 강의를 펼친다고 하셨잖아. 무학이 너는 천기도 읽는다면서 이건 모르는 거냐?"

"이건 천기에 안 나와 있다."

"그럼, 내기나 할까?"

당소소가 땅바닥을 나뭇가지로 선을 그어 반으로 나누었다.

그리고 힐끔 옆을 돌아봤다.

아니나 다를까, 모두가 눈을 빛내며 품 안에 손을 집어넣었다.

철전이 양쪽에 쌓이고 당소소는 그 철전의 주인을 바닥에 적어 나아갔다.

이것은 한진우가 천하영의 뒤통수를 치냐, 안 치냐의 간단한 내기였다.

돈을 건 모두의 시선이 한진우에게 모였다.

그때 마치 무엇에 홀린 듯 돈을 걸던 천수명이 벌떡 일어났다.

이들에게 동화되어 돈을 걸긴 했지만, 한진우는 절대로 봐줄 인간이 아니었다.

게다가 천하영은 지금 예전의 무위를 찾았다.

약자가 아니었다.

약자가 아니라는 것은 한진우의 손길이 가차 없이 천하영의 뒤통수를 향할 것이라는 이야기였다.

천수명은 경공을 펼쳐 방아깨비가 솟아오르듯이 한진우에게 다가갔다.

그런데 한진우를 막아서려던 천수명의 표정이 경악으로 물들었다.

벌써 한진우의 손이 천하영의 뒤통수를 향하고 있었던 것이다.

"하, 학사님."

한진우는 진심으로 남녀에 대한 차별도, 외모에 따른 차별도 없는 사람이었다.

천하제일미라 불리는 천하영을 저리 대하는 것은 있을 수 없는 일이었다.

그때였다.

한진우의 손이 천하영의 뒤통수 바로 앞에서 멈췄다.

한진우의 손 한 치 앞에서 천하영의 머리카락이 닿을 듯 말 듯 아슬아슬한 간격을 유지하고 있었다.

그 순간에도 천하영의 몸 주위로는 상서로운 기운이 흩날리고 있었다.

사실 멈춘 것은 한진우의 손뿐만이 아니었다.

모두의 시선과 움직임이 멈췄고, 숨소리까지 멈춰 있었다.

시간이 정지된 듯한 상황을 깨운 것은 철심이었다.

철심이 물었다.

"학사님, 왜 멈추셨습니까?"

철심의 물음에 천수명이 황당한 듯 그를 바라봤다.

"아니, 지금 그걸 말이라고 하십니까?"

"말이지, 숍니까. 학사님은 누굴 차별하시는 분이 아닙니다. 황제가 오더라도 할 일을 하실 분이란 말입니다."

"아니, 그래도 무인이 무아지경에 들었는데, 어찌 그걸 방해한다는 말입니까."

"그럼, 미리 셈을 치르시지요."

철심이 손을 내밀자 천수명은 본능적으로 자신의 품을 뒤졌다.

하지만, 천수명이 지금 금은보화나 비급을 가지고 있을 리는 만무했다.

한참 품속을 뒤지던 천수명이 당황한 표정으로 말했다.

"비급도 되겠습니까?"

"일단 적어 보시죠."

둘의 대화를 지켜보며 한진우는 자세를 멈춘 채 아무 말도 하지 않았다.

그 모습을 본 당소소가 제갈무학에게 물었다.

"사조님은 지금 뭘 하고 계시는 거지?"

"혹시 학사님도 무아지경에……."

제갈무학의 말에 모두가 다시 숨소리를 멈췄다.

그리고 가부좌를 틀고 상서로운 기운을 흩뿌리고 있는 천하영과 그녀의 뒤통수를 오른손으로 겨냥하고 있는 한진우를 번갈아 바라봤다.

한진우에게서는 어떠한 기운도 느껴지지 않았다.

그때, 모두의 시선이 이한빈에게 쏠렸다.

그 시선을 받은 이한빈은 누가 물어보지도 않았는데도 천천히 입을 열었다.

"내가 보기에는 깨달음이 마음을 통해 전해진 것 같다네."

"그게 무슨 말입니까?"

천수명과 흥정을 하던 철심이 재빨리 이한빈의 곁에 달라붙었다.

철심의 질문에 이한빈이 수염을 쓰다듬으며 허허롭게 웃었다.

"기라는 것이 무엇인가?"

"……."

철심은 답할 수 없었다.

금강불괴를 앞두고 있다고는 하나 무공이나 그 지식은 많이 부족한 그였다.

그 모습을 본 이한빈이 사람 좋은 얼굴로 말을 이었다.

"결론부터 말하면 기란 무공을 쓰는 힘의 근원일세, 무인은 그 힘을 밖으로 배출하기도 하고, 몸에 담아 사용하기도 하지. 혹은 전음으로 상대의 머리에 쏘아 뜻을 전달하기도 하고 말이야."

"그런데, 왜 학사님이 움직이지 않는 것입니까?"

"깨달음을 위해 무아지경에 들게 되면 당연히 기도 반응을 하지 않는가. 지금 저 소저가 바로 그 단계고 말일세."

철심은 고개를 끄덕였다.

기가 반응을 하니 상서로운 기운이 몸 주위에 흩뿌려지는 것이었다.

하지만, 한진우가 저리 동작을 멈춘 것을 설명하는 말은 아니었다.

"저는 그게 궁금한 것이 아니라 학사님의 상태가 궁금한 것입니다."

"그래, 그게 궁금하겠지."

"뜸 들이지 말고 빨리 좀 말씀해 주십시오."

"한 학사는 지금 깨달음을 해석하고 있는 것일세."

"깨달음을 해석한다고요?"

둘의 대화에 어느덧 일행은 둥그렇게 이한빈과 철심을 둘러쌌다. 그러고는 금붕어처럼 두 눈을 끔뻑거리며 이한빈의 다음 말을 기다렸다.

"그러하네, 저 손으로 깨달음의 기운을 해석하고 있는 것이지."

"왜 해석을 한다는 말씀입니까?"

"그것은 한 학사가 가진 호기심이라 생각하네."

이한빈은 말을 마치고 그윽한 눈길로 한진우를 바라봤다.

모두의 시선도 한진우에게로 모였음은 두말할 필요도 없었다.

모두 숨을 죽이고 무아지경에 든 천하영과 그 천하영의 깨달음을 해석하는 한진우를 바라보았다.

한편, 한진우는 천하영의 뒤통수를 한 치 남겨 놓은 상태에서 멈췄지만, 무아지경이 든 것은 아니었다.

모두가 나누는 대화들을 하나하나 다 듣고 있었다.

이게 무슨 지나가는 강아지가 풀 뜯어 먹는 소리란 말인가!

한진우는 속으로 탄식을 뱉어 냈다.

청옥환도 받고 천마에게 무공의 끝에 도달할 방법에 대해 다른 문파의 사조들과 논하라고 부탁을 했으니 받을 건 다 받았다.

그런 이유로 천하영에게 이렇게까지 모질게 할 필요는 없었다.

하지만, 한진우는 문득 자신이 잊고 있던 중요한 사실 하나를 깨달았다.

그것은 자신이 원앙 패와 청옥환을 손에 넣으려고 한 이유였다.

그것은 바로 천마비동을 찾기 위한 수단.

지도에 따르면 원앙 패에 청옥환을 끼워 넣으면 천마비동의 위치가 나타난다고 했다.

한진우가 본 환상에 따르면 그 위치는 아마도 커다란 호수인 것 같았다.

한진우는 그 호수를 동정호라 생각했다.

물론 추측에 불과했지만 말이다.

정확한 정보가 없는 한 섣불리 움직일 수는 없었다.

천마비동의 위치를 찾기 위해서는 정확한 위치를 알려 줄 두 신물이 필요했다.

한진우가 천마비동을 찾으려는 이유야 간단했다.

그것은 바로 천마 검 때문이었다.

비급으로 안 되면 신병이기의 힘을 빌려서라도 무학의 끝을 보자는 한진우의 신념이 여기까지 오게 했다.

그런데 여기서 한진우가 착각한 것이 하나 있었다.

천마비동을 만들고 천마 검을 최초로 쓴 이가 누구던가?

바로 천마였다.

그런데 그 천마가 지금 머릿속에 있는데, 뭐 하러 원앙 패를 찾는다는 말인가?

그래서 한진우가 찾은 것은 바로 거래였다.

한진우가 천하영에게 달려들자 그의 머릿속에 있던 천마는 바로 반응했다.

장삼봉과 같은 수법으로 머릿속에서 외친 것이었다.

–잠시만 기다리게!

그 외침으로 천마와의 거래가 시작되었다.

한진우는 한쪽 귀로 일행의 대화를 들으며 계속 천마와 대화를 나눴다.

–일단 정확한 장소를 말씀하시지요.

-그게 기억이 안 난다네.

그러나 천마도 만만치 않았다.

그냥 쉽게 천마비동의 위치를 말해 줄 생각이 없어 보였다.

꿈틀.

한진우의 손이 살짝 움직였다.

-자, 잠시만 기다리게. 그런데 그 얘기는 아까 다 끝난 것이 아닌가?

당황한 천마의 외침에 한진우가 아무렇지 않게 말했다.

-요결은 제 해석이 한 번 더 들어간 것입니다. 즉, 거래 대상이 아니라는 것이죠.

이것은 맞는 말이었다.

-음.

천마가 신음을 흘리자 한진우가 살짝 눈을 빛내며 말을 이었다.

-그럼 어찌 하시겠습니까? 후손의 깨달음과 천마비동의 위치를 교환하시겠습니까? 저는 이게 어르신께도 남는 장사라고 봅니다.

-음.

다시 천마의 입에서 침음이 흘러나왔다.

한진우의 말에 한동안 천마는 침묵을 지켰다.

만상서고 속 공간을 떠났나 하는 착각이 들 정도였다.

하지만, 한진우는 천마의 사념이 이곳을 떠나지 않을 것을 알고 있었다.

선계만큼 편안한 환경에서 후손들이 커 나가는 모습을 볼 수 있는 곳이었으니 말이다.

얼마나 지났을까?

천마의 목소리가 울려 퍼졌다.

-내 그리하겠네. 대신!

천마는 대신이라는 단어에 방점을 찍었다.

천마가 결심한 듯 보이자 한진우의 말투가 부드러워졌다.

-말씀하시지요. 어르신.

-모든 물건은 쓰고 제자리에 돌려놓게.

-아.

한진우가 속으로 탄성을 흘렸다.

이건 왠지 서원에서 자신이 아이들에게 항상 하는 말 같았다.

빙긋 미소 지은 한진우가 답했다.

-네. 알겠습니다. 그건 당연하지요. 제가 무인도 아니고 그깟 검 하나를 탐내 무엇하겠습니까?

-험, 지금 그깟 검을 탐내고 있지 않은가?

-탐내는 것이 아니라 호기심이지요.

-그럼 이제부터 내 이야기를 잘 듣게나.

-지도를 그려 주시든지 아예 길잡이를 해 주시는 편이 좋지 않겠습니까?

-험. 그러면 자네가 원할 때 내가 길을 알려 주도록 하겠네. 그런데…….

천마가 말끝을 갑자기 흐렸다.

그 모습에 한진우는 살짝 미간을 좁히며 물었다.

-왜 그러십니까?

-혹시 자네는 마 그 자체인가?

천마의 질문은 합당했다.

자신이 초대 천마라고는 하나 마 그 자체는 아니었다.

그런데 한진우는 달랐다.

지낼수록 '마'라는 한 단어를 떠올리게 만들었다.

한진우가 어이없다는 듯 표정으로 답했다.

-이상한 말씀 마시고 돌아가셔서 바둑이나 한 판 하시지요.

-음, 알겠네.

천마는 그 말을 끝으로 사라졌다.

모든 협상이 끝난 한진우는 어느 때보다 밝게 웃으며 손을 거두었다.

잠시 경직된 오른손을 휙휙 털어 내며 웃던 한진우가 뒤돌아섰다.

"헉."

그리고 비명을 터뜨렸다.

모두의 눈이 밝게 빛나고 있었다.

무슨 눈만 봐서는 경지를 뛰어넘는 성취를 이룬 느낌이었다.

뭐, 대충 상황은 알 것 같았다.

이한빈의 헛소리 때문에 자신이 천하영의 깨달음을 해석한 줄 알고 있을 터였다.

한진우는 사람 좋은 얼굴로 천천히 그들에게 다가갔다.

평소보다 훨씬 밝아 보이는 한진우의 얼굴을 보고 철심이 물었다.

"정말 기를 느껴 상대의 깨달음을 해석하신 겁니까?"

"무슨 신선로 옆구리 터지는 소리를 하는 것이냐?"

한진우의 말에 모두의 시선이 이한빈에게 쏠렸다.

깜짝 놀란 이한빈이 한진우에게 물었다.

"그럼, 왜 그러고 있었나?"

"잠시 생각할 게 있었습니다."

"그럼, 손바닥으로 기를 느끼기 위해서 그런 것이 아니란 말인가?"

"제가 그런 재주가 있었으면 여기서 이러고 있겠습니까?"

"이러고 있지 않으면?"

"벌써 서원으로 돌아갔겠지요."

"그게 무슨 말인가?"

"무학의 끝을 본다는 소원을 이뤘으면 집으로 돌아가야 하는 게 맞지 않겠습니까?"

"허허. 그럼 아직 무학의 끝을 보지 않았다는 말인가?"

"당연하지요. 끝은커녕 앞도 안 보입니다."

"자네가 어찌 그런 말을……."

"어쨌든 왜 오해를 하셨는지는 몰라도 전 손으로 남의 기를 해석하는 그런 능력은 없습니다."

"그럼, 왜 뒤통수에 장심을 갖다 댄 것인가?"

"그걸 몰라서 묻습니까?"

한진우의 되물음에 이한빈은 주변을 둘러봤다.

그런데 모두의 표정이 이상했다.

한진우의 말에 동의하듯 고개를 끄덕이고 있었다.

마치 강아지가 꼬리 치는 것처럼 일정한 간격으로 말이다.

모두가 고개를 끄덕이는 모습을 눈에 담은 한진우는 사람 좋은 표정으로 그들에게 미소를 띠웠다.

"내 마음을 알아주니 고맙다."

"당연하죠. 이제까지 봐 온 게 얼마인데요."

철심이 씩 웃었다.

이한빈은 다시 한번 이 일행의 정체성에 대해서 의심을 해 봐야 했다.

분명 정파는 아니었다.

그때 한진우가 어딘가를 보더니 고개를 갸웃했다.

한진우가 머리를 갸웃하는 것을 보고 철심이 물었다.

"왜 그러십니까? 학사님."

"수명이는 혼자서 무얼 하고 있는 것이냐?"

한진우가 손으로 구석을 가리켰다.

그곳에서는 천수명이 열심히 먹을 갈고 있었다.

한진우가 가리키는 방향을 본 철심이 활짝 웃으며 답했다.

"학사님을 위해 비급 내용을 적고 있습니다."

"비급이라고?"

"네, 학사님이 천 소저에게서 깨달음의 값을 받으시려는 것 같아서 제가 대신 일러두었습니다. 학사님."

철심은 나무토막을 물고 와 칭찬을 기다리는 강아지처럼 눈을 끔뻑였다.

그 모습에 한진우가 물었다.

"누가 시킨 것이냐?"

진지한 한진우의 표정에 철심이 움찔하다가 기어들어 가는 목소리로 말을 이었다.

"죄송합니다. 제 판단이었습니다. 학사님."

철심의 답에 한진우가 씩 웃었다.

"잘했다."

뜻밖의 말에 철심이 눈을 동그랗게 뜨며 다시 물었다.

"네?"

놀란 철심의 어깨에 한진우가 손을 올렸다.

"정확한 판단이었다. 철심아."

순간 여기저기서 한숨이 튀어나왔다.

당소소가 안타까운 표정으로 조용히 속삭였다.

"아, 내가 대신 받아 낼걸."

"학사님의 성정은 천기로도 가늠이 안 되는구나."

제갈무학은 또 다른 의미의 한숨을 내쉬었다.

그때, 갑자기 천하영의 주변에 미약한 바람이 휘돌기 시작했다.

모두의 시선이 천하영에게 향했다.

그중, 천하영을 바라보던 이한빈의 눈이 왕방울만 하게 커졌다.

미약한 바람은 천하영의 정수리에서 흘러나오고 있었다.

그 바람은 천하영이 흩뿌리던 상서로운 기운을 감쌌다.

상서로운 기운과 바람이 합쳐지자 주변으로 향긋한 내음이 퍼졌다.

그것은 봄날에 갓 핀 꽃잎을 떠올리게 했다.

"이것은……."

이한빈의 말이 끝나기도 전에 천하영의 몸에 변화가 일어났다.

상서로운 기운을 감싼 바람이 다시 정수리로 향하기 시작하더니, 천하영의 머리 위를 꽃봉오리처럼 빙글빙글 돌았다.

이한빈의 옆에 있던 팽연화가 나지막이 외쳤다.

"삼화취정(三花聚頂)."

그 말에 이한빈이 조용히 고개를 끄덕였다.

"내가 삼화취정을 보다니……."

"어르신도 삼화취정의 경지를 이루셨다 들었습니다."

"내가 만든 꽃봉오리를 어찌 내가 감상할 수 있겠는가?"

이한빈이 허허롭게 웃자 팽연화가 고개를 끄덕였다.

"그것도 그렇지요."

"쉿, 일단 지켜보세."

이한빈의 말에 모두는 숨소리를 죽이며 천하영을 바라봤다.

그것도 잠시, 이한빈의 입이 찢어질 듯 벌어졌다.

그 모습에 팽연화가 물었다.

"왜 그러십니까? 어르신."

"꽃봉오리가 아직도 잘 보이는가?"

"네, 그런데요?"

팽연화가 나지막한 목소리로 되물었다.

그러자 이한빈이 고개를 내저으며 말을 이었다.

"저건 있을 수 없는 일이야."

"삼화취정의 현상이 흔한 것은 아니지만 그리 놀랄 일은 아니잖아요. 어르신."

"아닐세. 삼화취정이라고 다 같은 삼화취정이 아니네. 꽃봉오리의 형태가 유지되는 시간이 길수록 내공이 비약적으로 늘어나기 때문이지."

"아."

이한빈의 말에 팽연화가 탄성을 흘렸을 때였다.

세 개의 꽃봉오리가 천하영의 백회혈로 빨려 들어갔다.

동시에 천하영이 눈을 떴다.

번쩍.

천하영의 안광에 이한빈이 긴장한 듯 침을 꿀꺽 삼켰다.

다른 이들도 부러운 눈초리로 천하영을 바라봤다.

눈을 뜬 천하영이 가부좌를 풀고 자리에서 일어났다.

천하영이 만드는 팽팽한 기운에 모두가 한발 뒤로 물러났다.

그러나 그 기세와 다르게 천하영은 조심스럽게 걸어와 한진우의 앞에 다소곳하게 손을 모으고 섰다.

"학사님, 은혜에 감사드립니다."

천하영이 포권하며 인사를 건네자 한진우가 무덤덤하게 손을 내저었다.

"뭐, 도움이 됐다니 다행입니다."

천하영은 눈을 동그랗게 떴다.

한진우의 표정이 너무도 평온해 보였기 때문이다.

별일 아니라는 듯 평온한 표정으로 지그시 자신을 바라보는 한진우는 다른 이들의 놀란 모습과 대조적이었다.

대체 지금까지 어떤 길을 걸어왔기에…….

생각을 정리하기도 전에 천하영의 몸이 먼저 반응했다.

천하영은 포권한 자세 그대로 무릎을 꿇었다.

그리고 고개를 숙였다.

그녀의 고개가 멈출 줄 모르고 계속 내려갔다.

쿵.

이내 그녀는 머리를 바닥에 한 번 찧더니 한진우를 바라봤다.

그러고는 다시 고개를 숙였다.

그 모습에 한진우가 천하영의 어깨를 잡았다.

"예가 과합니다."

"아닙니다. 어찌해도 도저히 이 은혜를 갚을 수 없을 것 같습니다."

천하영이 다시 고개를 숙이려 하자 한진우가 사람 좋은 얼굴로 말을 이었다.

"지금 할 절을 아껴 두시지요."

한진우의 말은 진심이었다.

지금 천하영의 예는 돈수(頓首)였다.

돈수는 주례에서 말하는 절하는 방법 중의 하나로 머리가 땅에 닿도록 하는 것이었다.

그런데, 이러한 절은 군신 혹은 사제 간에서도 간곡한 부탁을 할 때, 보통 쓰이고는 했다.

고로 한진우가 한 말은 더 이상 짐을 지기 싫다는 말과 같았다.

하지만, 이런 한진우의 태도는 천하영의 가슴을 더욱 들끓게 했다.

천마신교에서 자신을 구한 것도 한진우였고, 천수명에게 기연을 준 것도 한진우였다.

거기에 절체절명의 위기에 처한 자신들을 다시 한번 구해 준 것으로도 모자라 무공의 기초가 되는 천마군림보의 깨우침을 안겨 줬다.

천하영의 감정이 한껏 들끓어 올랐을 때였다.

찍찍.

한진우의 품에서 나온 금비가 눈을 빛내며 울음을 토했다.

그러자 모든 이들이 마치 최면에서 깨어난 듯, 한숨을 내쉬었다.

먹을 갈던 천수명도 재빨리 달려와 축하 인사를 건넸다.

"누님, 축하드립니다."

천수명이 눈을 빛내며 포권하자 천하영이 멋쩍게 웃었다.

"아니다. 이 모든 것이……."

천하영은 말끝을 흐리며 한진우 쪽으로 고개를 돌렸다.

어?

천하영의 눈이 커졌다.

감사의 인사를 건네려 했는데 방금 전까지 바로 앞에 있던 한진우가 없어진 것이다.

천하영은 황당함에 두리번거렸다.

그때 저 앞쪽에서 한진우의 말이 들려왔다.

"이제 쉬었으면 다들 갑시다."

그곳에서 한진우는 그 어느 때보다 힘차게 손을 흔들고 있었다.

그렇게 손을 흔들고 있던 한진우는 조용히 만상서고 속 천마에게 물었다.

-이쪽이 맞지요?

-허, 그놈의 의심은 병인가?

천마가 황당한 듯 한진우에게 말했다.

한진우가 천마에게 물었다.

-천마비동의 입구는 두 곳에 존재한다고 하셨지요?

-맞다. 한 곳은 동정호 쪽이고 다른 한 곳이 여기서 얼마 안 가 있는 석불산에 있다.

-그게 말이 됩니까?

석불산은 감숙과 섬서의 경계에 있는 산이었고, 동정호는 호남성 북부에 있는 호수였으니 둘이 이어져 있다는 말은 너무나 황당한 것이었다.

고개를 젓는 한진우의 모습에 천마가 물었다.

-왜 말이 안 된다고 생각하느냐?

-위치상 동정호와 석불산이 이어질 수는 없는 노릇 아닙니까?

-이 모든 것이 선조의 안배이니라.

-아니, 천마비동을 만든 사람이 어르신이 아니었습니까?

-난, 나를 천마라 칭한 적도 없고, 이 비동을 천마비동이라 칭

한 적도 없다.

대충 상황을 들어 보니 누군가가 만든 비동을 천마가 사용한 것 같았다.

한진우가 아무렇지도 않게 답했다.

-아, 그럴 수도 있겠군요.

-그런데, 석불산의 입구를 여는 방법은 모른다. 비동에서 그곳으로 나오는 방법만 알 뿐이지.

-그게 무슨 말씀입니까? 들어갈 때는 동정호, 나올 때는 석불산으로 나온다는 말씀입니까?

-모든 게 다 안배라고 생각한다.

-그럼 아시는 게 전혀 없으신 거네요.

-흠.

천마가 헛기침하며 사라지자 한진우가 황당한 듯 허공을 바라봤다.

안배라?

무슨 소리인지는 모르겠지만, 무작정 여기서 동정호까지 갈수는 없는 노릇이었다.

동정호까지 간다면 그동안 복면 괴인들이 진안에서 벌일 일들을 막을 수 없었다.

일단은 석불산으로 가서 입구를 확인한 후 판단을 해야 할 것 같았다.

며칠 후.

한진우는 석불산의 석벽에 서 있었다.

석불산은 진안의 천태산과 이어지는 산맥의 끝자락에 있는 돌산이었다.

멀리서 보면 마치 부처의 손바닥 형상을 하고 있다 해서 석불이라는 이름이 붙여졌다.

산자락의 아래에서 올려다보면 거대한 다섯 개의 봉우리가 보이는데, 그 각각의 봉우리가 묘하게 사람의 손가락 같았다.

지금 한진우 일행이 서 있는 것은 석불산의 입구였다.

그 입구에서 오른쪽으로 일다경 정도를 걷다 보면 거대한 석벽이 길을 막고 있다.

한진우는 팔짱을 끼고 그 석벽을 감상하듯 바라보았다.

석벽에는 중원의 문자가 아닌 이상한 형상의 글자가 빽빽하게 적혀 있었는데, 한진우를 제외한 다른 이들은 모두 이것을 보며 고개를 갸웃했다.

한참을 바라보던 철심이 한진우의 옆으로 조심스럽게 다가가 물었다.

"학사님, 이게 대체 무슨 글자입니까?"

"나도 모른다."

"헉. 그런데 뭘 그렇게 유심히 보십니까?"

"무슨 글자인지는 모르지만, 해석은 할 수 있다."

완전히 틀린 말은 아니었다.

어느 나라의 글자인지는 모르지만, 석벽에 쓰인 글자가 이상하게 낯익었다.

이것은 섭혼령의 비급에 쓰인 글자와 같은 형태였다.

조금 다르긴 했지만, 세월이 흘러가면서 변화한 정도일 뿐, 글자를 이루는 골격은 그대로였다.

그래서 한진우는 그것을 한번 해석해 보고 있었다.

뭐, 이 석벽이 책이라면 단번에 씹어서 해결할 테지만, 석벽을 곱씹을 수는 없는 일 아닌가.

한진우가 씩 웃자 철심이 다시 물었다.

"무슨 글자인지 모르는데, 해석을 할 수 있다니 그게 무슨 말입니까?"

철심의 질문을 받은 한진우는 쓱 주변을 살폈다.

모두가 목을 길게 빼고 이 선문답 같은 대화에 호기심을 가지고 있는 것 같았다.

한진우는 선심 쓰는 듯 말을 이었다.

"숲속에 이름 모를 영초가 있다 치자."

영초란 영기를 담은 약초로, 숲속에 널브러져 있을 리가 없었다.

하지만 일단은 가정이기에 철심은 고개를 끄덕였다.

"네, 학사님. 그렇다고 치겠습니다."

"그럼 그 영초의 이름을 모른다고 해서 그냥 보고 지나칠 것이냐?"

"그건 아니지요."

말도 안 되는 이야기였다.

독초인지 영초인지는 약초꾼이라면 그 이름을 몰라도 영약이나 영초에서 나오는 그 기운만으로도 구분할 수 있었다.

당장 따서 의원에 팔아야 할 일이었다.

철심의 표정을 본 한진우가 말을 이었다.

"풀의 형태를 보고 그 풀이 영초인지 독초인지 잡초인지를 판단할 수 있듯, 난 지금 이 글자의 형태를 보고 그 뜻을 추측하고 있는 것이다."

한진우의 설명에 철심이 입을 크게 벌렸다.

"아. 그렇군요. 그렇게 해석을 하시는 것이군요."

철심의 말에 한진우는 말없이 웃기만 했다.

사실 이제까지 한 이야기는 한진우가 모두 둘러댄 것이었다.

모르는 글자를 어찌 해석한다는 말인가.

섭혼령에 쓰인 글자를 알기에 추측이지만, 해석을 해 보는 것이었다.

이것은 분명히 어떤 진법인 듯했다.

해석을 하고 이 석벽에 쓰인 글자에 조치해야 문이 열릴 것 같았다.

대충 문자를 해석한 한진우의 눈이 커졌다.

이것은 어느 시의 구절이었다.

비슷한 내용으로는 이백의 시가 존재했다.

향로봉에 햇빛 비추니 붉은색 연기 피어오르고 멀리 보이는 폭포는 마치 강을 매달아 놓은 것 같으니.

하늘로 솟아올라 그대로 쏟아지는 물줄기가 삼천 척에 이르는 것이 마치 하늘에서 은하수가 쏟아져 내리는 것 같구나.

한진우는 이백의 시를 머릿속에 떠올리며 앞의 문자를 살폈다.

햇빛, 붉은 연기, 폭포…….

석벽의 문장을 읽어 나가던 한진우는 관자놀이를 툭툭 쳤다.

내용은 이백의 시와 똑같았다.

그런데 문장의 배치가 달랐다.

"음."

한진우가 침음을 흘리자 제갈무학이 옆으로 다가왔다.

"학사님, 해석은 다 되셨습니까?"

"해석은 마쳤다. 그런데 내용이…….."

"내용에 특별한 점이 있습니까?"

"이백의 시와 같구나."

한진우의 말에 제갈무학이 두 눈을 빛내며 물었다.

제갈가 특유의 호기심이 튀어나온 것이었다.

"이백이요?"

"향로봉에 햇빛 비추니 붉은색 연기 피어오르고 멀리 보이는 폭포는……."

"아."

그 시를 익히 아는 제갈무학은 작게 소리를 냈다.

괴이한 글자를 해석한 한진우에 대한 경외를 느낀 것이었다.

한진우는 침착하게 말을 이었다.

"내가 보기에는 이 진법은 오행과 관계가 있는 듯하구나."

"오행요?"

한진우는 괴이한 문자 중 정 중앙을 가리키며 말했다.

"태양을 나타내는 문자가 이곳에 다 모였다."

"오행이면 목, 화, 토, 금, 수 아닙니까? 그런데 왜 태양이 나온다는 말입니까?"

"그렇지, 내가 보기에는 중앙에 양의 기운을 넣어 오행에 변화를 준 것 같구나. 그리고 여기서부터 화와 관련된 단어들이 모여 있다."

한진우는 석벽의 상단을 가리켰다.

"그곳이 화라면 오른쪽으로 돌아가면서 목, 수, 토, 금과 관련된 글자란 말입니까?"

"그렇지. 그런데 문제는 목, 금이 비어 있다는 것이지."

한진우가 비어 있는 공간을 가리켰다.

"그럼 대체 어떻게 진법을 풀어야 한다는 말입니까?"

제갈무학의 말에 한진우는 관자놀이를 툭툭 치며 석벽 앞을 좌우로 살폈다.

그러고는 다시 말을 이었다.

"일단 너는 검으로 이곳을 찔러 보아라."

한진우는 석벽의 한쪽을 가리켰다.

제갈무학은 한진우의 지시에 고개를 갸웃했다.

"네?"

"검으로 금을 대신한다."

"그럼 목은 어찌합니까?"

"그건 잠시만 기다려라."

한진우는 석벽에서 조금 떨어져 석벽 전체를 감상하며 마음속으로 선을 그려 보았다.

이것은 마치 과거 시험의 한 문제를 푸는 것 같이 흥미진진했다.

석벽에는 오행 중 목과 금을 제외한 나머지 단어들이 한 자리씩을 차지하고 있었다.

가운데에는 양이 자리 잡고 있었다.

유심히 보니 음의 자리 또한 필요했다.

음을 찾으려면 금과 목의 자리를 찾아야 했다.

음은 석벽이 만드는 그림자를 의미했는데 여기서 핵심은 그림자였다.

진법의 영향인지 이상하게도 사람들과 석벽의 그림자가 보이지 않았다.

그 그림자를 추측해야 했다.

그런데 그림자라는 것은 시간에 따라 바뀌는 것이었다.

마치 이것은 인간의 혈도처럼 살아 움직이는 진법이었다.

목과 금을 혈도로 생각한다면 시간에 맞춰 정확히 찍어야 했다.

한진우는 조용히 계산했다.

그리고 제갈무학에게 지시를 내렸다.

"무학아, 검을 한 치만 올려다오."

말을 마친 한진우는 품 안에서 붓 한 자루를 꺼냈다.

"네, 학사님."

제갈무학이 석벽에 댄 검을 옮기자 한진우는 재빨리 붓을 자신이 원하는 곳에 쏘아 냈다.

"생사일침."

쉭.

붓이 석벽의 한곳을 향해 맹렬히 날아가더니 석벽과 부딪혔다.

팍.

붓은 석벽에 부딪힌 후, 조각이 난 채 바닥으로 굴러 떨어졌다.

그 모습에 제갈무학이 고개를 갸웃하며 물었다.

"어찌 된 일입니까? 학사님."

"진이 바뀌었다."

"그러면 어떻게 합니까?"

"깨달음이라는 것이 그리 쉽게 오는 것이냐? 될 때까지 한다."

"네, 알겠습니다. 그럼 이제 어떻게 하면 됩니까?"

⁂

한진우와 제갈무학이 진법을 풀기 위해 고군분투하고 있는 모습을 본 일행은 입을 벌리고 둘을 바라봤다.

한진우는 그리 지쳐 보이지 않았지만, 제갈무학의 이마에서는 쉼 없이 땀이 흘러내리고 있었다.

그 모습을 본 한진우가 말했다.

"교체다."

"교체라니요?"

"이한빈 어르신을 모셔 오너라."

한진우의 말에 이한빈이 기다렸다는 듯 날아왔다.

"모실 필요 없네, 기다리고 있었으니. 어떻게 하면 되는가?"

"제갈무학이 찔렀던 자리를 제 붓이 날아드는 순간에 맞춰 정확히 검으로 찍어 주셔야 합니다."

그냥 검을 석벽에 대고 있는 것이 아니라 정확히 동시에 찔러야 했기에 이한빈에게 부탁한 것이었다.

"어렵지 않네."

이한빈은 호언장담하며 씩 웃었다.

하지만, 그것은 고난의 시작일 뿐이었다.

"어르신, 검을 쓰는 것이 아니라 혈도를 찍듯이 누르셔야 합니다."

"미, 미안하네."

한진우와 이한빈은 끊임없이 진법을 해체하기 위해 움직였다.

"어르신, 의원이 혈도에 가느단 침을 놓듯 섬세하게 움직이셔야 합니다."

"알겠네."

이한빈은 거대한 석벽을 물끄러미 바라봤다.

말이 쉽지 검을 침처럼 쓰라는 것이 가당키나 한 말인가?

차라리 이 석벽을 반으로 쪼개라고 하는 게 더 쉬울 것 같았다.

그때 한진우의 목소리가 다시 이한빈의 귓전을 때렸다.

"어르신, 무슨 생각을 그렇게 하십니까?"

한진우의 재촉에 이한빈이 억울한 듯 바라봤다.

"차라리, 자네가 해 보게."

"어르신, 학사에게 검이 웬 말입니까?"

"자네는 붓보다 검이 더 잘 어울리네." ·

"제게 검이 잘 어울린다는 건 가당치도 않습니다. 지금도 이리 붓을 쓰고 있지 않습니까?"

"그 붓이 학사의 붓인가 무인의 붓인가?"

"······."

한진우는 아무 말 없이 웃기만 했다.

이한빈의 말은 어느 정도 맞았다.

지금 이렇게 쏘아 내는 붓이 학사의 붓일 리 없었으니 말이다.

"생사일침."

붓이 한진우가 원한 곳으로 쏘아졌다.

거기에 맞춰 이한빈의 검이 석벽을 찔러 들어갔다.

푹.

푸, 쉭. ·

그런데 이전과는 다른 소리가 석벽에서 울려 퍼졌다.

튕겨 나오는 것이 아니라 잘 익은 고기에 젓가락을 찔러 넣는 듯한 소리가 났다.

"이게 뭐지?"

이한빈은 석벽에 박힌 매화현철검을 물끄러미 바라보고 있었다.

한진우는 위쪽에 박힌 붓을 보며 웃었다.

난데없는 현상에 놀란 일행이 석벽으로 몰려왔다.

"학사님."

철심이 목청껏 한진우를 부르자 한진우가 고개를 돌렸다.

"다들 준비하여라."

"무슨 준비요?"

철심이 고개를 갸웃하자 한진우가 더욱 짙은 미소를 지어 보이며 입을 열었다.

"떨어질 준비지."

"떨어질 준비라는 것이 무슨 말입니까?"

철심이 고개를 갸웃거리며 천진난만한 표정을 짓고 있을 때, 제갈무학이 모두에게 외쳤다.

"모두 중심을 잡으십시오."

"그게 무슨 말이야. 무슨 중심?"

당소소도 고개를 갸웃했다.

그때 갑자기 지축이 흔들리기 시작했다.

우르릉.

발밑에서 엄청난 진동이 느껴졌다.

그 진동에 모두가 당황해하며 서로의 얼굴을 바라보았다.

순간, 한진우의 옆에서 석벽을 바라보던 이한빈이 놀라 외쳤다.

"왜 석벽이……."

이한빈이 가리킨 곳을 따라 모두의 시선이 움직였다.

석벽이 마치 살아 움직이는 것처럼 흐물대기 시작했다.

그러다 위에서부터 천천히 무너져 내렸다.

투드득.

투드득.

서서히 금이 가기 시작한 석벽은 다시 한번 더 쪼개지더니 모래알처럼 변해 계속해서 흘러 내렸다.

툭.

상단에 한진우가 박아 넣었던 붓이 바닥으로 떨어졌다.

주르륵.

돌이 금세 모래로 변해서 흘러내리는 모습은 기괴하기 그지 없었다.

툭.

이한빈이 쑤셔 넣었던 매화현철검도 바닥에 떨어졌다.

처음 보는 기이한 현상에 이한빈이 움찔하자 한진우가 말했다.

"빨리 검을 넣으시지요."

"아, 그러고 보니……."

이한빈이 조용히 검을 검집에 넣자, 석벽이 자취를 감추고, 그 뒤에 동굴의 입구가 나타났다.

드디어 입구가 열렸다고 생각한 철심이 자리에서 펄쩍 뛰며 입구 쪽으로 걸어갔다.

그때 한진우가 철심의 소매를 잡았다.

"잠시 멈춰라."

"학사님, 왜 그러십니까? 입구가 열렸으면 빨리 들어가야 하는 거 아닙니까?"

"천마비동은 외인을 그리 호락호락하게 들여보내 주는 곳이 아니다."

"천마비동요?"

철심의 목소리가 컸는지 그 말을 들은 모두가 눈을 크게 떴다.

특히 가장 놀란 것은 천하영과 천수명이었다.

천하영은 바람처럼 경공을 펼쳐 한진우의 앞으로 다가와 눈을 왕방울처럼 뜨고는 떨리는 목소리로 물었다.

"천마비동이라니요?"

"내가 말 안 했습니까?"

한진우가 고개를 갸웃하며 일행을 바라봤다.

뒤쪽에 있는 팽연화도 고개를 세차게 저었다.

"정말 이곳이 천마비동이라는 말입니까? 스승님."

"그래, 여기가 천마비동이다."

당소소가 황당한 듯 한진우를 바라봤다.

"왜 갑자기 천마비동이 우리 앞에 나타난 거예요?"

"뭐, 잠시 가져갈 것이 있어 들렀다."

한진우가 여유 있게 미소를 짓자 일행은 더 들썩이기 시작했다.

"대체 이게……."

황보소영은 떨리는 목소리로 주위를 둘러봤고, 남궁태랑은 한진우를 믿는다는 듯 고개를 끄덕이며 조용히 검집을 움켜 잡았다.

"저는 학사님과 끝까지 함께 가겠습니다."

그들의 반응에 한진우가 손을 내저었다.

"사실 이 진법은 나도 생소하다. 이 안에 어떤 기관이 있을지도 모르고 말이다."

한진우의 말에 대답하는 이는 아무도 없었다.

씩 웃은 한진우가 다시 말을 이었다.

"즉, 위험이 존재하는 곳이라는 말이다. 그러니 이곳이 위험하다고 생각되면 여기서 기다리고 있어도 좋다."

말을 마친 한진우는 포근한 눈빛으로 모두를 바라봤다.

그때 철심이 한숨을 쉬며 말했다.

"학사님, 그런 표정으로 저희를 바라보시면 따라오라는 것 아닙니까?"

"내 표정이 그랬냐?"

"네, 그렇습니다."

"네가 그렇게 느꼈다면 너는 나를 따르겠구나."

"네."

말을 마친 철심이 한진우의 옆에 섰다.

그와 동시에 천하영과 천수명도 한진우와 가까이 섰다.

"천마신교와 관련된 일인데 저희가 빠질 수는 없죠."

"저도 그렇습니다. 아니, 부디 데려가 주십시오."

천하영과 천수명이 깊이 포권했다.

그때 이제까지 존재감 없이 조용히 일행을 따르던 혈수동자도 다가와 말했다.

"저도 은공과 함께하겠습니다."

그가 은공이라 칭하는 것은 아무래도 천하영 같았다.

얼굴이 정상으로 돌아온 혈수동자는 자신의 코를 매만지며 빙긋 웃었다.

그때 팽연화도 재빨리 한진우의 옆에 섰다.

"저도 갑니다. 스승님."

동시에 당소소도 다가왔다.

"저도 갈 거예요. 사조님."

한진우가 철심과 천수명, 천하영 그리고 혈수동자와 팽연화, 당소소를 바라봤다.

그들을 보며 관자놀이를 톡톡 치던 한진우가 슬쩍 입꼬리를 올렸다.

"선착순은 여기까지다."

한진우의 말에 깜짝 놀란 남궁태랑이 떨리는 목소리로 물었다.

"아니, 저는 간다고 하지 않았습니까? 학사님."

말을 마친 남궁태랑은 황당한 듯 입을 벌리며 한진우의 대답을 기다리고 있었다.

"말보다는 행동이 우선이다."

"아."

남궁태랑은 아쉬운 듯 탄성을 내뱉었다.

말보다는 행동이라는 한진우의 말이 가슴 깊이 파고 들어왔기 때문이았다.

그때 한진우가 혈수동자를 보며 말했다.

"너는 남아서 나머지 사람들을 돕거라."

한진우의 말에 혈수동자의 어깨가 떨렸다.

"저는 은공의 곁에……."

한진우는 그의 말이 끊고, 서둘러 설명을 시작했다.

"내 품 안에 잠든 금비를 빼고 나면 냄새로 사람을 추적할 수 있는 사람은 너밖에 없다. 안으로 들어간 우리가 잘못되면 네 힘이 필요하다. 즉, 은공을 구할 기회라는 얘기지."

"존명."

혈수동자가 포권하자 한진우가 손을 휘휘 내저으며 산봉우리를 바라봤다.

다섯 개의 봉우리가 지금도 부처의 손가락처럼 버티고 있었다.

그렇다면 여기는 부처님의 손바닥 안이었다.

한진우가 씩 웃으며 다시 입을 열었다.

"부처님의 손바닥 안이구나!"

그 말에 이한빈이 걱정스러운 눈으로 물었다.

"난 무엇을 하면 되겠는가?"

이한빈은 천마비동으로 들어갈 것을 포기한 표정이었다.

한진우는 그 이유를 짐작하고 있었다.

아무래도 이한빈의 잃어버린 삼십 년과 이 진법이 연관이 있는 것 같았다.

그 증거로 진법의 첫 번째 관문이 해체되면서 이한빈의 안색이 변했다.

"어르신, 이 진법과 어르신 간에 상극이 안 좋다는 것을 알고 있습니다. 남아서 일행을 보살펴 주십시오."

"이해하는군. 내 몸이 저곳에 반응하고 있다는 것을 말이야."

"네. 느끼고 있습니다."

"그럼, 내가 아이들을 보살피겠네."

이한빈은 옆을 힐끔 바라봤다.

나머지 이들은 한진우와 이한빈이 대화를 의아해하고 있을 뿐이었다.

한진우도 나머지 이들을 살핀 후 말을 이었다.

"만약에 제가 이곳에서 나오지 않는다면……."

한진우의 말이 끝나기도 전에 이한빈이 물었다.

"그게 무슨 말인가?"

"그저 만일이라는 가정이니, 그리 신경 쓰지 않으셔도 됩니다. 제가 만약 이곳에서 나오지 못한다 해도 절대 들어오지 마십시오."

한진우의 말에 이한빈이 고개를 끄덕였다.

"아, 알았네. 그런데 저곳이 입구가 아니던가?"

말을 마친 이한빈은 어딘가를 가리켰다.

이한빈이 가리킨 곳은 진법이 해체되면서 나타난 비동의 입구였다.

한진우는 고개를 크게 저었다.

"저곳은 사문(死門)입니다. 이 진법에는 함정 안에 또 함정이 도사리고 있습니다. 절대 들어가시면 안 됩니다."

"알겠네. 다른 아이들에게도 그리 전해 두겠네."

이한빈이 고개를 끄덕이자 한진우가 다시 말을 이었다.

"그리고 진안으로 가지 마시고 여기서 기다리십시오."

"자네가 없이는 그자들과 맞서지 말라는 말인가?"

"네, 그렇습니다."

"알았네. 그런데, 오늘따라 왜 이리 신중한가?"

이한빈은 눈을 가늘게 떴다.

강의할 때 말이 길어지는 것은 봤어도 당부를 이리 길게 하는 것은 처음이었기 때문이다.

이한빈의 표정을 본 한진우가 살짝 웃으며 말을 이었다.

"군자는 모든 일을 신중하게 처리해야 하는 법 아니겠습니까."

"그전에는 다르지 않았나…….”

이한빈의 말이 끝나기도 전에 한진우가 말했다.

"뭐, 상황에 따라 다릅니다. 이제 입구가 진짜 열릴 것이니 절대 당황하시면 안 됩니다.”

"대체 무슨 일이 일어나기에 그러는 겐가?”

"부처님의 손바닥 안이니, 목숨을 잃은 염려는 없을 것입니다.”

"부처님의 손바닥이라…….”

"보시면 아십니다.”

말을 마친 한진우는 씩 웃으며 나머지 이들도 뒤로 물렸다.

이상한 것은 한진우가 더는 움직이지 않고 천마비동에 같이 들어갈 일행을 다시 세웠다는 점이었다.

"연화와 소소는 이쪽으로…….”

자리에 선 팽연화가 물었다.

"스승님, 여기에서 기다리면 되는 것입니까?”

"그래. 부처님이 움직이기를 기다리면 되는 것이지.”

한진우가 웃자 다섯 개의 방향 중 한 곳에 있던 철심이 물었다.

"대체 언제까지 이러고 있어야 합니까?”

"이제 시간이 됐구나.”

한진우가 천천히 중앙으로 걸어갔다.

모두가 그 모습에 지켜보고 있었다.

그때 다시 지축이 흔들리기 시작했다.

그런데 그 진동이 전과는 비교도 할 수 없이 강했다.

천마비동의 입구에서 벗어나 이한빈과 함께 있는 이들도 몸을 못 가눌 정도였다.

그런데 이상한 점이 있었다.

한진우와 철심 등이 서 있는 다섯 자리에 있는 사람들은 미동도 없었다.

그렇다면 이것은 진법의 밖에만 영향이 있다는 것이었다.

대체 어떻게?

이한빈은 눈을 가늘게 떴다. 그리고 아이들을 잘 돌봐주라는 한진우의 부탁을 떠올렸다.

그 부탁을 떠올린 이한빈이 주변을 경계의 눈빛으로 살폈다.

그런데 갑자기 주변을 살피던 이한빈이 비명을 질렀다.

"헉, 저건……!"

이한빈이 가리킨 것은 저 멀리 보이는 다섯 개의 봉우리였다. 부처의 손가락이라 생각했던 봉우리가 점점 가까워지고 있었던 것이다.

이한빈의 외침에 덩달아 고개를 돌린 혈수동자도 비명을 질렀다.

"악!"

"저게 대체 무엇입니까?"

남궁태랑도 벌린 입을 다물지 못했다.

그사이 다섯 개의 봉우리는 점점 더 가까이 다가왔다.

그 모습에 이한빈은 재빨리 자신의 내공심법을 운용해 자하진기를 끌어 올렸다.

"헉."

이한빈의 입에서 헛숨이 튀어나왔다.

혈맥이 굳은 것처럼 사지가 마비되었다.

이것은 말도 안 되는 일.

다섯 개의 봉우리가 가까워지면서 산봉우리가 만들어 내는 그림자도 더 커지고, 가까워졌다.

이한빈은 그제야 부처님 손바닥 안이라고 했던 한진우의 말을 이해했다.

부처님 손바닥 안에서는 제천대성도 어찌 못하였는데, 자신이 어찌하겠는가.

그가 고개에 최대한 힘을 주고 주위를 살피니 나머지 이들도 마찬가지였다.

모두 이제 비명도 지르지 못하고 있었다.

그때였다.

산봉우리가 이한빈의 눈앞으로 다가왔다.

부처가 손을 말아 쥔 형태.

그때 모든 것이 암흑으로 변하고 정신이 흐려졌다.

얼마나 지났을까.

이한빈은 눈꺼풀에서 뜨거운 기운을 느껴졌다.

서서히 눈을 뜬 이한빈은 재빨리 손으로 태양을 가렸다.

정신을 차리기 위해 고개를 흔든 이한빈은 주위에 쓰러져 있는 일행에게 다가갔다.

먼저 남궁태랑의 손목에 기운을 흘려보냈다.

"음."

남궁태랑이 신음을 흘리며 눈을 떴다.

이후 한 명, 한 명 모두를 깨운 이한빈은 한진우가 있었던 자리를 바라봤다.

그곳에는 무너져 내린 석벽이 본래의 모습대로 들어와 있었다.

고개를 들어 산봉우리를 바라보니 다섯 개의 봉우리는 본래 자리 그대로 버티고 있었다.

정신을 차린 남궁태랑이 물었다.

"어르신, 대체 이게 어떻게 된 일입니까?"

"한 학사가 무사히 들어간 것 같네."

"아까 그건 대체 무엇입니까?"

"부처님의 손바닥이지 무엇이겠나."

"그럼……."

"여기에서 석벽을 건드렸을 때부터 진이 발동된 것 같네, 그리고 한 학사가 비동으로 들어가면서 진법이 해체된 것이지."

이한빈의 말에 일행은 모두 한진우가 있던 곳을 멍하니 바라봤다.

⁂

한진우는 기이한 광경을 보았다.

자신만 남겨 놓고 주위가 빙글빙글 돌기 시작했다.

처음에는 바람개비가 천천히 돌 듯 돌던 광경이 나중에는 돌개바람에 나뭇잎이 휘날리듯 정신없이 돌았다.

모든 것이 자신을 중심으로 돌고 있었다.

철심과 팽연화 그리고 나머지 이들 모두가 말이다.

이쯤 되니 그들을 걱정 안 할 수가 없었다.

그들에게 손을 뻗치려던 한진우는 얼른 마음을 다스렸다.

이 진의 요점은 절대 사람을 해치지 않는다는 점이었다.

그것은 부처의 마음을 옮겨 놓은 진이기 때문이다.

한진우가 몇 번을 더 살펴봐도 진에는 살기가 전혀 담겨 있지 않았다.

다만 걱정되는 것은 부처가 제천대성을 잡아 두었듯 이곳에서 얼마나 더 잡혀 있을지가 중요했다.

그때였다.

팽팽 돌던 주위의 광경이 멈췄다.

다시 돌아보니 다섯 개의 방위에 그대로 모든 이가 있었다.

철심에서 팽연화가 그 위치 그대로 서 있었다.

한진우의 주변이 멈춤과 동시에 그들도 멈춘 듯 철심이 주위를 왕방울만 한 눈을 빛내며 두리번거렸다.

그러다 한진우와 시선이 마주치더니 곧바로 달려왔다.

"학사님, 무사하셨군요."

"쉿, 일단 주변부터 살피자꾸나."

"네, 알겠습니다."

철심이 안도의 한숨을 내쉬자 나머지 이들도 한진우의 곁으로 다가왔다.

일행은 모두 무사하니 이제 이 비동의 중심부로 이동을 해야 할 때였다.

그들이 있는 곳은 동굴의 중앙인 것 같았다.

넓은 공간의 정 가운데 자신들이 위치하고 있었다.

그때 주위를 돌아보던 당소소가 펄쩍 뛰며 외쳤다.

"학사님, 저게 대체 뭔가요?"

"야명주 같구나."

한진우가 아무렇지도 않게 말하자 당소소가 손뼉을 쳤다.

"천장에는 한 치 간격으로 야명주가 박혀 있네요. 이게 돈으로 치면 얼마인가요? 나중에 여기서 나갈 때……."

"소소야."

"네, 사조님."

"저 야명주는 빼 가도 비싼 값에는 못 팔 것이다."

"네? 저 정도 품질의 야명주면 못해도……."

"여기에 있기에 빛나는 야명주다. 네가 생각하는 그런 야명주가 아니니 욕심을 버리거라."

이것은 사실이었다.

이상하게도 지금 저 빛의 본질이 한진우에게는 보였다.

야명주가 자체가 내는 빛이 아니었다.

"아."

당소소가 실망했는지 고개를 숙이자 철심이 위로하듯 말했다.

"좀 더 들어가 보면 돈이 되는 것들이 있을 거야. 너무 걱정하지 말고."

그들의 말에 팽연화가 둘을 쏘아봤다.

"우리가 도굴꾼이냐? 일단 스승님이 원하는 곳까지 가는 것이 먼저다. 그전에는 아무것도 만지지 말거라."

"네, 교관님."

당소소가 풀이 죽은 표정으로 답했다.

그때 한진우가 천천히 움직이자 철심이 물었다.

"어디로 가십니까?"

"이쪽이다."

"평소에 하시던 계산 같은 건 안 하시는 겁니까?"

"감이다."

한진우의 말에 철심이 눈을 크게 뜨며 다시 물었다.

"감이라고요?"

"그래, 감이다."

"학사님은 원래 감으로 일하시는 분이 아니지 않습니까?"

"내 감이 아니다."

한진우의 말에 철심이 고개를 갸웃했다.

그 옆에 있던 팽연화의 표정도 마찬가지였다.

그런데 천하영만은 뭔가 아는 것이 있다는 듯 고개를 끄덕였다.

그때 한진우의 품에서 소리가 났다.

찍찍.

그 소리의 주인은 다름 아닌 금비였다.

모두의 시선이 금비에 쏠리자 한진우가 빙긋 웃었다.

고개를 빼꼼히 내민 금비의 머리를 쓰다듬은 한진우가 말했다.

"금비는 오래전부터 천마의 신물 중 하나로 여겨지고 있다고 들었다."

말을 마친 한진우가 천수명을 바라봤다.

시선이 마주친 천수명이 고개를 숙이며 답했다.

"네, 맞습니다. 학사님."

"그럼 이 천마비동으로도 들어왔을 테지."

"아마도 그랬을 테지요."

"그럼 길도 알 거고."

"네."

"금비의 후각이라면 목적지까지 가는 것도 무리가 없을 테지."

"그건 저도……."

천수명은 자신이 없는지 말끝을 흐렸다.

그 모습에 한진우는 금비에게 물었다.

"금비야, 찾아갈 수 있겠느냐?"

찍찍.

소리를 낸 금비가 폴짝 한진우의 품에서 바닥으로 뛰어내렸다.

그러고는 킁킁 냄새를 맡으며 방향을 잡았다.

그 모습에 한진우가 모두에게 외쳤다.

"모두 금비를 따르자꾸나."

금비가 그 말을 알아들은 것처럼 소리를 냈다.

찍찍.

천하영은 그 모습에 잠시 멈춰 눈을 비볐다.

금비를 저리 다룬다는 것은 분명 한진우가 천마라는 이야기였다.

그렇다면 혹시 반로환동?

천하영은 고개를 저었다.

반로환동은 아닐 것이다.

그렇다면 대체 한진우의 정체는 무엇이란 말인가.

이한빈이 말한 대로 등선을 앞둔 선인이라는 말인가?

천하영이 말도 안 되는 상상을 하고 있을 때, 한진우는 만상서고 속에 있는 천마와 대화를 나누고 있었다.

–정녕 괴물이더냐?

–누가 말입니까?

–누구긴 자네지.

–제가 왜 괴물입니까?

–그 어떤 천마도 이 진법을 풀지 못했거늘 어찌…….

–그야, 머리의 차이겠지요.

–허허.

–그렇게 웃지만 말고 기억을 떠올려 보십시오.

–이쪽은 정말 낯설다네.

–진짜 천마 맞습니까? 혹시 속이신 건 아니시죠?

자신의 신분까지 의심받는 상황에 천마는 웃을 수밖에 없었다.

–허허.

–아니, 무슨 도인도 아니고 계속 웃음으로 얼버무리십니까? 떠나지 마시고 계속 지켜보십시오.

그때였다.

금비가 갑자기 멈춰서 날카롭게 울었다.

찌–이–찍.

금비의 날카로운 울음에 한진우가 자리에 멈춰서 고개를 갸웃했다.

금비의 소리에 발길을 멈추기는 했어도 대체 어찌 된 일인지는 알 수 없었다.

한진우는 눈을 가늘게 뜨고 금비가 바라보는 곳을 살피다가 탄성을 흘렸다.

"아."

깊은 탄성에 철심이 물었다.

"왜 그러십니까? 학사님."

"저길 보아라."

"어딜요? 제 눈에는 아무것도 안 보이는데요."

"저 흐릿한 선을 말이다."

한진우가 가리킨 곳에는 벽에 살짝 파인 선이 있었다.

그 선을 따라 전체 윤곽을 살펴보니 인간의 형태를 하고 있었고 말이다.

기괴한 형상은 마치 얼마 전 봤던 괴인을 생각나게 만들었다.

철심이 떨리는 목소리로 말했다.

"저게 무엇입니까? 괴물입니까?"

"저건 나한이다."

한진우의 말은 사실이었다.

사찰의 입구에 철봉을 들고 있는 나한의 모습과 흡사했다.

오랜 세월에 나한을 그려 넣은 음각은 먼지에 쌓여 희미했지만, 그 모습은 나한이 맞았다.

"나한이요?"

"이 비동을 지키는 기관 같구나."

사찰의 입구에 십팔 나한을 그려 넣는 것은 나한이 중생을 수호하는 위치이기 때문이었다.

사실 중생을 수호한다는 나한의 모습은 본래 기괴하기 그지 없었다.

아무도 없는 곳에서 사찰의 벽을 본다면 절로 으스스해질 정도로 말이다.

철심도 그것을 느꼈는지 어깨를 감싸며 떨리는 목소리로 말했다.

"괜히 으스스하네요. 빨리 지나가야겠습니다."

"가면 안 된다."

한진우의 진지한 목소리에 철심이 놀라 멈췄다.

"왜 그러십니까?"

철심이 묻자 한진우는 품에서 붓 한 자루를 꺼냈다.

"잘 보아라."

말을 마친 한진우는 붓을 빠르게 동굴의 앞으로 던졌다.

피슉.

붓은 마치 화살처럼 쏘아졌고 아무 이상 없이 날아가는 듯 보였다.

그런데 이상한 일이 일어났다.

사르륵.

붓이 순식간에 녹은 듯 사라진 것이다.

그러고는 갑자기 바람이 한진우의 일행 쪽으로 들이닥쳤다.

팡.

바람의 압력으로 사방에 흙먼지가 피어올랐다.

잠시 후 먼지가 걷히자 철심이 입을 떡 벌리고 외쳤다.

"학사님, 저게 무엇입니까?"

철심의 말에 모두가 눈을 빛내며 한진우를 바라봤다.

한진우가 여유 있는 표정으로 말했다.

"무엇 같아 보이느냐?"

한진우의 물음에 모두는 고개를 갸웃했다.

그때 천하영이 조심스러운 표정으로 답했다.

"기관 장치 같습니다."

그 말에 한진우가 나지막한 목소리로 물었다.

"어떤 기관 장치 같습니까?"

한진우의 물음에 천하영은 서원의 아이처럼 다소곳이 입을 열었다.

"쇠붙이였습니다."

"그 쇠붙이가 무엇으로 보입니까?"

한진우의 이어지는 질문에 천하영은 작게 고개를 내저었다.

"거기까지는 확인을 못 했습니다."

그때 한진우가 말했다.

"그것만으로도 대단합니다."

한진우의 말에 천하영이 눈을 동그랗게 떴다.

마치 한진우가 자신은 모두 알고 있는 것처럼 말했기 때문이다.

지금 기관 장치의 속도는 천하영이 전율을 느낄 정도였다.

보이지 않을 속도의 기관 장치라?

그건 몇천 근의 현철로 입구를 막고 있는 것과 같았다.

즉, 깰 수 없는 관문이라는 이야기였다.

게다가 자신의 눈에 보이지 않는 기관 장치가 있을 수 있다고는 생각도 못했다.

그런데 한진우는 태연하게 자신을 어린아이 대하듯이 칭찬하고 있었다.

천하영의 눈에 한진우는 이제 천마, 아니 마존으로 보였다.

천하영은 자신도 모르게 허리를 숙였다.

"말씀 낮추시지요. 은공."

갑자기 절이라도 할 것 같은 분위기에 한진우가 손을 저었다.

"됐습니다."

"아닙니다. 은공."

천하영이 다시 권하자 한진우는 재빨리 태도를 바꾸었다.

한진우는 씩 웃으며 아무렇지도 않게 답했다.

"그럼, 그러지. 험."

한진우는 헛기침을 하며 없는 수염을 쓸어내렸다.

한진우로서는 사양할 필요가 없었다.

지금 이 관문들을 뚫고 나가는 데에는 짧은 호칭과 간결한 대화가 효율적이었다.

고개를 끄덕인 한진우는 모두에게 말했다.

"이것은 불가와 관련된 기관이다. 저것은 나한, 그리고 그 반대에 있는 것이 금강역사다."

한진우의 말에 모두가 고개를 끄덕였다.

지금 나한이 휘두르는 것은 쇠몽둥이다.

이 진법에 살기가 없다고는 하나 이 나한이 서 있는 통로만큼은 예외인 것 같았다.

나한은 중생과 악귀를 철저히 구분하는 불가의 수호신이다.

그렇다면?

악귀냐 중생이냐의 판단을 내려 징벌한다는 이야기였다.

중생이 이곳에 올 리는 없고, 이곳을 지나갈 자격은 역시 저 맞은편에 있는 금강역사밖에 없었다.

그렇다면 지금 저 나한은 무공의 경지를 시험하고 있는 것 같았다.

말을 마친 한진우는 다시 붓 하나를 앞쪽으로 날렸다.

피슉.

팡.

다시 바람이 불어왔다.

그때 팽연화는 보았다.

거대한 쇠몽둥이가 믿을 수 없는 속도로 내려오는 것을 말이다.

팽연화가 외쳤다.

"저도 봤습니다. 분명 쇠몽둥이였습니다."

팽연화의 외침에 천하영이 뒤를 이었다.

"그 몽둥이가 저곳으로 지나갔습니다."

천하영이 가리킨 곳은 바닥이었다.

이 기관은 한쪽에서 쇠몽둥이가 내려와 바닥으로 들어가는 형태였다.

아마도 저 몽둥이는 하나가 아닐 것이었다.

그러나 바람개비 돌 듯 돌아가며 접근을 막고 있었다.

"다들 잘 봤다. 문제는 어떻게 통과하느냐지?"

한진우의 질문에 당소소가 손을 번쩍 들었다.

"경공으로 뚫을 수 있지 않을까요? 사조님."

"내가 날리는 붓보다 더 빨리 지나갈 수 있는 사람이 여기에 있을까?"

한진우의 말은 사실이었다.

암기보다 더 빨리 달릴 수 있는 자는 없었다.

모두가 어쩔 줄 모르고 있을 때, 한진우가 반대편 금강역사의 형태를 보며 씩 웃었다.

그리고 그 웃음이 사라지기도 전에 철심을 바라봤다.

한진우의 미소가 사뭇 의미심장했다.

그것을 느꼈는지 철심이 뒷걸음치며 외쳤다.

"학사님, 왜 그러십니까?"

"철심아."

한진우의 목소리가 다정다감했다.

이상한 분위기에 당소소도 고개를 갸웃했다.

하지만 철심은 곧바로 불길한 느낌이 가슴속에서 올라오자 재빨리 뒷걸음쳤다.

"왜, 왜 그러십니까. 무섭습니다."

철심이 목소리가 점점 떨려 왔다.

그 강도가 마치 산에서 떨어지면서 불어나는 눈덩이처럼 점점 커져 갔다.

"철심아, 금강불괴의 금강이 어디서 나온 말인지 아느냐?"

"저는 모릅니다."

철심은 생각할 필요도 없다는 듯 고개를 휘휘 저었다.

"금강역사의 금강에서 나온 말이다."

"그 얘기를 왜 저한테 하십니까?"

"철심아, 공지 대사님이 네가 금강불괴를 앞두고 있다 하지 않았느냐?"

"네, 그랬죠."

"그 금강불괴를 지금 여기서 완성시켜 보지 않겠느냐?"

비급먹는
학사님

한진우의 목소리는 포근했다.

하지만, 그 숨은 뜻을 다 알고 있다는 듯 철심은 계속해서 뒷걸음쳤다.

"어, 어떻게 말입니까?"

"저렇게 말이다."

한진우는 나한의 반대편에 있는 금강역사의 형태를 다시 가리켰다.

그 모습에 모두 고개를 갸웃했다.

그때 한진우가 말을 이었다.

"나한의 저 쇠봉을 막을 수 있는 것은 금강역사밖에 없거늘, 왜 외면을 하느냐?"

"네? 저보고 저 기관을 막으라고요?"

"그리 어렵지 않다."

한진우가 씩 웃었다.

철심은 이제 온몸을 떨고 있었다.

"자, 잠시만요. 학사님."

철심은 재빨리 더 뒷걸음쳤다.

그때였다.

슁.

파공음이 울렸다.

눈에 보이지 않을 만큼 빠른 속도로 뭔가가 내려왔다.

그때 한진우는 보았다.

뒤쪽에서 나한의 음각이 버티고 있음을 말이다.

이 기관 안에 한번 들어오면 돌아가지 못하도록 설계를 해 놓은 것이다.

그 나한의 손에서 지금 쇠몽둥이가 내려오고 있었다.

철심의 머리로 말이다.

가공할 속도로 내려오는 쇠몽둥이에 철심은 방어할 생각도 못했다.

그저 목을 내놓은 장터의 닭처럼 죽음을 기다리고 있었다.

그때 이상한 소리가 들려왔다.

탁.

뭔가 둔탁한 소리가 철심의 머리에서 울렸다.

모두는 그 모습에 경악했다.

한 뼘 가량의 철봉이 철심의 머리에 멈춰 있었던 것이다.

동시에 가공할 바람이 한진우의 얼굴을 스치고 지나갔다.

자세히 보니 머리를 때리고 튕겨 나온 것 같다.

역시 철심이 가진 금강의 기운에 반응한 것이 분명했다.

한진우는 예상했다는 듯 흡족한 미소를 짓고 있었다.

이와는 반대로 철심은 놀라 다리를 떨면서 얼어 있었다.

그때 한진우가 조용히 철심을 잡아끌었다.

털썩.

철심이 한진우의 옆에 주저앉았고, 동시에 쇠몽둥이가 바닥의 홈으로 들어갔다.

모두는 이제야 그 기관 장치의 움직임을 똑똑히 볼 수 있었다.

모두가 놀라 입을 떡 벌리고 있을 때, 한진우가 말을 이었다.

"금강불괴가 맞구나."

"네?"

"네 머리가 멀쩡하지 않으냐?"

"제 머리가……."

철심을 떨리는 손으로 자신의 머리를 만져 봤다.

그 모습에 한진우가 씩 웃었다.

"내 예상대로 금강불괴가 아니었다면 이곳을 통과하지 못했겠지."

"……."

철심은 넋이 나간 듯 머리를 만질 뿐, 아무 말도 하지 못했다.

그때 한진우가 말을 이었다.

"너의 신체에서 금강불괴의 경지에 다다른 것은 지금 머리가 가장 확실하니……."

한진우의 말이 끝나기도 전에 철심이 손을 내저었다.

"그게 무슨 말입니까?"

"머리를 쓰자는 얘기지."

한진우가 관자놀이를 툭툭 치며 철심을 다정하게 바라봤

다.

　모두는 그제야 한진우의 의도를 알았다.

　금강불괴가 확실한 철심의 머리로 그 쇠몽둥이를 막자는 이야기였다.

　잠시 후.

　둔탁한 소리가 들리자 철심의 머리에 쇠몽둥이가 올려 있었다.

　철심이 외쳤다.

　"빨리 지나가십시오."

　철심의 외침에 한진우 일행은 재빨리 그곳을 지나갔다.

　나한이 그려져 있는 통로는 꽤 길었다.

　한진우 일행은 열여덟 개의 나한을 통과하고서야 겨우 숨을 돌릴 수 있었다.

　통로로 모두 통과한 철심은 신기한지 자신의 머리를 만지며 물었다.

　"학사님, 제가 진짜 금강불괴가 맞긴 하나보네요."

　"그러니 통과했겠지."

　"눈에 보이지도 않은 저 쇠몽둥이를 이 머리로 막다니 신기합니다. 학사님."

　"그리 좋아하지는 말아라."

　"그게 무슨 말입니까?"

"이 기관은 상성을 보는 것 같다. 네가 금강의 상성을 지녔기에 기관의 속도가 줄었던 것 같다."

"만약에 제가 진짜 금강불괴가 아니었다면 그럼……."

"저 뒤쪽에 떨어진 붓 조각처럼 됐겠지."

"헉."

철심이 입을 딱 벌리고 놀랐다.

당소소가 놀라 외쳤다.

"철심 아저씨."

"소소야, 왜 그러느냐?"

"머리가……."

"머리가 왜?"

"땜빵이……."

"그게 무슨……."

철심은 정수리를 매만지더니 입을 떡 벌렸다.

다시 자라나고 있던 머리카락이 모조리 빠진 것이었다.

이제는 소림의 승려라는 오해를 좀 벗나 했더니 모든 것이 도로아미타불이었다.

한진우는 울상이 된 철심의 어깨를 토닥였다.

"그리 걱정하지 말거라. 내가 네 머리는 책임지겠다."

"학사님, 학사님이 제 머리카락을 어떻게 책임진다는 말입니까?"

"뭐, 의서를 뒤지다 보면 좋은 방법이 나오지 않겠느냐?"

이것은 사실이었다.

그리 많은 의서를 섭취한 것은 아니었지만, 한진우는 마음만 먹는다면야 머리카락쯤이야 누워서 떡먹기라 생각했다.

그의 말에 표정을 푼 철심이 말했다.

"약속입니다. 약속!"

그때 금비가 다시 울음을 토해 냈다.

찍찍.

뭐지?

한진우가 재빨리 자리에서 일어났다.

그 순간 갑자기 땅이 흔들리기 시작했다.

천마 검의 비밀

　금비가 찍찍 울음을 토해 내는 것을 보고 한진우가 무언가를 예감한 듯 고개를 가늘게 뜨고 있을 때, 이들 중 최고의 무위를 가지고 있는 천하영도 무언가 심상치 않음을 느꼈다.

　덜컹.

　덜컹.

　마치 수레가 움푹 파인 웅덩이를 지나가듯 일정한 간격으로 통로가 흔들렸다.

　그런데 그 흔들림이 점점 빨라졌다.

　천하영은 앞에 서 있는 한진우를 바라봤다.

　그의 결정이 얼른 떨어지기를 바라는 눈빛으로 말이다.

　그러나 한진우는 그녀의 그런 마음을 아는지 모르는지 팔짱을 끼고 그저 평온한 표정으로 앞만 바라보고 있었다.

그때 동굴이 울리기 시작했다.

퉁.

퉁.

마치 누군가 박자에 맞춰 동굴의 외부를 두드리는 것 같았다.

심상치 않은 소리에 천하영이 재빨리 모두에게 외쳤다.

"다들 벽의 틈을 잡으세요!"

그 말과 동시에 흔들림이 강도를 더해 갔다.

천하영의 말이 무슨 뜻인지를 모르고 있던 철심도 본능적으로 뭔가를 움켜잡았다.

동굴 통로에 튀어나온 돌부리를 잡은 것이다.

돌부리를 잡고 중심을 잡은 철심이 다른 이들에게 외쳤다.

"휴, 다들……."

철심은 말을 이을 수 없었다.

위로, 아래로만 흔들리던 동굴이 갑자기 정신없이 좌우로 흔들리기 시작한 것이다.

일정한 규칙이 있는 흔들림은 아니었다. 마치 누군가가 대나무 통을 마구 흔드는 것 같은 느낌이었다.

한진우 일행은 대나무 통에 든 주사위처럼 이리저리 마구 흔들렸다.

동굴의 벽에 나 있던 틈을 잡고 몸을 고정했던 이들이 하나

둘 떨어져 나왔다.

먼저 철심이 흔들리는 동굴 벽에 이리저리 부딪혔고, 이어서 당소소가 떨어져 나왔다.

무공의 수위대로 떨어져 모두가 동굴의 여기저기에 부딪히기 시작했다.

"악."

"대체 이게 뭔……."

모두가 정신을 차리지 못하고 비명을 지르고 있을 때, 천하영이 애써 정신을 유지하고 눈을 가늘게 떴다.

착각일까?

모두가 뒤엉켜 아수라장이 된 통로에서 오직 한진우만이 꼿꼿이 서 있었다.

그냥 서 있는 것이 아니라 천천히 걸어가고 있었다.

금비를 오른손에 낀 채로 말이다.

그때 한진우가 조용히 힐끔 뒤를 바라봤다.

천하영은 그때 일행과 같이 동굴에서 뒹굴고 있었다.

그녀와 눈이 마주친 한진우가 고개를 갸웃했다.

무슨 일이 일어나고 있는지 전혀 모르겠다는 표정이었다.

그때 한진우의 고개가 천천히 위아래로 움직였다.

그와 동시에 한진우가 소리쳤다.

"다들 눈을 감아라."

"……."

그의 말에 대답하는 이는 아무도 없었다.

천하영은 주변을 힐끔 봤다.

아무도 한진우의 말을 새겨듣고 있지 않았다.

그만큼 상황은 혼란스러웠다.

주위를 살피던 천하영의 귓전에 다시 한진우의 목소리가 들렸다.

-빨리 눈을 감아라.

이것은 전음이었다.

한진우의 전하는 육합전성 말이다.

그 목소리에 천하영은 눈을 질끈 감았다.

동시에 멀미가 날 정도로 흔들리던 통로의 움직임이 멈췄다.

그 뒤로도 한진우의 목소리가 계속 동굴 안에 울려 퍼졌다.

철심과 나머지 일행을 진정시키기 위함이었다.

한진우는 속으로 한숨을 내쉬었다.

휴.

무슨 일인지는 몰라도 자신을 제외한 나머지 이들이 자리에서 계속해서 뒹굴고 있었다.

아무래도 이 동굴에 설치된 진법의 영향을 받은 듯싶었다.

지금 일어나고 있는 이 진동은 앞에 벽이 열리며 생긴 자연스러운 흔들림이었다.

한진우는 모두가 자신을 잘 따라오고 있으리라 생각했는데, 예상과 전혀 다른 전개에 조금 놀랄 수밖에 없었다.

그가 주변을 자세히 바라보니 벽면에 알 수 없는 문자가 반짝이고 있었다.

그것이 그들을 현혹하고 있는 것이었다.

그 증거로 천하영도, 팽연화도 이리저리 뒹굴거리면서도 벽면에 적힌 글자에서 눈을 떼지 못하고 있었다.

아마도 최면을 걸어 환상을 보여 주는 환상진인 것 같았다.

이때의 대응법은 간단했다.

눈을 감으면 되었다.

적이 있는 상태에서 눈을 감는다면 목을 내놓는 것이나 마찬가지겠지만, 지금은 이 통로를 통과하기만 되었다.

즉 눈을 감는 것이 상책이라는 말이다.

그때였다.

한진우의 눈에 통로의 변화가 보였다.

으득.

으득.

통로의 양옆이 바닥에서 솟은 돌부리를 으깨며 움직이고 있었다.

즉 통로의 양옆이 점점 줄어들고 있다는 것이었다.

"헉."

한진우는 비명을 질렀다.

이대로라면 저렇게 있다가 벽 사이에 껴서 피 떡이 될 것이 분명했다.

한진우가 외쳤다.

"다들 눈을 감아라."

"……."

하지만, 그들은 묵묵부답이었다.

무엇을 보고 있는 것인지는 몰라도 모두가 새파랗게 질린 채 계속해서 바닥을 뒹굴고 있었다.

한진우가 다시 외쳤다.

"눈을 감아라."

그때 천하영이 한진우를 바라보고 있었다.

하지만 나머지 이들은 모두 정신없이 바닥을 뒹굴고 있었다.

한진우는 재빨리 삼재심법을 운용했다.

그와 동시에 전음에 삼재심법의 기운을 실었다.

-다들 눈을 감아라. 너희가 보고 있는 것은 환상이다.

한진우의 외침에 바닥을 뒹굴던 천수명이 동작을 멈췄다.

한진우의 전음이 몇 번 반복되고 나서야 일행은 모두 환상에서 깨어났다.

하지만, 그 와중에도 통로는 점점 줄어들고 있었다.

가속도가 붙었는지 툭툭 하고 바닥의 돌부리들이 가루가 되어 흩어지고 있었다.

마치 부처가 손바닥을 움켜잡는 모습이었다.

한진우는 재빨리 벽에 가까이 있던 천하영을 잡아끌었다.

툭, 툭.

천하영이 있던 자리의 작은 바위가 줄어드는 벽의 움직임에 산산조각 났다.

한진우는 위험한 이부터 하나하나 중앙으로 세웠다.

이대로 뛰면 되지만, 눈을 뜨는 순간 다시 최면이 그들의 정신을 옭아맬 것이었다.

한진우는 눈을 감은 그들에게 앞사람의 허리를 잡으라고 지시했다.

맨 앞에 있는 천하영을 당소소가 잡고, 그 뒤를 팽연화가 잡았다.

그들은 줄에 꿰인 구슬처럼 한진우에게 이끌려 나왔다.

점점 줄어드는 통로를 한진우가 가까스로 나왔을 때였다.

한진우가 뒤를 돌아봤다.

"다들 무사히 나와서 다행……."

한진우는 말을 잇지 못했다.

누군가의 얼굴이 안 보였기 때문이다.

한진우가 외쳤다.

"철심은 어디 갔느냐?"

한진우의 목소리에 일행이 모두 눈을 떴다.

눈을 뜬 팽연화도 믿기지 않는다는 듯 주위를 바라봤다.

"대체 철심은 어디에?"

그때 천하영이 뒤쪽을 가리켰다.

"저기 있는 것 같습니다."

그녀의 말에 한진우는 뒤를 돌아봤다.

좁혀질 대로 좁혀진 통로에서 철심이 뭔가를 잡고 있었다.

"저게 무슨……."

한진우는 말을 잇지 못했다.

철심은 바닥에서 솟아오른 기둥을 잡고 있는 것처럼 보였다.

순간 한진우의 머릿속의 만상서고가 저절로 빛났다.

한진우의 본능이 만상서고를 움직인 것이다.

그리고 이 상황에 가장 적합한 무공을 찾고 있었다.

그러고는 어느 무공을 떠올렸다.

학사군림보.

학사의 움직임을 대쪽 같아…….

이것은 천마군림보를 한진우에게 맞게 고친 학사군림보 중 쾌의 묘리를 담은 보법이었다.

동시에 한진우가 움직였다.

사삭.

화살처럼 철심에게 날아간 한진우가 그의 목덜미를 잡았다. 그리고 삼재심법으로 모은 기를 오른손에 집중시켰다.

한진우는 가장 자신 있는 암기술을 펼쳤다.

생사일침.

동시에 철심이 암기처럼 앞으로 날아갔다.

피슝.

마치 제비처럼 말이다.

다시 한진우는 삼재심법으로 모은 자연의 기를 하체로 보냈다.

그리고 학사군림보 중 쾌의 묘리로 빠져나갔다.

그때였다.

갑자기 옷깃에 벽면이 스쳤다.

한진우가 빠져나가기도 전에 통로가 닫히고 있었다.

동시에 한진우는 삼재심법이 만들어 낸 기를 온몸에 고루고루 뿌렸다.

이것은 학사군림보 중 중의 묘리를 담은 보법이었다.

군자의 마지막 발걸음은 세상에 족적를 남기 되…….

구결을 떠올리자 몸이 자연스레 반응했다.

동시에 한진우의 오른발이 바닥을 밟았다.

쿵.

마치 지진이라도 난 것처럼 동굴이 흔들렸다.

환상이 아니라 통로에 먼지가 피어날 정도로 강력한 진동이 통로를 덮쳤다.

그 충격 때문일까.

옆으로 좁혀져 오던 벽면이 움직임을 멈췄다.

사람 하나 빠져나갈 정도의 틈만 남기고 말이다.

피어오른 먼지 때문인지 아직은 틈 사이의 공간이 잘 보이지 않았을 때, 쓰러져 있던 철심이 일어나 외쳤다.

"학사님!"

철심의 외침에 나머지 팽연화가 거도를 땅에 박고 틈을 향해 달릴 준비를 했다.

푹.

그 모습에 천하영도 틈을 향해 몸을 돌렸다.

그때였다.

우르릉.

쾅.

쾅.

몇 번의 폭음이 천장에서 울렸다.

동시에 천장에서 수많은 돌 조각들이 우수수 아래로 떨어졌다.

쾅.

마지막 돌 조각이 틈 사이를 완벽하게 메우자 철심이 못 믿겠다는 듯 자리에 주저앉았다.

"학사—아—님."

"스승님."

팽연화도 멍한 표정으로 동굴을 바라봤다.

그러다 잠시 꽂았던 거도를 움켜쥐고 무너져 내린 틈 앞으로 다가갔다.

그리고 조용히 검을 들었다.

그 모습에 당소소가 조심스럽게 팽연화를 말렸다.

"잠시만요. 교관님. 지금 그렇게 내려치시면 안쪽에 있는 학사님이……."

당소소의 말이 끝나기도 전에 팽연화가 나지막한 목소리로 말했다.

"학사님이라면 괜찮을 것이다. 일단 저 돌무더기를 걷어 내는 게 먼저다."

"아무리 그래도……."

당소소가 걱정스러운 눈빛으로 말끝을 흐리자 팽연화는 다시 고개를 돌려 자신의 도를 바라봤다.

그리고 진지한 목소리로 초식을 외쳤다.

"소호난무(小虎亂舞)."

한진우가 준 소호단문도의 초식 중 하나.

작은 호랑이가 숲을 어지럽게 뛰어다니는 형상을 본뜬 초식이었다.

윙.

윙.

도의 떨림과 함께 푸르스름한 도기가 맺혔을 때 뒤쪽에서 헛기침 소리가 들려왔다.

"험."

그 소리에 팽연화는 도를 멈췄다.

모두가 고개를 돌려 뒤쪽을 바라봤다.

그것에는 한진우가 목덜미를 어루만지며 심호흡을 하고 있었다.

그 모습에 모두의 눈이 커졌다.

그렇게 잠시 침묵이 흐르고, 철심이 울먹이는 목소리로 물었다.

"학사님, 대체 어떻게 된 것입니까? 전 저 때문에 학사님께서 돌아가신 줄만 알았습니다."

"내가 죽긴 왜 죽느냐?"

"대체……."

"너희가 아래를 보고 있을 때, 나는 위쪽으로 통과했다."

한진우는 통로의 위쪽을 가리켰다.

그러고는 지그시 웃었다.

그 웃음에 철심이 한진우에게 달려들었다.

달려든 것은 철심만이 아니었다.

팽연화와 천하영, 당소소와 천수명도 한진우의 품에 안겼다.

잠시 후.

한진우 일행을 기다리고 있는 것은 폭이 오십 척 정도 되는 커다란 석실이었다.

석실의 구석에는 다섯 개의 높다란 기둥이 있었는데, 각각의 기둥에는 수, 금, 지, 화, 목이라는 글자가 새겨져 있었다.

중앙에는 마치 비무대를 연상시키는 동그란 원이 십 척의 폭으로 자리 잡고 있었다.

중앙에 위치한 원에 서 있던 한진우는 주위를 살폈다.

한진우도 이런 진법은 처음 보는 것이었다.

이럴 때는 물어볼 사람은 역시 천마밖에 없었다.

한진우가 천마에게 물었다.

-대체 이곳은 어디입니까?

-여기도 처음 와 보는 곳이네.

-대체 이곳에 대해 아시는 것이 뭡니까?

-내가 말하지 않았는가? 내가 만든 곳이 아니라고 말이야.

그리고 이 통로는 이용한 적이 없다고도 말일세.

　-아. 미치겠네. 그럼 천마비동의 정체가 무엇입니까?

　-미안하네. 지금 느껴지는 기를 보아. 여기를 벗어나면 천마검이 있을 듯하네.

　-가깝다는 이야기죠?

　-그렇다네.

　-일단 알겠습니다.

　천마와 대화를 마친 한진우가 재빨리 통로의 주변을 살폈다.

　그때였다.

　중앙의 원을 그렸던 음각이 반짝이기 시작했다.

　"뭐지?"

　한진우가 고개를 갸웃거릴 때, 호기심 많은 당소소가 그 반짝이는 원으로 손을 가져갔다.

　원에 손이 닿자마자 당소소가 비명을 질렀다.

　"앗."

　당소소의 비명에 한진우가 놀라서 물었다.

　"왜 그러느냐?"

　"여, 열기가 엄청나네요. 사조님."

　당소소가 자신의 소매를 한진우에게 보여 줬다.

　당소소의 소맷자락은 불에 탄 듯 횡했다.

　그 모습을 옆에서 본 천하영이 다시 원으로 시선을 돌려 반짝이는 빛을 보며 말했다.

"설마…… 용암 같은 걸까요?"

그때였다.

원을 그린 홈 사이에서 정말 용암이 흘러나오기 시작했다.

치지직.

당황한 천하영은 한 발 뒤로 물러서며 한진우의 표정을 살폈다.

한진우를 바라보던 천하영의 눈이 커졌다.

뭐지?

이 긴급한 상황 속에서 한진우는 당황하기는커녕 웃고 있었다. 용암 때문에 모두가 죽을지도 모르는 이 긴급 상황에 말이다.

당장에 살 길을 모색해도 모자랄 다급한 때에 여유롭게 웃고 있는 한진우를 보며 천하영은 생각했다.

뭔가 대책이 있는 것일까?

그때 천하영이 눈을 가늘게 떴다.

한진우가 뭔가를 씹고 있는 것 같았다.

천하영은 고개를 갸웃했다.

웃으며 뭔가를 씹는다?

그렇다면 혹시 영약?

학사님은 두뇌를 쓰기 위해서 항상 영약을 드시는 건가?

엉뚱한 상상이 천하영의 머리를 가득 채웠다.

나머지 이들도 고개를 갸웃하며 한진우를 보았다.

주변에서 용암이 조금씩 흘러나왔지만, 아직은 생명의 위협을 느낄 정도는 아니었다.

천하영은 한진우가 어떻게든 탈출 방법을 찾아낼 것이라 믿고 주먹을 말아 쥐었다.

그것도 잠시, 천하영의 눈이 커졌다.

한진우의 입에서 검은 피가 흘러나왔다.

그것을 본 천하영이 떨리는 목소리로 소리쳤다.

"하, 학사님!"

그녀의 떨리는 목소리를 듣고 다른 이들도 한진우를 바라봤다.

그리고 이내 한진우의 상태가 이상하다는 것을 눈치채고 몰려들었다.

"아니, 학사님. 어떻게 되신 겁니까?"

철심도 달려들 듯한 기세로 한진우에게 물었다.

그때 한진우가 말했다.

"모두 그 자리에!"

그렇게 외친 한진우는 아직도 웃고 있었다.

그 모습에 천하영은 어찌할 바를 모르며 발을 동동 굴렀다.

입에서 검은 피를 흘리고 있으면서 왜 웃고 있는 것인가.

혹시 주화입마?

천하영이 한진우를 보며 발을 동동 구르기 바로 직전.

끓어오르는 용암을 보며 한진우도 눈을 좁혔다.

하지만, 머릿속에서 울려 퍼지는 천마의 다음 말을 듣고 달라졌다.

-허허. 극양진기가 왜 이런 곳에……. 기연이로다.

천마의 떨림이 전해졌다.

천마가 이리 놀라는 것을 보면 사연이 있을 터였다.

-용암이 아니고 저게 극양진기라는 말씀입니까?

-그러네, 내 눈에는 분명 저 용암의 실체가 보이네.

한진우는 다시 끓어오르는 용암을 바라봤다.

아직 석실을 덮칠 정도는 아니었지만, 녹아내린 쇳물처럼 뜨거운 열기가 솟아오르고 있는 것을 보면 용암이 분명했다.

실제로 한진우가 용암을 본 적은 없었지만 말이다.

그 모양새와 천하영의 말을 듣고 확신한 것이었다.

그런데 천마는 저것을 극양진기라 했다.

그럼 이것도 진법의 하나로 보아야 하는가?

그렇다면 혹시 환상?

하지만 환상이라고 보기에는 조금 이상한 것이, 이전의 방에서 환상진은 한진우에게 영향이 없었다.

그런다면 다른 진법?

치지직.

치지직.

이글이글 타오르는 용암이 점점 둥근 원의 홈을 채워 갈 때, 한진우는 품 안의 금비를 바라봤다.

이상하게도 금비는 이 상황이 아무렇지 않은 듯, 잘 자고 있었다.

위험에는 누구보다 민감한 금비였다.

그런데 그 금비가 이렇게 곤히 자고 있다는 것은?

한진우는 재빨리 천마에게 질문했다.

—그럼, 왜 저것이 모두의 눈에 용암처럼 보이는 것입니까?

—그것은 무공의 경지 아니겠나? 하수가 고수의 움직임이 보이지 않은 것처럼 말이야. 저것은 극양진기가 모여서 만들어 낸 적양수(赤陽水)라네.

한진우는 천마가 말한 적양수라는 단어에 놀랐다.

적양수라면 제갈무학이 준 무림백서에도 나오는 영약의 이름이었다. 정확히는 영초나 영물이 모여 만들어 낸다는 지하수의 이름이었다.

영물들이 죽기 전에는 꼭 한곳으로 향한다고 책에 쓰여 있었다.

죽음을 예감한 영물들이 잠드는 곳은 밝혀지지 않았으나 그 영물들의 시체가 녹아내려 모이게 되면 그것이 적양수를 만든다고 했다.

극양의 기운을 가진 붉은 지하수.

그것이 바로 적양수였다.

여기에 적양수가 있었다니?

한진우는 속으로 탄성을 질렀다.

그러다 이내 진정하고는 다시 천마에게 물었다.

-그럼 저 극양진기라는 것이 안전한 것입니까?

-무공이 낮은 자에게는 용암보다 더 무서울 수도 있지.

-그럼, 저는요?

-자네에게 강호의 무공 수위를 적용한다는 건 무리이네. 하지만, 내가 판단하기에 자네 정도라면 저 극양진기를 받아들일 수 있을 것 같네.

천마의 확언에 한진우는 미소를 지었다.

-그럼, 걱정 없는…….

한진우의 말이 끝나기도 전에 천마가 떨리는 목소리로 말을 이었다.

-부디…… 내 후손을 구해 주게.

-네?

-저 아이들에게는 아마 용암에 몸을 담그는 것과 똑같을 걸세.

-허.

-사례는 하겠네. 그러니…….

천마의 목소리가 떨렸다.

천마가 이 석실을 모른다고 했던 것은 거짓이 아닌 것 같았다.

그런데 천마비동에 천마가 모르는 장소가 이렇게 많다니?

한진우는 속으로 한숨을 내쉬었다.

그와 동시에 한진우의 가슴도 뛰기 시작했다.

여기까지의 대화는 모두 한진우의 머릿속에서 이루어진 것이었다.

대화의 시작과 끝은 눈을 한 번 깜빡일 만큼의 짧은 순간이었다.

한진우는 다시 석실 안을 힐끔 바라봤다.

철심을 비롯한 모두가 지금 흘러나오는 끓어오르는 용암에 당황해하고 있었다.

한진우도 천마의 말대로 지금 상황이 위험하다는 것을 느꼈다.

한진우는 다시 석실을 살폈다.

석실과 연결되는 통로는 자신이 들어온 길밖에 없었다.

이것은 분명히 기관 장치.

모든 기관 장치는 침입자를 막기 위해서 만들어진다.

하지만, 그보다 더 중요한 것은 주인이 무사히 통과하는 데 있다.

즉, 이 석실도 반드시 통과할 방법이 있다는 말이다.

그리고 그 방법이 있다면 바로 이 원의 한가운데 존재할 가능성이 높았다.

중앙이라?

한진우는 바닥을 뚫어져라 바라봤다.

그러다 무언가를 발견하고 눈을 크게 떴다.

바닥에 글자가 새겨져 있었다.

이것을 처음에 글자로 인식하지 못했던 것은 글자가 모두 분리되어 있었기 때문이다.

이런 형태를 흔히 파자(破字)라고 한다.

한자의 자와 획을 풀어 해석하는 유희의 일종이지만, 지금은 바닥에 늘어놓은 파자는 조금 정도가 심했다.

보통 이(李)를 파자하면 '나무 목'과 '아들 자'로 나누어 그 뜻을 해석한다.

그런데 지금의 파자는 나무 목(木)을 사람 인(人)자와 열 십(十)자로 다시 나누어 그 뜻을 흩트리고 있었다.

여기에 적힌 글자를 해석하려면 파자로 흩어진 글자를 온전하게 맞추어야 한다는 말이었다.

불가능한 것은 아니었지만, 시간이 문제였다.

아무리 한진우라지만 지금 그것을 눈으로 파악해 조합하자면 한 시진 정도는 훌쩍 지나갈 것이었다.

고민도 잠시, 한진우는 조용히 품 안에서 종이 한 장을 꺼냈다.

그러고는 대나무 통 하나를 꺼냈다.

보통 대나무 통에는 물이나 술을 넣고 다니겠지만, 한진우의 통에는 다른 것이 들어 있었다.

한진우가 조심스럽게 통 속의 먹물을 바닥에 부었다.

먹물이 바닥을 적시자 한진우는 발에 먹물을 묻혀 바닥에 골고루 펴 바른 후, 종이를 바닥에 대고 손으로 문질렀다.

소위 말하는 탁본.

돌에 새겨진 문자를 종이에 원형 그대로 옮겨 놓는 방법이었다.

한진우가 탁본하는 동작을 보는 이는 아무도 없었다.

그만큼 눈 깜짝할 사이에 이루어졌다.

종이를 바닥에서 뗀 한진우는 재빨리 그 종이를 먹기 좋게 말아 쥐었다.

그리고 한진우는 그것을 천천히 곱씹기 시작했다.

몇 번 탁본 된 종이를 곱씹자 한진우의 머릿속에 그 뜻이 나타나기 시작했다.

연자여…….

한진우는 첫 구절에 미간을 찌푸렸다.

무슨 연자는 연자라는 말인가.

연자라면 조금 더 쉽게 길을 터 줘야 하는 것이 아니던가.

지금 이 글을 해석한 그대는 불만이 많을 줄로 알고 있다.

혁.

이 석실의 주인은 미래에 이 글을 해석할 사람의 생각까지 읽는 것 같았다.

하지만 놀람도 잠시 한진우는 혀를 찼다.

이렇게 마구 글자를 흩트려 놓고 연자를 찾는 상대가 너무 기가 찼다.

그러나 이런 한진우의 불만과는 달리 글자에 대한 해석은 자연스럽게 머릿속으로 들어왔다.

연자여, 내 부탁을 들어준다면 나도 자네의 부탁을 들어주겠네.

내 부탁은…….

눈 깜짝할 사이에 해석을 마친 한진우는 남은 종이를 곱씹어 조용히 삼켰다.

이제 천마비동의 정체에 대해 반 정도는 알 것 같았다.

일단은 이 석실에서 나머지 이들을 탈출시키는 것이 문제였다.

그것도 지금 얻은 방법대로라면 아무 문제가 없었다. 자신은 이 천고의 기연을 그대로 받아들이면 되는 것이었다.

한진우는 자신도 모르게 씩 하고 웃었다.

그때였다.

웃음이 과했는지 벌어진 입술 사이로 먹물이 흘러나왔다.

아무래도 급하게 탁본하느라 먹을 과하게 묻힌 부작용인 것 같았다.

그때 천하영이 한진우를 불렀다.

"학, 학사님."

한진우는 그 모습에 고개를 갸웃했다.

왜 저리 애처롭게 부른다는 말인가?

이어서 철심의 목소리가 들려왔다.

그제야 한진우는 자신의 상태가 어떤지를 떠올릴 수 있었다.

우선 문제는 입술 사이로 흐르는 먹물이었다.

한진우는 재빨리 입술 사이로 흐르는 먹물을 닦아 냈다. 그리고 주변의 시선에는 아랑곳하지 않고 주변을 바라봤다.

이제는 저들을 탈출시켜야 할 때였다.

한진우의 시야에 높게 솟아오른 돌기둥이 들어왔다.

오행을 나타내는 글자가 적힌 기둥이었다.

한진우가 씩 웃으며 일행에게 말했다.

"다들 원 밖으로 나가라."

"아."

팽연화가 탄성을 흘렸다.

그 뒤를 이어 천하영이 외쳤다.

"학사님! 여긴 제가 맡겠습니다."

"천하영!"

"네, 학사님."

"너의 무공이 아무리 높아도…….."

"…….."

"태산을 베고 바람을 가르고 물줄기를 거슬러 오르는 것이 무공은 아니다."

물론 반 정도는 진심이었다.

나머지 반은 이들을 빨리 이곳에서 몰아내기 위함이었다.

이들이 여기서 빠져나가야 하는 이유는 두 가지였다.

첫 번째는 이 석실의 주인이 허락한 자가 한진우 하나라는 점이다.

여럿이서는 이 석실의 안배를 온전히 받지 못한다.

두 번째는 이대로라면 일행이 모두 위험하다는 것이다.

지금 솟아오르고 있는 저 적양수는 살을 녹일 뿐만 아니라 장시간 노출되면 그 열기에 폐부가 녹아 버릴 수 있었다.

이것은 무림백서에 나와 있는 것이 아니라 이 석실의 주인이 설명해 준 것이었다.

"그게…….."

천하영이 눈을 동그랗게 뜨며 말끝을 흐렸다.

"자연의 힘 앞에서는 피할 때도 있어야 한다."

한진우는 한마디, 한마디에 힘을 주어 말했다.

그 모습에 이번에는 팽연화가 나섰다.

팽연화는 어깨를 가늘게 뜨며 말했다.

"스승님, 그게 무슨 말씀이신지?"

"일단 용암부터 피하라는 이야기다. 모두 내가 말하는 곳으로 올라가거라."

여기서 적양수니 뭐니 하는 얘기를 꺼내서 이들의 판단을 흐릴 필요는 없었다.

이들이 지금 보는 그대로를 설명해서 빨리 탈출시키는 것이 맞았다.

"오, 오르다니요?"

팽연화가 떨리는 목소리로 다시 묻자 한진우가 말했다.

"저 돌기둥으로 모두 올라가거라. 이것은 진법이다."

거짓이었다.

정확히는 진법이 아니라 기관 장치였다.

하지만, 이들의 머릿속에 진법이라고 심어 주는 것이 이들을 설득하기에 편했다.

진지한 표정으로 모두를 바라본 한진우가 말을 이었다.

"연화는 저쪽. 철심은 저기로……."

한진우가 그들의 자리를 각각 지정해 주었다.

각각의 기운에 맞는 기둥에 올라가게 한 것이다.

천수명이 기둥에 오르려다 뒤를 힐끔 보며 말했다.

"학사님은 어디에……."

천수명이 동공에 지진이 난 것처럼 눈빛을 흩트렸다.

한진우도 그가 무엇을 걱정하고 있는지는 알았다.

하지만, 설명을 길게 할 수 없었다.

"어서. 다들."

한진우의 외침에 모두가 재빨리 움직였다.

모두가 각자의 위치에 자리하자 한진우가 외쳤다.

"내가 외치면 앞에 있는 글자를 눌러라. 이 진법은 오행을 기본으로 환상을 만들어 내는 것이니 무슨 일이 있어도 놀라지 말아야 한다. 자리를 벗어나서도 안 되고……."

말을 마친 한진우는 기둥에 앉아 있는 일행을 바라봤다.

일행은 한진우의 지시에 답이 없었다.

그저 불안하다는 표정으로 한진우를 바라볼 뿐이었다.

그 모습에 한진우가 다시 소리쳤다.

"알았으면 다들 대답을 하여라."

한진우의 호통에 일행의 대답이 이어졌다.

"네, 학사님."

"알겠습니다. 사조님."

당소소도 마지못해 답한다는 듯 고개를 끄덕였다.

모두가 고개를 끄덕이자 한진우가 머릿속으로 삼재심법을 떠올렸다.

한진우는 삼재심법을 이 성의 강도로 운기했다.

그러자 한진우의 만상서고 중 하나가 황금빛을 내며 반짝였다.

동시에 한진우의 몸에서 청아한 기운이 돌기 시작했다.

그때 한진우가 말했다.

"지금이다."

한진우의 외침에 모두가 자신의 앞에 있는 문자를 눌렀다.

철심은 금(金).

팽연화는 수(水).

당소소는 화(火).

천하영과 천수명은 각각 목(木)과 토(土)가 적힌 문자를 눌렀다.

다섯이 동시에 문자를 누르자 석실이 흔들리기 시작했다.

두두두!

드드드!

이상한 울림에 철심이 눈을 크게 떴다.

그때였다.

철심은 눈을 비볐다.

이상하게도 한진우와 자신의 거리가 멀어지고 있는 것이었다.

철심은 흔들리는 몸의 균형을 바로잡고 주변을 둘러봤다.

다른 이들도 철심과 비슷했다.

모두가 심각한 표정으로 한진우를 바라보고 있었다.

그때 한진우가 다시 소리쳤다.

"마지막으로 새겨 둬라. 이건 환상이다."

한진우의 말에 철심은 조용히 눈을 감았다.

그리고 계속 한진우의 마지막 외침을 머릿속에 되뇌었다.

이것은 환상이라고 말이다.

이곳에 들어오고 나서 이상하지 않은 일이 없었다.

지금도 그랬다.

이런 상황에서 믿을 것은 한진우밖에 없었다.

한진우가 환상이라고 했으니 환상이 맞았다.

그러다 철심은 슬쩍 눈을 떴다.

"헉."

그리고 자신도 모르게 헛숨을 내뱉었다.

용암이 한진우의 발목을 뒤덮고 있는 것이 아닌가.

철심은 자신도 모르게 몸을 움찔했다.

시금이라도 내려가 한진우를 구해야 하는 게 맞는 건지, 아니면 한진우의 말처럼 그대로 있어야 하는 것인지.

갈팡질팡 마음을 정하지 못하고 있었다.

그때 철심의 머릿속에 한진우의 전음이 들려왔다.

-분명히 환상이라고 했다.

철심은 주변을 돌아봤다.

다들 어깨를 움찔하는 것으로 봐서 한진우의 육합전성이 머릿속에서 울리는 것 같았다.

육합전성을 보낼 정도라면?

환상이 맞았다.

용암이 발목까지 차오르고 있는데 전음을 보낼 수 있을 리가 없었다.

사실 팽연화도 사실 몸을 움찔거리며 뛰어내릴까를 고민했다.

하지만, 한진우의 육합전성에 동작을 멈췄다.

하지만 조금 이상한 것은 지금의 움직임이 환상 같지는 않았다.

기둥이 올라갈수록 한진우가 서 있는 원형의 석판은 가라앉고 있었다.

이게 무슨 조화인지는 몰라도 한진우가 용암 속에 몸을 담그면 그 희생을 대가로 자신들의 기둥이 위로 올라가는 느낌이었다.

"스, 스승님."

팽연화가 떨리는 목소리로 한진우를 불렀다.

이젠 용암이 한진우의 무릎까지 차올랐다.

치지직.

치지직.

용암이 차오르면서 한진우의 옷을 모두 태우고 있었다.

이것도 환상일까?

쿵쿵.

팽연화가 코끝을 실룩이며 냄새에 집중했다.

팽연화는 자신도 모르게 헛숨을 들이켰다.

"헉."

한진우의 옷이 타는 냄새가 코끝을 찔러 왔기 때문이다.

내려가야 하나?

그때 다시 한진우의 목소리가 머릿속에 울려 퍼졌다.

—환상이라고 했다.

그 목소리에 팽연화는 다시 마음을 다잡았다.

그녀는 모든 것이 이 진법이 주는 심마(心魔)라 생각했다.

제갈공명이 사용하던 진법은 오감을 자극한다고 들었다.

이 진법도 오감을 자극하는 진법임이 틀림없었다.

모든 것이 진법이 주는 환상이고 심마라며 팽연화는 몇 번이고 머릿속으로 되뇌었다.

그러나 계속 환상이라는 단어를 주문처럼 머릿속에 반복했지만, 스승의 몸이 타들어 가는 장면은 차마 볼 수가 없어 팽연화는 눈을 감았다.

모두가 한진우를 안타까운 눈으로 바라보고 있을 때, 머릿속 만상서고는 그 어느 때보다 반짝이고 있었다.

적양수가 품고 있는 극양진기를 흡수하는 일은 생각보다 힘이 들었다.

특히 가장 힘든 것은 적양수가 내뿜는 극한의 양기를 옷이 견디지 못한다는 점이었다.

치직.

치직.

지금도 옷이 타들어 가고 있었다.

극양의 기운이라면 당연히 화(火)의 기운을 품고 있는 법이었다.

어떤 면에서 본다면 확실히 이 적양수는 용암보다도 더 위험할 수 있었다.

한진우는 계속 삼재심법을 운용했다.

한진우의 피부에 적양수가 닿자 그 주위로 엷은 막이 생겨났다.

한진우의 피부가 적양수의 극양진기를 빨아들이기에 피부에 닿은 적양수는 흔한 지하수로 변해 버렸다.

그 엷은 막을 뚫고 다시 적양수가 들어왔고, 그 적양수는 다시 본래의 물로 돌아가는 것을 반복했다.

한진우가 극양의 기운을 계속 몸에 담아 두고 있는 것은 아니었다.

한진우는 피부로 받아들인 기운 중 일부는 발바닥에 있는 용천혈로 내보냈다.

덕분에 적양수의 표면은 계속 기포가 일어나고 있었다.

마치 용암이 끓는 모습 같았다.

한진우의 귓가에 간간이 팽연화를 비롯한 일행의 탄성이 들려왔다.

그때마다 한진우는 계속 육합전성을 보냈다.

이제는 적양수가 허리까지 차올랐다.

허리까지 차오른 적양수는 하체의 의복을 모조리 녹여 버렸다.

그리고 곧 상체까지 적양수가 올라왔을 때였다.

한진우의 상의가 타오르며 안에 입었던 황금색의 천마비갑이 드러났다.

신기한 것은 적양수가 천마비갑을 태우지 않는다는 점이었다. 대신 적양수가 닿은 천마비갑은 본래의 황금색이 더욱 진해졌다.

그리고 더욱 찬란하게 빛났다.

천마비갑마저 녹아내렸다면 꼼짝없이 알몸이 될 뻔했다.

한진우가 다행이라 생각하며 가슴을 쓸어내릴 때였다.

찍찍.

금비가 한진우의 품속에서 깨어났다.

한진우는 금비를 보고 자신도 모르게 비명을 토했다.

헉.

물론 입 밖으로 내지는 않았다.

머릿속에서 터뜨린 비명이었다.

일행만 생각하다가 금비를 깜빡 잊고 있었던 것이다.

금비가 이 극양의 기운을 이겨 낼 수 있을지는 알 수 없었다.

그런데 그것은 한진우의 기우였다.

폴짝.

금비는 한진우의 품 안에서 적양수 속으로 거침없이 뛰어들었다.

그러고는 유유히 적양수 속을 헤엄치기 시작했다.

그러더니 적양수가 뿜는 극양의 진기에 입맛을 다셨다.

한진우는 그런 금비를 보고 피식 웃었다.

이 적양수의 극양의 기운을 모두 몸에 담아 둘 수는 없었다.

일부는 계속 몸 안의 혈도 속을 질주하고 있었고 나머지는 내보내고 있었다.

마치 온몸을 극양진기로 깨끗하게 씻어 내는 모양새였다.

지금은 남아도는 것이 적양수에 담긴 극양진기였다.

금비가 배불리 먹는다고 해서 축이 날 상황은 절대 아니었다.

한진우의 미소를 봤는지 금비가 찍찍 소리를 내며 한진우의 어깨로 올라갔다.

이제는 한진우의 입술까지 적양수가 차올랐다.

이쯤 되니 살짝 걱정이 스쳐 지나갔다.

입과 코가 막힌다면 호흡은?

당연한 걱정이었다.

그러나 마침 석실 바닥에 있는 글자가 이런 상황에 대해 말해 주었다.

적양수가 머리를 덮게 되면 모든 것이 연자의 뜻대로 이루어지리니…….

기록에 의하면 머리까지 전부 차오르면 두 가지 현상이 나타난다고 했다.

첫 번째는 자신의 환골탈태고, 두 번째는 일행의 살 길이 하늘에 열린다는 것이었다.

그때 적양수가 한진우의 입술 사이로 들어왔다.

크루룩.

뜨거운 기운은 아니었지만, 물이 식도로 넘어가기 시작했다.

한진우는 여기서 선택을 해야 했다.

박차고 나가느냐.

아니면 기록을 믿고 계속 운기를 하느냐?

한진우는 후자를 택하기로 하고 눈을 감았다.

동시에 적양수로 막혔던 숨이 둑이 무너지듯 탁 하고 뚫렸다.

숨을 쉬지 못해도, 숨이 차지 않았다.

이제는 코로도 적양수의 양기가 들어오기 시작했다.

적양수가 머리까지 전부 덮은 순간이었다.

이제는 백회혈을 통해서도 극양의 기운이 빨려 들어오기 시작했다.

다만 한 가지 이상한 점은, 의복을 태웠던 극양의 진기가 머리털은 그대로 뒀다는 점이었다.

사실 적양수의 극양진기는 머리털 한 올, 한 올에 붙어 파고드는 중이었다.

태울 대상이 아닌 자신들이 들어가야 할 자리로 본 것이었다.

극양진기는 이처럼 생물같이 한진우에게 파고들었다.

그러다 한진우는 때가 됐음을 느꼈다.

한진우는 적양수가 자신의 머리까지 다 차오른 상태에서 천장을 가리키며 육합전성을 보냈다.

-다들 준비하여라.

이 한진우의 육합전성은 바로 일행에게 전해졌다.

용암에 갇혀 부글부글 몸이 타고 있는 한진우의 모습을 보고 있던 철심은 한진우가 보낸 육합전성에 눈을 가늘게 떴다.

"헉."

단숨에 비명이 철심의 입술을 비집고 흘러나왔다.

지금 철심의 눈에는 한진우가 곧게 펴고 있는 한쪽 팔만이 보였다.

그 팔은 어딘가를 가리키고 있었다.

철심은 떨리는 목소리로 혼잣말을 뱉었다.

"학사님."

철심의 눈에 한진우는 산 사람으로 보이지 않았다.

그리고 그의 손짓하는 것을 보니, 누가 봐도 너희만이라도 살아 돌아가라는 신호였다.

찔끔 하고 철심의 눈가로 눈물 한 방울이 흘렀다.

그 눈물이 기둥 아래로 떨어졌다.

치지직.

용암에 닿은 눈물은 바로 증발해 버렸다.

철심은 다시 이를 악물었다.

철심은 자신에게 최면을 걸듯 계속 환상이라 되뇌었다.

그때였다.

다시 한진우의 목소리가 들려왔다.

-위를 보아라.

계속 전음이 이어지는 것으로 봐서 저것은 환상이 분명하다고 생각한 철심은 위를 보았다.

드르륵.

기관이 열리는 소리와 함께 천장에 다섯 개의 틈이 나타났다.

드르륵.

그리고 또다시 소리가 들리더니 그 틈이 더욱 커졌다.

그렇게 벌어진 틈은 분명 사람이 빠져나갈 수 있을 만큼의 크기였다.

그때였다.

팡.

폭음과 함께 철심이 앉은 기둥이 튀어 올랐다.

철심의 시야에 열려 있는 구멍 하나가 들어왔다.

그 열린 구멍이 점점 철심과 가까워졌다.

씽.

곧 귓전을 때리는 바람 소리와 함께 철심의 몸이 그 구멍을 통과했다.

철심은 마치 자신이 화살이 된 기분이었다.

과연 언제까지 날 수 있을지는 몰라도 몸이 계속 위로 치솟았다.

철심은 순간 섬뜩한 생각이 들었다.

지금 만약 지금 이대로 하늘 끝까지 솟았다가 추락한다면?

그 두려움이 뒷골을 스쳐 등에 소름을 만들어 낼 때였다.

몸이 갑자기 아래로 떨어지는 것이 느껴졌다.

쏴악.

몸 안의 피가 거꾸로 솟는 것 같았다.

철심이 죽음을 예상하고 눈을 질끈 감았다.

퍽.

그런데 몸이 어딘가에 부딪혔다.

이게 뭐지?

철심은 이것은 저승이라 생각하고 슬그머니 눈을 떴다.

철심의 가늘게 뜬 눈 사이로 사람의 형체가 들어왔다.

그런데 그것은 저승사자의 복장처럼 온통 검은색이었다.

"헉."

철심이 소스라치게 놀라며 누운 채로 고개를 돌렸다.

저승사자가 복장만 검은색일 줄 알았더니 얼굴까지 검은색이었던 것이었다.

그때 귀에 익은 목소리가 들려왔다.

"왜 그러십니까?"

하지만, 철심은 그 목소리의 주인공이 저승사자라는 것에 자신의 모든 것을 걸 수 있었다.

철심이 떨리는 목소리로 입을 열었다.

"저, 저승사자……."

철심의 말이 끝나기도 전에 다시 상대가 말을 이었다.

"저, 천수명입니다."

"처, 천수명?"

철심이 그제야 목소리가 들린 곳으로 고개를 돌렸다.

그곳에는 숯을 칠해 놓은 듯, 얼굴이 까맣게 변한 천수명이 고개를 갸웃하고 있었다.

주위를 돌아보니 모두 복장과 얼굴이 마치 야행 복을 입은 것처럼 검댕이 되어 있었다.

철심은 일행이 무사한 것을 보고 안도의 한숨을 내쉬었다.

"휴, 다행입니다. 그런데 여긴 대체……."

철심의 말이 끝나기도 전에 천하영이 한쪽을 가리키며 말을 이었다.

"저 다섯 개의 봉우리로 봐서는 석불산의 중턱이라 생각됩니다."

철심이 그곳을 바라봤다.

철심의 시야에 입구에서 봤던 석불산의 다섯 개의 봉우리가 들어왔다.

천하영의 말대로 다섯 개의 봉우리는 이들이 천마비동의 입구로 들어갈 때보다 가까워져 있었다.

다섯 개의 봉우리를 바라보던 철심이 말했다.

"그럼 무사히 밖으로 나온 거네요."

"네, 그렇지요."

천하영이 고개를 끄덕이자 철심이 허탈한 웃음을 터뜨렸다.

"허허. 다행이군요."

허탈하게 웃던 철심이 갑자기 안색을 굳히며 주변을 훑었다.

"그런데 학사님은……."

말끝을 흐리며 어깨를 떠는 철심의 모습에 모두가 주변을 둘러봤다.

한참을 한진우를 찾아 헤매던 그들의 시선이 허공에서 얽혔다.

어쩔 줄 몰라 당황해하던 일행 중 팽연화가 가장 먼저 안정을 찾았다.

주변을 살피며 고개를 끄덕인 팽연화가 말했다.

"스승님은 비동에 남으신 것 같군요."

팽연화의 말에 철심이 몸을 들썩이며 말했다.

"그럼 우리가 구해 드려야 하는 거 아닙니까?"

안절부절못하는 철심을 팽연화가 붙잡았다.

"진정하세요. 스승님께서 하신 말씀이 기억 안 나세요?"

"무슨 말입니까?"

"우리 보고 나가라고 하지 않으셨습니까."

"네, 그랬죠."

"스승님께서 혼자 남으신 것은 다른 큰 뜻이 있었을 거라고 저는 생각합니다. 그리고 마지막에 스승님의 웃는 모습을 보셨죠?"

"아."

철심은 탄성을 터뜨리며 표정을 누그러뜨렸다.

그 모습에 팽연화가 다시 말을 이었다.

"스승님께서 용암은 환상이라고 하셨으니 아마 무사하실 거예요."

팽연화의 말에 철심이 고개를 끄덕였다.

"소소, 너도 그렇게 생각하지?"

팽연화가 동의를 구하자 이에 당소소 역시 고개를 끄덕이며 철심을 안심시키기 위해 말했다.

"맞아요. 철심 아저씨, 걱정하지 마세요. 사조님이 큰일을 당하실 분은 아니잖아요."

당소소의 말은 사실이었다.

한진우가 변을 당한다는 것은 상상도 할 수 없었다.

철심이 어색하게 웃으며 말을 이었다.

"그렇겠지. 그런데……."

당소소의 말에 고개를 끄덕이던 철심이 불안한 듯 표정을 굳히며 말끝을 흐렸다.

그러고는 당소소의 소맷자락을 뚫어지라 바라봤다.

그 모습에 당소소가 물었다.

"철심 아저씨, 왜 그래요? 배고프세요? 저 먹을 거 없어요."

당소소는 철심이 자신의 손을 바라보며 먹을 것이라도 찾는 줄 알았다.

철심은 여전히 굳은 표정으로 당소소의 소매를 붙잡았다.

"그런데 환상이라면 이 소맷자락은 왜 불에 탄 것처럼 휑할까? 그리고 우리의 얼굴과 옷은 왜 이 꼴이고?"

철심의 질문에 모두가 당소소의 소매를 바라봤다.

천하영이 눈 깜짝할 사이에 당소소의 곁으로 다가와 당소소의 소매와 모두의 얼굴을 새삼 다시 살폈다.

일행의 얼굴 여기저기에 묻어 있는 검은 자국은 분명 열기에 그을린 것이었다.

천하영이 눈을 크게 뜨며 말했다.

"그러고 보니, 환상이라고 하기에는……."

그녀의 말이 다 끝나기 전에 철심이 단호하게 외쳤다.

"환상이 절대 아닙니다."

말을 마친 철심이 이를 악물었다.

그때 천수명이 그들과는 십여 장 떨어진 곳에서 외쳤다.

"우리가 빠져 나왔던 통로가 없습니다."

"헉!"

천하영이 비명을 터뜨리며 날아가듯 천수명 쪽으로 다가갔다.

천하영이 눈을 좁히며 주변을 살폈다.

천수명의 말 그대로였다.

석실과 연결되어 있던 통로는 그 어디에도 없었다.

입구가 완벽하게 막힌 것이다.

다섯 개의 돌기둥만이 높이 솟아올라 그곳이 통로가 있던 자리라는 것을 표시할 뿐이었다.

수, 금, 지, 화, 토.

돌기둥에 새겨져 있는 글자는 이 기둥이 자신들이 앉아 있던 곳이라는 걸 보여 주고 있었다.

천하영과 다른 일행을 튕겨 낸 돌기둥은 완벽하게 입구를 막고 있었다.

원래 그 자리에 있었던 것처럼 말이다.

털썩.

다리에 힘이 풀린 천하영이 자리에 주저앉자 천수명이 재빨리 뛰어왔다.

그녀를 부축한 천수명이 말했다.

"누님. 일단 정신부터……."

"난 괜찮다……. 학사님이 우리를 위해……."

천하영의 뺨을 타고 눈물이 흘러내렸다.

천하영은 감정이 북받쳐 말을 하다 멈추다를 반복했다.

모두가 그 돌기둥을 중심으로 모였다.

팽연화와 당소소가 망연자실한 모습으로 그 돌기둥을 바라보고 있을 때, 천하영이 말했다.

"우리 욕심으로 학사님이……."

천하영의 말이 끝나기도 전에 철심이 나섰다.

"학사님은 무사하실 겁니다."

"펄펄 끓는 용암에서 살아난다는 것은 장삼봉, 아니 달마가 살아온다 해도 힘든 일입니다."

말을 마친 천하영은 울음을 멈추지 않았다.

모두가 한진우의 죽음을 예감하고 있을 때, 팽연화가 조용히 중얼거렸다.

"살아계실 겁니다."

"그게 정말입니까?"

철심이 물었다.

철심도 마음 한편에 한진우가 살아 있다는 것을 의심하지 않았다.

그래서 재차 물었다.

그 모습에 팽연화가 자신 있게 고개를 끄덕였다.

"네. 금비를 보면 알 수 있습니다."

"금비요?"

"네, 금비요. 그곳이 위험했다면 금비가 가만히 있었겠습니까?"

팽연화의 말에 모두의 표정이 순식간에 바뀌었다.

그들의 표정을 확인한 팽연화가 말했다.

"우린 무사히 나오실 학사님을 맞을 준비를 해야겠지요."

"준비라니요?"

천하영이 앞으로 나서 묻자 팽연화가 아래를 가리키며 말했다.

"한곳에 뭉쳐 기다리는 편이 좋지 않겠습니까?"

"그럼 모두 내려가야겠군요."

"아닙니다. 한 명만 가서 이한빈 어르신과 일행을 데려오면 될 것 같습니다."

"여기로요?"

"네. 아마 우리는 석불산의 정상에서 기다리는 것이 맞을 것 같습니다."

"정상이라……."

"우리가 나온 곳이 중턱이니 비동의 끝은 정상에 있을 것 같습니다."

팽연화의 말은 일리가 있었다.

고개를 끄덕인 천하영이 말했다.

"그럼, 제가 나머지 분들을 모셔오겠습니다."

말을 마친 팽연화가 나무로 뛰어올랐다.

그러고는 날다람쥐처럼 나무와 나무 사이를 날아 산 아래로 날아갔다.

그렇게 날아가는 팽연화를 보며 천하영이 혼잣말을 중얼거렸다.

"믿음이 부족한 것이야. 믿음이……."

천하영은 자신을 자책하고 있었다.

지금 그녀의 마음속에는 어렸을 때부터 숭상해 오던 '마'라는 한 글자 대신 학사 한진우가 자리 잡고 있었다.

한편 석실에 남은 한진우는 기이한 현상을 마주하고 있었다.

삼재심법을 운용하며 끊임없이 적양수의 극양진기를 온몸으로 받아들이고 노폐물을 배출하던 그의 주변에 엷은 막이 생겨났다.

그리고 그 엷은 막 속에 한진우가 있었다.

그 모습은 마치 배 속에 있는 태아와도 같았다.

그렇게 엷은 막 속에서 삼재심법을 운용한 한진우는 태어난 이후 최고의 기분을 만끽하고 있었다.

인간의 번뇌와 아픔을 훌훌 던져 버리고 다시 태어나는 기분이었다.

하지만, 이것은 한진우의 착각이 아니었다.

지금 한진우의 피부는 떨어져 나갔다가 재생되는 것을 반복하고 있었다.

그 떨어진 부분에서는 검은색의 체액이 끊임없이 흘러나왔다.

엷은 막은 점점 마치 알이 만들어지는 것같이 두꺼워졌다.

지금 한진우의 상태는 일찍이 무림인 중 누구도 경험해 보지 못한 것이었다.

한진우는 지금 벌모세수(伐毛洗髓)를 하는 것이었다.

벌모세수는 골수를 씻어 내고 털을 깎아 다시 태어난다는 뜻이다.

재력과 무력을 모두 갖춘 명문가에서는 자녀가 태어나면 백일에 맞춰 벌모세수를 하곤 한다.

아직 세상의 탁한 기운이 몸에 쌓이지 않은 백일 이내에 영약을 물에 녹여 아이를 씻어 내면 누구보다 강한 뼈와 혈도를 갖게 된다는 것이다.

하지만, 세상의 탁한 기운을 몸에 쌓고 근골이 완벽하게 형성된 성인에게는 조금의 도움도 되지 않은 것이 벌모세수였다.

그런데 지금 한진우는 인간이 감당할 수 없는 극양진기를 통해 벌모세수를 받으면서 동시에 환골탈태를 계속하고 있었다.

삼재심법을 운용하며 최상의 기운을 느끼고 있던 한진우는 고개를 갸웃했다.

누가 자신의 얘기를 하는 것인지 왠지 계속 귀가 간지러운 것이다.

뭐지?

그때 천마의 호령이 들어왔다.

-계속 심법에 집중하여라.

-네, 알겠습니다.

한진우는 상념을 털어 내고 계속 삼재심법을 운용했다.

한진우가 삼재심법에 집중하고 있을 때, 그를 담고 있는 원형의 석판이 점점 아래로 내려갔다.

툭.

아래로 내려간 석판은 뭔가에 걸린 듯 멈췄다.

동시에 문이 열리듯 두 쪽으로 갈라졌다.

그곳에 있던 한진우와 적양수가 어떤 공간으로 흘러내려 갔다.

한진우가 자신이 만들어 낸 막 속에서 무아지경으로 삼재 심법을 운용한 덕분에 그가 만든 얇은 막은 이제 완벽한 껍질이 되었다.

그 껍질은 알 모양, 아니 정확히는 공처럼 둥그스름했다.

웬만한 공격에는 꿈쩍도 안 할 만큼 단단한 껍질이 된 막에 둘러싸인 한진우는 계속 어디론가 굴러갔다.

그 와중에도 한진우는 눈을 감고 심법에만 집중했고 말이 다.

한진우가 이렇게 무아지경에 든 이유는 간단했다.

어렴풋이 자신이 무학의 끝으로 향하고 있다 느꼈기 때문이 다.

아직은 실체가 없이 아지랑이처럼 피어올랐지만, 무학의 끝을 향해 자신이 달려가고 있다는 것을 확신했다.

얼마나 지났을까.

한진우를 감싼 공이 어떤 곳에서 멈췄다.

한진우가 눈을 떴다.

그러고는 한숨 푹 자고 일어난 것처럼 껍질 속에서 기지개를 켰다.

탁.

뭔가가 한진우의 손에 걸렸다.

그것은 한진우를 감싼 껍질이었다.

뭐지?

고개를 갸웃한 한진우는 그것을 밀어내었다.

동시에 껍질이 마른 나뭇잎이 부서지듯 부스러기가 되어 흩어졌다.

"아, 잘 잤다."

한진우가 혼잣말을 뱉었다.

지금 한진우가 느끼는 자신의 상태였다.

푹 자고 일어난 사람처럼 개운함을 느낀 한진우가 눈을 비볐다.

아직 조금 흐릿하지만 사물이 두 눈에 보이기 시작했다.

이곳은 누군가의 정원이었다.

그것도 아주 잘 가꿔진 정원 말이다.

정원에는 정자가 하나 있었고 그 주위로는 연못이 있었다.

그때 한진우의 머릿속에서 천마의 목소리가 울렸다.

–다 왔네. 여기가 내가 자네에게 가르쳐 준 천마비동의 방이네.

–여기가요?

한진우의 질문은 합당했다.

여기가 동굴이라고 믿을 수 없었다.

–놀라지 말고 저쪽으로 가게나.

천마의 모습이 보이지 않았기에 정확히 그가 어딜 가리키는지는 몰랐지만, 여기서 그가 가라고 한다면 한 곳밖에 없었다.

한진우는 조용히 정자를 향했다.

터벅터벅.

걸어가던 한진우는 자신의 아래가 허전함을 느꼈다.

적양수에 의복이 녹아내리는 바람에 천마비갑을 걸친 상체는 괜찮지만, 아래에는 허전하기 그지없었다.

"흠."

헛기침하며 정자에 오른 한진우는 눈을 크게 떴다.

그곳에는 마치 자신이 이런 일을 당했을 거라 예상했다는 듯 의복이 준비되어 있었다.

하얀 천에 군데군데 황금색 수가 놓인 의복은 그리 화려하지는 않았으나 청아한 기운을 담고 있었다.

한진우는 조용히 의복을 들었다.

그때 천마의 목소리가 다시 머리에 울렸다.

-어, 어떻게 저걸…….

-왜 그러십니까?

-저 옷은 사람이 입을 수 있는 옷이 아니네, 정확히는 들 수도 없지.

-들 수가 없다니요?

-이 옷의 무게는 만근이라네.

-만근요?

-사람의 손이 닿으면 마치 만근 무게의 돌부처처럼 꿈쩍도

안 한다고 해서 붙여진 이름이 만근설의(萬斤雪衣)라네.

한진우는 천마의 호들갑에도 조용히 옷을 걸쳤다.

이 옷의 무게가 만근인지는 모르겠지만, 설의(雪衣)라는 표현은 적절했다.

천태산에 내린 첫눈보다 더 하얗게 빛을 내고 있었으니 말이다.

소박하게 놓인 황금색 자수는 눈에 반사되는 태양을 나타내는 것 같았다.

그때였다.

한진우의 눈에 정자에서 몇 걸음 떨어진 곳에 묘하게 생긴 바위가 들어왔다.

그 바위에는 두 개의 검이 꽂혀 있었다.

한진우의 입꼬리가 슬쩍 올라갔다.

저 검들 중 하나가 천마 검임이 분명했다.

천마 검은 한진우가 이곳에 온 이유였다.

하지만, 여기까지 와서 대사를 그르칠 수는 없는 일이었다.

목표를 눈앞에 두고 있는 만큼 서두를 필요는 없었다.

한진우는 머릿속 만상서고에 있는 천마를 불렀다.

-저게 천마 검이 맞습니까?

한진우의 물음에 천마가 바로 답했다.

-오른쪽에 있는 검이 천마 검이다.

-그럼 왼쪽은 무엇입니까?

-그건…… 왼쪽은 나도 모른다.

-네?

한진우는 황당한 표정으로 천마에게 되물었다.

천마가 평온한 목소리로 답했다.

-뽑아 본 적이 없다.

이것은 조금 이상했다.

뽑아 본 적이 없다?

그것은 뽑으려 시도한 적은 있다는 이야기였다.

천마가 못 뽑는 검이라니?

-뽑아 본 적이 없다고요?

-만근설의를 들 수 없었듯이 저 검도 들지 못했네.

천마는 당연하다는 듯 말했다.

-이 옷도 들지 못하셨다고요?

-그렇다네. 나도 이 옷을 입어 보려 했지. 그런데 들지도 못했네. 난 주술이 걸려 있는 옷이라고만 생각했지.

천마의 말에 한진우가 자신이 입은 만근설의를 바라봤다.

그러고는 소매를 한번 털어 봤다.

동시에 소매가 나풀거렸다.

아무리 봐도 다른 옷과 차이가 없었다.

의심이 가시지 않은 한진우가 몸을 돌려봤다.

조금 다른 것이 입은 듯 입지 않은 듯 옷의 무게가 느껴지지 않았다.

게다가 옷이 스치는 소리도 들리지 않았다.

마치 물방울로 온몸을 감싼 기분이었다.

그러고 보니…….

한진우는 적양수 속에서 운기를 하던 기억을 떠올렸다.

그때 포근했던 그 감촉이 만근설의에서 느껴졌다.

그렇다면 자신은 적양수를 통해 기연을 얻었고, 그 기연에 이 만근설의가 반응하고 있다는 것이었다.

한진우는 슬며시 입맛을 다셨다.

더할 나위 없이 즐겁다는 듯 진한 미소를 띤 한진우는 천천히 바위를 걸어갔다.

한진우가 바위 쪽으로 손을 내밀 때였다.

머릿속에서 천마의 외침이 들려왔다.

-그냥 뽑으면 안 되네.

-네?

-천마 검도 일반인은 뽑을 수가 없다네. 내가 간단한 심법을 가르쳐 줄 테니, 잘 듣고 운기를 하게.

천마의 말에 한진우가 재빨리 외쳤다.

-차라리 적어 주시죠.

-간단한 것이니 잘 듣고 행하면 되네.

-…….

한진우가 말없이 고개를 끄덕이자 천마가 구결을 읊었다.

-사지의 기를 심장에 모아 백회혈로 돌리고……. 그 기를 기

경팔맥으로 보낸 뒤 손끝에 모아…….

구결을 듣던 한진우는 입맛을 다셨다.

그것은 아쉬움의 표시였다.

책을 씹는 것과 귀로 듣고 그 뜻을 익히는 것은 차원이 다른 일이었다.

천마가 간단하다고 하는 심법은 한진우에게는 마치 만리장성의 성벽처럼 높게만 보였다.

하지만 천마는 한진우의 마음을 아는지 모르는지 계속 구결을 이어 나갔다.

한진우는 기가 찼다.

저걸 어떻게 간단하다고 말할 수 있는지 무인들의 머릿속이 궁금했다.

한진우는 그냥 천마 검을 바위에서 뽑아 보기로 했다.

일단 어느 정도로 단단히 박혀 있는지를 알아야 판단이 설 것 같아서였다.

한진우가 쓱 하고 손을 내밀어 바위 오른쪽에 박혀 있는 천마 검을 잡았다.

그때 천마가 구결을 멈추고 비명을 토해 냈다.

-헉. 지금 뭐 하는 것…….

하지만 천마의 외침은 중간에 끊겼다.

쓱.

한진우가 도토리묵에 박힌 젓가락을 뽑듯이 전혀 힘들이지 않고 천마 검을 뽑아 낸 것이었다.

　-대, 대체 지금 무슨 짓을…….

　떨리는 천마의 목소리에 한진우가 말했다.

　-왜 그러십니까? 이렇게 뽑으면 안 되는 겁니까?

　-그게 아니라 이 바위가 뭔지 아나?

　-딱 보기에 그냥 바위인 것 같은데요.

　-이 바위는 흑영석이라네.

　-흑영석이라면……?

　한진우가 무림백서의 한 구절을 떠올렸다.

　강호에는 기를 흡수해서 그 기로 자신을 단단하게 만드는 돌이 있다고 했다.

　본래의 색은 먹을 진하게 갈아 넣은 듯한 흑색이지만, 기를 먹은 돌은 보통의 바위처럼 돌아간다고 했다.

　그렇다면 이것도 이 비동의 주인이 준 안배?

　그렇다면 천마가 놀랄 만도 했다.

　정석대로라면 천마가 검을 꽂을 때 준 내공 그대로를 주어야 검이 뽑힐 것이었다.

　그런데 그런 과정 없이 아무렇지 않게 검을 그냥 뽑았으니 어이가 없는 것이다.

　한진우는 놀란 천마를 뒤로한 채 검을 잠시 바라봤다.

　그리고 한진우는 바위 오른쪽에 놓인 검집을 바라봤다.

　그 검집은 여느 검집과 다른 바가 없었다.

다만 천(天)이라는 글자가 양각으로 불룩 튀어나왔을 뿐이었다.

한진우는 검집을 잡아 뒤집어 보았다.

그러고는 쓱 입꼬리를 올렸다.

예상대로 마(魔)란 글자가 반대쪽에 새겨져 있었다.

이 검집은 천마 검의 안식처가 맞았다.

착.

검을 검집에 갈무리한 한진우는 아무렇지도 않게 자신의 허리에 천마 검을 끼워 넣었다.

처음 가져 보는 검이지만, 이상하게 낯설지 않았다.

한진우는 재빨리 고개를 돌려 왼쪽의 검을 바라봤다.

그때 다시 머릿속에서 천마의 목소리가 들려왔다.

-그 검은 그냥 놔두게!

-왜 그냥 둡니까?

-그 검을 못 뽑은 이유는 영력 때문이라네.

-영력이라고요?

-그 검이 품은 영력을 감당할 수 있는 무인은 없다네. 나조차도…….

아련한 천마의 목소리가 한진우의 머릿속을 울렸다.

아마 검을 뽑지 못한 이유가 그 검이 품은 영력 때문인 것 같았다.

영력이라?

천마도 감당 못 할 영력이라?

한진우는 조용히 검에서 눈을 떼고 천마에게 물었다.

-저 검이 품은 영력이란 무엇입니까?

-저 검은 이 비동 주인의 것으로 추정된다네.

-이 비동의 주인이라고요?

-이 비동의 주인을 나는 삼황오제 중 한 명이라 추측한다네.

-삼황오제요?

-그렇다네. 얼핏 삼황오제의 목소리를 들었네. 하지만 너무 강한 영력에 난 눈과 귀가 멀 뻔했지. 바라보기만 해도 온몸이 마치 1억만 근의 돌에 눌리는 기분이 들었다네.

한진우는 미간을 좁혔다.

천마가 저리 당황한다는 것은 상상치도 못할 일이었다.

잠시 당황하던 한진우는 바로 표정을 수습했다.

이것은 기회였다.

삼황오제라는 전설의 인물과 자신은 떼려야 뗄 수 없었다.

어찌 보면 이 강호행의 시작도 복희의 무덤과 관계가 있지 않았던가?

게다가 무학의 끝을 보겠다는 자신의 길에는 모두 삼황오제의 안배가 있었다.

지금도 적양수에 몸을 담그고 기연을 얻지 않았던가.

처음에 한진우는 그 변화를 단순한 변화라 생각했다.

하지만, 지금 거울을 본다면 놀라 자빠질지도 모르는 상황이었다.

한진우는 머리카락에서 발끝까지 범상치 않은 기도를 풍기고 있었으며 얼굴을 몇 년 전으로 돌아간 것처럼 어려 보이기까지 했다.

게다가 모든 혈맥이 뚫리는 것도 모자라 마치 강철처럼 단단해졌다.

이제는 받아들이는 힘에 한계가 없어졌다는 것이다.

한진우는 조용히 바위에 꽂힌 검을 바라봤다.

저 검은 대체 무엇일까?

한진우는 귀신이 들린 듯 자신도 모르게 검에 손을 천천히 가져갔다.

그때 천마가 다시 외쳤다.

-그 검은 잡지 말게.

-…….

하지만 한진우는 천마의 외침에는 아랑곳하지 않고 검을 잡았다.

그때였다.

한진우가 눈에서 광채가 돌았다.

동시에 천마가 외쳤다.

-검을 놓게.

-…….

하지만 한진우는 검을 잡은 채 더욱더 안광을 빛냈다.

이제 천마의 목소리가 들리지 않는다는 듯 말이다.

천마의 목소리가 한진우의 귓가에 들리지 않는 것은 사실이었다.

한진우는 검을 잡음과 동시에 앞이 캄캄해졌다.

그는 이곳이 상대가 만들어 낸 환상의 공간이라는 것을 아는 듯 조용히 누군가를 기다리고 있었다.

아니나 다를까.

저 멀리서 황금색의 점이 나타났다.

그 점은 점점 가까워졌다.

얼마나 지났을까.

그 점은 곧 하나의 형태를 갖추었다.

그것은 사람이었다.

한진우가 그 점이 사람이라는 것을 느꼈을 때, 그가 엄청 빠른 속도로 날아왔다.

한진우의 눈앞에 나타난 것은 중년의 사내였다.

그런데 복장이 예사롭지 않았다.

황금색 두건에 황금빛 도포를 걸치고 있다.

암흑과도 같은 공간에 오직 그의 모습만 보였다.

다른 사람이 이런 상황을 마주했다면 정신을 못 차리겠지만, 한진우에게는 이런 일이 일상다반사였다.

지금도 천마, 달마, 장삼봉, 남궁장천의 사념을 머릿속에 넣고 교류를 하는 한진우였다.

황금색 두건의 사내가 한진우 앞에 멈췄다.

"연자여, 왔는가?"

이것은 머릿속의 울림이 아니었다.

마치 평상시에 대화를 하듯 공간을 가로질러 그의 목소리가 한진우의 귓전을 때렸다.

한진우가 씩 웃었다.

연자라는 첫 마디가 귀에 딱딱 달라붙었기 때문이었다.

이번엔 어떤 기연을 주려고 저렇게 연자라는 말을 내뱉는다는 말인가.

한껏 기대한 한진우가 씩 웃으며 그를 맞았다.

-네, 잘 보셨습니다. 제가 기다리시는 그 연자인 것 같습니다.

-그래, 나를 본다는 것은 분명 선택받았다는 것이겠지.

-선택요?

-우리는 중원이 막 형태를 갖췄을 때, 이곳으로 넘어왔다네.

그의 말에 한진우가 눈을 좁혔다.

중원이 막 형태를 갖췄을 때라는 것은?

그렇다면 지금 눈앞에 있는 자는 분명 신화 속의 통치자인 삼황오제 중 한 명이라는 것이다.

여기까지는 한진우도 충분히 예측할 수 있는 부분이었다.

하지만, 넘어왔다는 것은 조금 이해가 되지 않았다.

설마 천계나 선계?

한진우의 표정을 본 그가 다시 말을 이었다.

"나는 후대에 전욱이라 불리는 사람이라네."

"아. 오제 중 한 분이셨군요."

황제, 제곡, 요, 순과 함께 전욱은 오제 중 한 명이었다.

한진우의 표정을 본 전욱이 도리어 놀라며 물었다.

"자네는 놀라지 않는군."

"이미 삼황인 복희의 일생을 마주했으니 낯설지는 않습니다."

한진우가 살짝 고개를 숙이자 전욱이 고개를 끄덕였다.

"그렇겠군. 그랬으니 내 목소리를 들을 수 있었겠지."

전욱의 말에 한진우가 잠시 상념에 잠겼다.

마치 준비된 안배를 자신이 따랐다는 느낌을 강하게 주었다.

"제가 준비된 길을 따랐다는 이야기 같군요."

"그 이야기를 하자면 옛날이야기 하나를 해야겠군,"

"경청하겠습니다."

한진우가 정중히 고개를 숙였다.

어떤 기연을 줄지는 몰라도 받는 입장에서 요 정도의 예의는 갖춰야 했다.

한진우의 표정을 본 전욱이 말을 이었다.

"옛날 한 대륙이 있었다네, 그 대륙에는 영물과 인간이 어우러져 살고 있었고……."

한진우는 그의 말을 듣고 눈을 크게 떴다.

전욱이 말하는 내용은 책에서 본 여러 신화를 섞어 놓은 것만 같았다.

영물과 인간이 평화롭게 살던 세계를 마계가 문을 열고 침략했다는 것이었다.

그 후 그 세계의 일부는 다른 세계에 도움을 청하기 위해 이곳으로 넘어왔고 말이다.

그런데 넘어온 일부가 삼황오제라는 것이었다.

설명을 듣던 한진우가 조심스럽게 물었다.

"그럼, 삼황오제가 중원, 아니, 우리가 사는 세계의 사람이 아니라는 건가요?"

"맞네. 우리는 그 세계를 지키던 용이었다네."

"용이요?"

웬만해서는 놀라지 않는 한진우였지만, 지금만은 입을 떡 벌릴 수밖에 없었다.

"그렇다네, 자네들이 상상하던 그 용 말이네."

"좌청룡, 우백호 할 때 그 용을 말씀하시는 거죠?"

"그렇다네."

"헉."

다시 탄성을 터뜨린 한진우가 전욱을 뚫어지라 바라봤다.

그때, 전욱의 모습이 점점 변했다.

점점 변해 가는 전욱의 모습을 보고 한진우의 눈이 커졌다.

이내 전욱을 둘러싼 황금빛이 점점 커지더니 그 크기를 키워 나갔다.

투-두-득!

투-두-득!

황금빛 속의 전욱의 몸이 마치 조각이 나듯 점점 갈라졌다.

전욱이 내는 황금빛은 마치 광기를 드러내는 것만 같았다.

보통 사람이라면 그 빛을 보는 것만으로도 미쳐 버릴 것이었다.

한진우는 그 빛을 감상하며 조용히 삼재심법을 운용했다.

동시에 전욱이 내는 황금빛이 한진우에게 흘러 들어왔다.

한진우는 그 빛이 적양수가 품은 극양진기라는 것을 알 수 있었다.

전욱의 몸이 점점 뚜렷하게 보이기 시작했다.

한진우가 나지막이 외쳤다.

"진짜 용이……."

한진우의 앞에 서 있는 것은 커다란 용이었다.

찬란하게 빛나는 황색으로 마치 황금을 연상케 하는 황금용 말이다.

커다란 황룡이 된 전욱이 말했다.

"이제는 믿겠는가?"

전욱의 물음에 한진우는 눈을 가늘게 뜨고 요모조모를 살폈다.

그러고는 말을 이었다.

"확실히 진법이나 술법은 아니군요."

"그럼 인정하는가?"

"네, 용이 확실하군요. 그런데 용은 전설에나 나오는 영물인 줄 알았는데, 이렇게 존재한다는 자체가 놀랍군요."

한진우는 고개를 끄덕이며 복희의 무덤에서 봤던 복희의 일생을 떠올렸다.

복희는 분명 사람의 모습이 아니었다.

하체만을 본다면 분명히 용의 모습이 맞았다.

복희를 모시는 저잣거리의 사당을 본다면 반인반수의 복희와 여와가 벽에 그려져 있는 것을 흔히 볼 수 있다.

민간에서 전해 오는 삼황 중 복희와 여와의 모습부터 용과 비슷했다.

그리고 보면 옛날 삼황오제가 인간의 왕으로 있으면서 자신이 본 모습을 보여 준 적이 있지 않을까 하는 추측도 가능했다.

설화와 전설.

그리고 지금 앞에 있는 전욱의 모습을 보면 그들이 용이라는 것이 그리 놀랄 일은 아니라 한진우는 생각했다.

한진우가 고개를 끄덕이자 전욱이 말을 이었다.

"우리는 그 세계에서도 용이었고 이 세계에서도 용으로 존재했네. 도움을 청하기 위해서 연 문이 바로 이곳이었고 말이야."

"도움이라면 용의 힘으로도 감당할 수 없는 것이 있다는 말입니까?"

한진우는 살짝 떨리는 목소리로 말을 이었다.

용이라면 전설상의 영물이었다.

용에게 힘으로 대적할 적이 있다는 것이 놀라웠다.

한진우의 표정을 본 전욱이 씁쓸한 표정으로 말을 이었다.

"그것은 마물의 군단이었지."

"마물이라고요?"

"그렇다네, 우리는 그 마물 군단에 맞섰지만, 힘에 부쳤지."

"용의 힘으로도 감당이 안 되는 마물이라니 상상도 안 됩니다."

"그것들의 실체를 마주한 인간은 그저 바라보는 것만으로도 미쳐 버렸다네."

"음."

한진우는 침음을 흘렸다.

생각보다 심각한 이야기 같았다.

전욱의 입에서 이런 이야기가 나온다는 것은 중원과 관계가 있다는 이야기였다.

한진우가 물었다.

"그런데 왜 그 세계로 돌아가지 않으신 거죠?"

"우리가 이곳에 온 이유는 첫 번째가 도움을 요청하기 위함이었다네."

전욱의 표정이 살짝 일그러졌다.

뭔가를 생각하며 후회하는 듯한 모습이었다.

그 모습을 본 한진우가 말했다.

"그런데 표정을 보니 그건 실패하신 것 같군요."

"그렇다네. 이곳에 와 보니 여기는 우리가 생각하지 못할 정도로 많이 뒤처져 있었다네. 그래서 우리는 두 번째 계획을 세웠지."

전욱의 두 번째라는 말에 한진우는 눈을 크게 뜨고 물었다.

"두 번째 계획이라니요?"

"이 세계를 발전시켜 그들에 맞설 힘을 만들어 주자는 것이었지."

한진우는 고개를 갸웃했다.

마물을 퇴치하기 위해 굳이 인간을 돕는다는 것은 조금 이해가 안 가는 부분이었다.

호기심을 참지 못한 한진우가 물었다.

"인간을 도와 그들과 맞선다는 것은 이치에 맞지 않는 것 같습니다만."

"왜 그렇게 생각하나?"

"급박하기 때문에 이곳으로 온 것이 아닙니까?"

"그곳과 이곳은 시간의 흐름이 다르다네. 여기에서 충분히 힘을 기른 다음에 그곳으로 가도 되지."

"여기서 두 번째 질문입니다. 다른 세상이 존재한다면 우리가 사는 세상 이외에도 수많은 세상이 존재한다는 것인데. 왜 다른 곳으로 가시지 않고 이곳에 머문 거죠?"

"이 열쇠가 열 수 있는 곳은 한계가 있었다네. 그래서 우리는 이곳에 머물든지 다시 돌아가든지 하는 선택밖에 할 수 없었지."

"그래서 이곳에 남으셨다는 거네요. 발전을 위해 왕이 되어 인간을 통치하신 거고요."

한진우가 묻자 전욱이 미소 지었다.

"그 방법이 가장 빠르다고 판단한 것이지. 그래서 누군가는 농사를 가르치고, 누군가는 수로를 정비하고 누군가는 팔괘를 뿌렸네."

"아."

한진우가 탄성을 뱉었다.

그가 말한 모든 것이 삼황오제의 공적이었다.

그렇다면 삼황오제의 신화는 진실이라는 이야기였다.

그 진실의 중심과 자신이 마주하고 있고 말이다.

한진우의 표정을 본 전욱이 웃으며 말을 이었다.

"이제야 조금 놀라는군. 그렇듯, 우리 아홉 마리의 용들은 이곳을 최대한 발전시키기 위해 힘을 썼지."

한진우는 살짝 고개를 갸웃했다.

듣다 보니 전욱은 아홉 마리의 용이라고 표현했다.

그런데 삼황오제라면 분명 여덟이 아니던가.

일단 그것은 나중에 묻기로 하고 한진우는 본론부터 먼저 물었다.

"당신이 살던 세계를 도울 힘을 갖출 때까지요?"

"하지만, 그것도 실패로 돌아갔다네."

다시 전욱의 표정이 회한에 잠겼다.

"실패요?"

"우리도 수명이 있는 법이었지. 여기로 넘어왔을 때 우리의 수명은 고작 오백 년밖에 남지 않았다네. 그곳의 시간은 괜찮지만, 이곳에 온 이상 우리는 이곳의 영향을 받는 것이지."

전욱의 표정이 다시 씁쓸하게 변했다.

용의 모습이 되면서 거대해지니 그 표정 변화를 쉽게 파악할 수 있었다.

"오백 년이라……."

한진우는 조용히 세월이 담긴 그 단어를 곱씹었다.

뭐, 전설의 용이 하는 말이니 인간의 관점에서 쉽사리 이해할 수 없는 일이라 생각하고 조용히 고개를 끄덕였다.

그 표정을 본 전욱이 다시 말했다.

"오백 년 동안 이곳을 발전시키는 데는 한계가 있었다네. 그래서 세 번째 방법을 선택하기로 했지."

한진우가 눈을 크게 뜨고 물었다.

"그게 뭔가요?"

"그 세계를 버리고 중원이 있는 이 땅을 지키는 것이지."

"아."

탄성을 뱉은 한진우는 조용히 입꼬리를 올렸다.

그 모습을 본 전욱이 마주 미소 지으며 설명을 이어 나갔다.

"그곳도 인간이 사는 세상. 이곳도 인간이 사는 세상이라네. 그곳을 되찾을 힘이 없다면 이곳이라도 지키자는 것이지."

"좋은 선택이네요."

한진우는 기분 좋게 고개를 끄덕였다.

이곳을 발전시켜 여기 인간들을 동원해 마물이 침략한 세계를 구하려고 했다는 생각부터가 인간을 무기로 생각했다는 것이다.

그러나 전욱은 이제 이곳, 여기에 사는 인간들을 지키기로 마음먹었다.

한진우의 표정을 보고 전욱은 커다란 몸집을 끄덕이며 말을 이었다.

"그런데, 한 가지 문제가 생겼지."

전욱의 표정이 다시 심각하게 변했다.

그 표정의 변화를 본 한진우가 물었다.

"문제라니요?"

"아홉 마리 용이 이곳으로 넘어오면서 마물의 졸개들이 따라온 것 같네."

"마물의 졸개라니요?"

"우리가 막 이곳으로 넘어왔을 때, 우리가 건넌 문의 작은 틈으로 우리를 쫓아 이곳에 온 마물이 있었던 것이야. 우리는 그들의 존재를 수명이 딱 십 년 남았을 때 알게 되었지."

"그럼, 우리가 사는 세계도 당신이 넘어온 세계처럼 변한다는 건가요?"

"그건 아니네. 그 마물들은 그리 강한 존재가 아니네. 그들은 인간의 발전을 막기 위해 전쟁을 일으키기도 하고, 역병을 만들기도 했다네. 그러면서 차원의 문을 열려고 계속해서 시도했지."

"차원의 문이라고요?"

"그쪽과 이 세계를 연결하는 문을 말일세."

"……."

한진우는 말없이 그동안 일어났던 일들을 떠올렸다.

복면의 괴인들은 분명히 틈이라는 단어를 썼다.

그리고 다른 세상을 연다고도 했었다.

이제는 그들의 정체에 대해서 알 것 같았다.

생각을 정리한 한진우가 물었다.

"그럼 제가 어떻게 하면 됩니까?"

단번에 본론으로 파고드는 한진우의 질문에 전욱이 미소 지으며 답했다.

"차원의 문을 완전히 닫아 버리게."

"문을 닫는다고요?"

"지금 잡고 있는 열쇠로 차원의 문을 닫아 주게."

전욱은 빛나는 눈으로 한진우를 바라봤다.

한진우의 시선이 자연스레 자신의 손으로 옮겨졌다.

"헉."

한진우의 손에는 어느새 검이 들려 있었다.

이것은 분명 바위에 꽂혀 있던 그 검이 맞았다.

"그것이 열쇠네."

"이게 열쇠라고요?"

"그렇다네, 그게 차원의 문을 닫는 열쇠라네. 본래는 천계의 문을 열려고 만든 열쇠였지, 그런데 마계가 열리고, 우린 할 수 없이 이 열쇠로 이곳으로 넘어왔지."

"그럼 지금 문이 열려 있다는 말입니까?"

"문은 닫혀 있지만, 잠겨 있지는 않은 상태이지."

그의 말에 한진우는 자신의 손에 들린 검을 바라봤다.

그리고 의심의 눈초리로 전욱을 바라봤다.

"어떻게 닫으면 됩니까?"

"그 열쇠가 가르쳐 줄 것이네."

"이 열쇠가요?"

"그 열쇠를 사람들은 여의 검(如意劍)이라 부른다지."

"여의 검이라⋯⋯."

한진우는 말끝을 흐리며 조용히 다시 여의 검을 바라봤다.

제갈무학이 전해 준 무림백서에서 병기 서열 첫 번째에 적힌 검의 이름이었다.

강호인들은 이 검이 전설상에서만 존재한다고 믿고 있었다.

한진우가 다시 여의 검을 흐뭇한 표정으로 바라봤다.

천마검도 모자라 여의 검이라니!

한진우의 표정을 본 전욱이 물었다.

"그 검에 대해서 아는가?"

"이 검은 전설로 전해 오는 검이었습니다. 강호인들은 여의봉의 파편으로 만들어진 것이 여의 검이라 말하지요."

"반은 맞네."

"헉. 그럼 그게 사실입니까?"

"여의 검의 본래 형태는 봉이었으니 말이야?"

"이게 여의봉이었다고요?"

"그 열쇠는 주인의 뜻에 따라 형태가 변하지."

"대체 여의봉이 실제 존재했다는 얘깁니까?"

"우리 아홉 용 중 여덟은 중원에 남아 이 인간계 발전에 기여했고 아홉 번째 용은 이 세상의 주인과 만나 담판을 지으려 했지."

"이 세상의 주인이라고요?"

"사람들은 그를 옥황상제라 하더군. 그러다 아홉 번째 용은 세상에 꽤 이름을 알리게 되었다네."

"혹시 그 용의 이름이 제천대성입니까?"

"그렇다네."

전욱의 대답에 한진우의 눈가가 파르르 떨렸다.

아무리 신기한 일이 일어나도 눈 하나 깜빡하지 않는 한진우였지만, 오늘 전욱에게 전해 들은 이야기는 놀라움의 연속이었다.

그때였다.

전욱을 둘러싼 황금빛이 점점 엷어지기 시작했다.

그때 뼈가 꺾이는 소리가 한진우의 귓전을 때렸다.

투ㅡ두ㅡ둑!

투ㅡ두ㅡ둑!

전욱의 몸이 이전에 들었던 기괴한 소리와 함께 쪼그라들기 시작했다.

얼마나 지났을까.

전욱은 인간의 모습으로 한진우의 앞에 섰다.

"자네의 상상 속이라고는 하나 본체의 형태를 오래 유지하기 힘들군."

전욱이 사람의 얼굴로 한진우를 바라봤다.

눈치를 보면 바로 눈앞에서 사라져도 이상할 것이 없는 상태였다.

그 모습을 보던 한진우가 뭔가 기억이 났는지 다급하게 물었다.

"혹시, 청해혈사라고 아십니까?"

"청해혈사라? 처음 듣네만."

비급먹는
학사님

"삼백여 명의 무림인이 모두 사라진 사건입니다."

"무림인이 사라졌다? 이상한 일이군."

"전혀 모르십니까?"

"차원의 문이 열리면 그럴 수도 있네."

"문이 열리면 그럴 수도 있다니요?"

"열쇠로 닫기 전까지는 완벽히 닫힌 게 아니네. 그 문을 열기 위한 것은 영력과 강호인이 말하는 내공이네."

그 말에 한진우의 눈이 커졌다.

이제야 모든 비밀이 풀리는 것 같았다.

혼돈의 중심

한진우가 말을 이었다.

"그럼……."

"닫을 때도 마찬가지지 막대한 내공을 소모해야 닫을 수 있을 것이야."

"문을 닫기 위해 내공을 소모한 사람은 어떻게 됩니까?"

"아마, 문 너머로 빨려 들어갔을 것이네. 나머지는 여의 검에게 물어보게."

전욱은 그 말을 남기고 한진우의 눈앞에서 사라졌다.

이제는 캄캄한 암흑만이 있을 뿐이었다.

하지만, 한진우는 당황하지 않았다.

어차피 자신의 머릿속에서 일어난 일이 아니던가.

차분히 마음을 가다듬은 한진우는 눈을 떴다.

한진우가 눈을 뜨자 검을 잡은 그대로 서 있는 자신의 모습을 볼 수 있었다.

검은 아직 뽑히지 않고 꼿꼿하게 바위에 박혀 있는 상태.

한진우는 여의 검을 흑영석에서 빼내기 위해 손아귀에 힘을 주려 했다.

과연 어느 정도의 힘을 줘야만 이 여의 검을 뺄 수 있는 것일까.

한진우가 여의 검을 보며 막 빼낼 준비를 할 때였다.

쓱.

"허."

한진우의 입에서 탄성이 흘러나왔다.

전혀 힘을 주지 않고, 그저 뽑겠다는 마음만 먹었을 뿐인데 그 생각을 떠올리자마자 여의 검이 한진우의 손에 빨려드는 감각과 함께 쥐어진 것이다.

검을 손에 쥔 한진우가 재빨리 바위의 왼쪽을 살폈다.

이 여의 검에 맞는 검집이 옆에 있을 것 같았기 때문이다.

하지만 한참 바위를 살피던 한진우는 혼잣말을 뱉었다.

"뭐지?"

한진우가 고개를 갸웃했다.

아무리 찾아봐도 검집과 비슷한 형태의 물건은 없었다.

한진우는 어떻게 보관해야 할지 고민하며 여의 검을 바라봤다.

그때 신기한 일이 일어났다.

황금빛 광채가 한진우의 심장에서 휘돌더니 어깨에서 팔로 내려가 손에 잠시 머물렀다.

그러고는 한진우도 모르게 저절로 황금빛 광채가 검으로 흘러 들어갔다.

그것은 분명 적영수를 통해 받았던 극양의 진기였다.

극양의 진기가 여의 검으로 들어가자 갑자기 여의 검이 부르르 떨기 시작했다.

동시에 이상한 전음이 한진우의 머릿속에 울렸다.

그러고는 그와 함께 끊임없이 기억이 흘리들어왔다.

이것은 여의 검의 사용법이었다.

거기에 더해 여의 검이 봐 왔던 모든 기억이 한진우의 머릿속으로 흘러 들어왔다.

삼황오제와 제천대성이 멸망한 세계에 있었을 때의 기억.

그리고 이 세계에 건너와 문명과 마주했을 당시.

그 천고의 기억이 이 여의 검에 모두 들어 있었다.

한진우는 조용히 눈을 감고 그 기억을 받아들였다.

툭.

툭.

머릿속에 흘러 들어오는 기억은 끝이 없었다.

만약에 일반인이 이 기억을 받아들였다면 천분지 일을 받기도 전에 미쳐 버렸을 것이었다.

기억은 계속 흘러 들어와 만상서고 속에 차곡차곡 쌓였다.

그리고 만상서고의 방 열 개 정도를 채운 후에야 멈췄다.

서고 중에 열 개라고 하지만, 그 한 개가 황궁 서고의 열 배에 해당하는 공간이니 한진우의 기억 속에 있는 지식의 양은 황궁 서고에 들어 있는 서책의 일백 배라고 봐야 했다.

한진우는 조용히 눈을 떴다.

번쩍.

한진우의 안광이 모든 공간을 뒤덮었다.

그것도 잠시 본래의 눈빛을 되찾은 한진우는 조용히 여의 검을 바라봤다.

그러고는 여의 검에 기를 흘려보냈다.

스스슥.

기를 받은 여의 검이 눈 깜짝할 사이에 모습을 바꾸었다.

한진우는 입꼬리를 올리며 모습을 바꾼 여의 검을 바라봤다.

한진우의 손에는 평범한 붓 한 자루가 들려 있었다.

평범하다고 말하기에는 비범한 용무늬가 새겨져 있는 붓이었지만, 본래 여의 검의 형태보다는 한진우에게 더 어울리는 모습이었다.

한진우는 붓으로 변한 여의 검을 조용히 품 안에 넣었다.

여의 검을 통해 건네받은 기억으로 한진우가 느낀 것은 하나였다.

세상은 넓고 할 일도 많다는 것이었다.

용도 맞서지 못한 힘이라?

한진우는 눈을 가늘게 떴다.

무학과 힘이 같다면?

무학의 끝을 보기 위한 단서는 삼황오제도 두려워했던 그 존재에 답이 있을 것이었다.

무학의 끝을 아무리 보고 싶다고 해도 가장 중요한 것은 역시 생존이었다.

한진우는 조용히 정원의 구석을 향해서 걸어갔다.

이제 이곳에서 나가 일행의 안위를 확인해야 할 때였다.

그때였다.

한진우는 고개를 갸웃했다.

뭔가 잊은 것이 있는 것 같았다.

과거를 보러 가며 지필묵을 안 챙긴 것 같은 이 기분은 무엇일까?

이곳에서 과연 할 일이 남은 것일까?

한진우가 그 찝찝함의 정체에 대해서 고민하고 있을 때였다.

반대편 멀리에서 소리가 들려왔다.

찍찍.

이것은 금비의 소리였다.

한진우는 그 찝찝함의 정체에 대해서 이제 알았다.

금비를 깜빡 잊고 있었던 것이었다.

반대쪽이라면 한진우가 적양수를 타고 흘러들어온 곳이었다.

한진우는 재빨리 그쪽으로 뛰어갔다.

찍찍.

한진우는 소리가 나는 쪽을 향해 두리번거렸다.

찍찍.

살려달라는 듯 다급한 금비의 소리에 한진우는 눈을 좁혔다.

그곳에서는 주먹만 한 황금빛 알이 살짝 흔들리고 있었다.

한진우는 재빨리 그 알을 잡았다.

한진우의 손에서 알에 살짝 흔들렸다.

한진우는 조심스럽게 그 알에 기를 흘려보냈다.

사사삭.

황금빛 알은 한진우의 손길을 기다렸다는 듯 반응하기 시작했다.

찌지─직.

쫙!

황금빛 알을 깨졌다.

그곳에서 금비가 목을 빼꼼 내밀며 한진우를 보며 눈을 빛냈다.

그 모습에 한진우가 씩 웃었다.

어찌 이전의 크기보다 금비는 더 작아졌다.

이전의 크기가 성인 주먹 두 개를 합쳐 놓은 정도라 하면 지금은 주먹 하나도 안 될 크기였다.

얘도 환골탈태를 한 것일까?

한진우가 고개를 갸웃하자 금비가 생각을 읽었다는 듯 고개를 끄덕였다.

그러고는 한진우의 품 안으로 폴짝 뛰어올랐다.

찍찍.

이제는 품에 넣어도 표시가 안 날 정도로 작아진 금비의 머리를 가볍게 쓰다듬은 한진우가 천천히 반대쪽 벽으로 걸어갔다.

한진우는 금비가 환골탈태한 모습을 보며 웃었지만, 정작 자신이 환골탈태한 모습은 알 수 없었다.

한진우는 조용히 그 벽을 향해 걸어갔다.

그곳은 진법으로 이곳과 석불산이 연결되어 있는 생문이었다.

한진우는 아무렇지도 않게 그곳으로 몸을 쓱 들이밀었다.

석불산의 중앙에서 기다리던 나머지 일행은 안절부절못하며 주위를 두리번거렸다.

철심이 한숨을 푹푹 내쉬며 이한빈에게 물었다.

"어르신, 학사님의 기척이 느껴지십니까?"

"그리 걱정할 필요는 없다고 생각하네."

"하지만 벌써 하루가 지났습니다. 그런데 아직 나오시질 않으니……."

"너무 걱정하지 마시게. 여기에서 한 학사보다 강한 사람이 있는가?"

"……."

철심이 고개를 좌우로 흔들자 이한빈이 말을 이었다.

"한 학사를 걱정하는 건 사치라 생각하네."

똑 부러지게 말한 이한빈은 수염을 쓰다듬으며 고개를 돌렸다.

그 모습에 철심이 고개를 끄덕이며 조금 안심한 표정으로 한숨을 내쉬었다.

"하긴……."

하지만 이한빈의 표정에는 근심이 묻어 있었다.

입구에 설치된 진법에서부터 시작해서 안쪽에 설치된 기관 장치까지.

모든 것이 상상을 초월할 정도였다.

그 정도로 방비가 된 곳이라면 어느 누구라도 목숨을 장담하기 어려울 것이라 그는 생각했다.

팽연화도 마찬가지로 걱정을 한가득했다.

그녀는 고개를 들어 보름달을 바라봤다.

달빛을 보니 용암에 묻혀 사라지던 한진우의 모습이 아른거렸다.

학사님은 무사하실까?

그때 천하영이 팽연화의 옆에 앉았다.

"학사님은 괜찮으실 거예요."

말을 마친 천하영이 살짝 미소를 지었다.

하지만 팽연화는 천하영의 미소 끝에 있는 쓸쓸함을 보았다.

말괴는 다르게 천하영도 한진우의 무사를 바랄 뿐, 장담을 하지는 못하는 것이었다.

모두의 눈빛이 불안과 걱정으로 살짝 흔들릴 때였다.

찍찍.

그들의 뒤에서 금비의 소리가 들려왔다.

그 소리에 가장 먼저 반응한 것은 철심이었다.

철심이 뒤를 돌아 소리가 난 곳으로 달려갔다.

그러다 한숨을 한 움큼 내쉬었다.

"휴."

철심의 한숨에 당소소가 급히 와서 물었다.

"왜 그래요? 철심 아저씨."

"자세히 보니 금비가 아니다."

철심의 말에 당소소도 금비를 뚫어지라 바라봤다.

금비와 비슷하긴 한데 황금빛 털이 조금 더 진했고 크기는 금비의 반도 안 되는 모습이었다.

그 모습을 확인한 당소소도 울먹이며 말을 이었다.

"흑. 정말 금비가 아니네요."

그때 옆으로 다가온 팽연화가 말했다.

"대체 학사님은 어디에……."

그 말이 끝나기도 전에 팽연화의 옆에서 귀에 익은 목소리가 울려 퍼졌다.

"날 찾느냐?"

그 목소리에 팽연화가 고개를 돌렸다.

그곳에는 낯선 사내가 서 있었다.

"헉."

비명을 내지른 팽연화는 도를 움켜쥐고 한발 물러났다.

팽연화뿐이 아니었다.

모두가 뒤로 물러나 자신의 병기를 잡았다.

모두가 사내를 살피는 가운데 사내가 말했다.

"무얼 하고 있느냐?"

그때 철심이 고개를 갸웃하며 사내에게 다가갔다.

"누구십니까? 왜 학사님의 말투를 흉내 내십니까?"

"학사님의 말투라고?"

"네, 학사님 특유의 저렴한 말투가 목소리에서 묻어납니다."

철심의 말에 한진우는 눈을 가늘게 떴다.

그것도 잠시 한진우는 자신의 변화를 되짚어 봤다.

다른 것은 몰라도 분명 옷은 바뀌어 있었다.

한진우가 말했다.

"옷이 날개라더니, 옷 하나 바뀌었다고 날 못 알아보느냐?"

한진우의 말에 철심은 고개를 갸웃했다.

말투는 한진우가 맞지만, 외모가 전혀 달랐다.

일단 비동의 입구로 들어갔을 때 입었던 옷과 지금 그의 옷이 달랐고, 얼굴도 미묘하게 달랐다.

본래 한진우의 피부색은 이곳저곳을 다니며 강의하는 바람에 많이 탄 편이었다.

그런데 앞에 있는 사내는 마치 갓 태어난 아이처럼 뽀송뽀송한 피부에 한진우와 비교하면 적어도 서너 살 정도 아래로 보였다.

얼굴의 윤곽은 얼추 비슷하기는 하지만, 이 사내를 한진우라 하기에는 무리가 있었다.

"대체 넌 누구냐?"

"……."

한진우는 말없이 자신의 손을 바라봤다.

그때 금비가 울었다.

찍찍.

금비가 울며 한진우의 품으로 뛰어올랐다.

모두는 어디선가 많이 본 듯한 모습에 고개를 갸웃하며 한진우를 관찰했다.

모두의 시선을 받은 한진우는 금비의 모습을 다시 눈에 담았다.

그때 떠오른 단어가 하나 있었으니.

그것은 환골탈태였다.

금비의 모습도 이렇게 변했거늘 자신의 모습이 예전과 같을 리는 없었다.

한진우가 조용히 말을 이었다.

"환골탈태한 모습이 많이 달라 보이냐?"

한진우의 물음에 철심의 눈이 커졌다.

"환골탈태요?"

철심의 말을 뒤이어 여기저기서 웅성대기 시작했다.

그때 이한빈이 한진우의 앞으로 날듯이 다가갔다.

"그, 그게 정말인가?"

"제가 겪은 것이 환골탈태인지는 모르겠지만, 금비와 제 모습이 조금 변한 것 같습니다."

한진우의 말에 모두가 다가왔다.

철심이 얼굴을 쓱 내밀며 물었다.

"정말 학사님입니까? 그리고 얘가 금비고요?"

"왜 그리 의심을 하느냐?"

"아니, 겉으로만 보면 당소소보다도 더 어려 보이지 않습니까? 그러지 않아도 제 나이로 보이지 않던 분이 더 어려지시다니……."

철심이 말끝을 흐리자 한진우가 걱정스러운 눈빛으로 물었다.

"왜 안 좋아 보이냐?"

"부, 부러워서 그렇습니다."

철심이 말을 더듬으며 달을 올려다봤다.

그것을 마지막으로 차례대로 질문이 쏟아졌다.

한진우는 그들의 질문에 거의 한 시진은 시달려야 했다.

모든 이야기를 들은 그들은 벌려진 입을 다물지 못했다.

한진우는 다만, 여의 검과 삼황오제, 그리고 제천대성에 대한 이야기는 빼놓았다.

자신이야 믿고 있지만, 이것은 모두 신화에서나 나오는 이야기였다.

모두의 궁금증을 풀어준 한진우는 조용히 외쳤다.

"시간이 없으니 빨리 출발하자."

"어디를요?"

철심의 질문에 한진우가 말했다.

"무덤에 좀 들러야겠다."

뜻밖의 말에 옆에 있던 당소소가 다시 물었다.

"무덤이요?"

"영기와 원기를 한 번에 품은 무덤을 말하는 것이다."

한진우의 말에 당소소가 고개를 갸웃했다.

"거기가 어딘데요?"

"그 무덤은 서안에 있다."

한진우가 피식 웃자 당소소는 호기심을 더욱 키웠다.

"……서안이라면?"

"진시황릉."

정답이 나오자 당소소가 미간을 좁혔다.

"거긴 저주받은 곳이라고 하던데……."

당소소가 말끝을 흐렸다.

사실 당소소의 말은 사실이었다.

그러나 진시황의 무덤에 관심을 두는 이는 없다.

작황이 안 좋기로 유명해서 그 부근에는 폐가가 넘쳐 났기 때문이다.

한진우가 빙긋 웃으며 돌아섰다.

그러고는 고민에 빠진 듯 관자놀이를 툭툭 쳤다.

지금 한진우는 선택해야 했다.

삼황오제와 제천대성을 따라 이 세상으로 온 무리는 그들이 온 세상으로 통하는 문을 열려 한다.

이것을 막는 것은 단 하나.

열쇠로 그 문을 영원히 닫는 방법이다.

문을 열 수 있는 기간은 삼십 년에 한 번 온다고 한다.

삼십 년 전에는 청해였고, 이번에는 서안이었다.

둘의 공통점은 왕족의 무덤이 존재한다는 것이었다.

청해는 선비 왕족의 무덤이 존재하는 곳이고 서안의 진시황의 무덤이 존재하는 곳이다.

여의 검이 전한 정보에 따르면 이번에 문이 나타날 곳은 진시황의 무덤이 위치한 하늘이라 했다.

여의 검에 의하면 지금 서안으로 돌아가는 것이 맞았다.

하지만, 십이지신을 자처하는 무리 중 몇이나 진안으로 향하는지를 알 수 없었다.

그렇다면 진안이 위험했다.

한진우가 고민하고 있을 때 철심이 조심스럽게 다가왔다.

"학사님, 괜찮으세요?"

한진우가 철심을 향해 손을 저었다.

"괜찮다."

"그런데 표정이 왜 그러십니까?"

"대를 취하기 위해 소를 버려야 하나를 고민 중이었다."

"그걸 왜 고민하십니까?"

철심이 황당하다는 표정으로 한진우를 바라봤다.

그 모습에 한진우가 고개를 갸웃했다.

"그럼 어떻게 하는 것이 좋겠느냐?"

"학사님이라면 두 개 다 취하실 게 아닙니까?"

"두 개 다라고?"

한진우가 어이가 없다는 듯 묻자 철심이 아무렇지 않게 말을 이었다.

"학사님이 대와 소를 가릴 분입니까?"

철심의 표정이 묘했다.

그는 이건 칭찬인지 욕인지 모를 표정으로 한진우를 바라보고 있다.

그 모습에 한진우가 웃음을 터뜨렸다.

"하하."

호탕한 한진우의 웃음에 철심이 고개를 갸웃했다.

"왜 웃으십니까?"

"네 얘기를 들어 보니 내가 참 쓸데없는 생각을 하고 있었구나."

"그렇죠? 학사님."

"그래. 철심아."

한진우는 철심의 어깨를 토닥였다.

생각해 보니 너무 진지하게 생각했다.

세상의 문이 열린다고 해도 그게 뭐가 대수겠는가.

그냥 하고 싶은 일을 하며 살면 되는 것이었다.

대와 소를 구분하는 것 자체가 실수였다.

국가는 황제가 걱정하면 되고, 무림은 무림맹이 알아서 처리하면 되는 것이었다.

이 세상 전체를 인간 한 사람이 걱정하기에는 너무 컸다.

한진우는 걱정을 모두 덜어 냈다.

자신은 무학의 끝을 보기 위해 달리면 그만이었다.

그리고 걱정되는 사람을 보호하면 그뿐이었다.

한진우가 말했다.

"원래대로 진안으로 간다."

한진우의 말에 당소소가 눈을 크게 뜨며 물었다.

"사조님, 아깐 서안이라고 하셨잖아요."

"거긴 나중에 가면 되고……."

말끝을 흐린 한진우가 팽연화에게 말했다.

"연화 너는 이곳에서 내려가는 대로 무림맹에 서찰 한 장을 써 보내거라."

"뭐라고요?"

"서안에 낯선 무리가 나타나는 걸 전하고 철저히 경계하라고. 아, 그리고 무림학관에도 통보를 해 두거라."

"네, 스승님."

팽연화가 정중히 포권하며 품에서 뿔피리 하나를 꺼냈다.

삐―익.

날카로운 피리 소리가 잔잔히 울리며 산자락을 뚫고 퍼져 나갔다.

눈 몇 번 깜빡일 짧은 시간이 지나고 난 후였다.

하늘에서 매 한 마리가 날아왔다.

그 매를 확인한 팽연화가 철심에게 눈짓을 했다.

그 시선을 받은 철심이 지필묵을 재빨리 꺼냈다.

눈 깜빡할 사이에 매는 다시 하늘로 날아갔다.

그 모습을 본 한진우가 말했다.

"좋구나! 좋아."

한진우의 외침에 팽연화가 쑥스러운 표정으로 답했다.

"제가 동작이 좀 빠르지요? 그렇죠. 스승님."

"그것을 말한 것이 아니다."

"그럼요?"

"너의 서체가 많이 좋아졌구나."

"제 서체라니요? 저 전에도 잘 썼는데……."

"전에는 악필이었지."

"아, 스승님."

"칭찬이니 화내지 말거라. 서체가 예쁜 아이가 진짜 예쁜 아이란다. 연화야."

한진우의 말에 팽연화가 고개를 푹 숙였다.

이것은 달아오른 얼굴을 숨기기 위함이었다.

한진우가 옆을 힐끔 보니 천하영은 뭔가를 열심히 적고 있다.

한진우는 나머지 이들을 바라봤다.

뭐지?

한진우는 이상한 분위기에 어깨를 살짝 떨었다.

모두가 존경심 가득한 눈으로 한진우를 바라보고 있었다.

아니, 존경심이라기보다는 뭔가 색다른 느낌이었다.

고개를 갸웃하던 한진우는 손가락을 튕기며 입꼬리를 올렸다.

그들이 지금 자신에게 무엇을 바라는지를 떠올린 것이었다.

한진우는 이들이 원하는 것을 베풀기로 했다.

"잠시 쉬었다가 가자꾸나. 쉬는 동안에 내가 이번 일로 느낀 점을 이야기해 주마."

말을 마친 한진우는 목청을 가다듬는 듯 심호흡을 했다.

그 모습을 본 철심이 갑자기 후다닥 내려가며 외쳤다.

"학사님, 강의는 나중에 듣고 일단은 급한 불부터 끄시죠."

"……."

한진우가 말없이 철심을 노려보고 있을 때 이한빈도 한진우를 스쳐 지나갔다.

휙.

바람을 일으키며 날아가는 이한빈이 한진우에게 전음으로 뜻을 전했다.

─급한 불부터 끄는 것이 맞는 것 같네. 그렇다고 오해는 하지 말고……. 내가 자네 강의를 듣기 싫어 이러는 건 아니니 말이야.

다소 긴 전음에 한진우가 미간을 좁혔다.

그것을 시작으로 모두가 바람처럼 산을 타고 내려갔다.

그 모습을 멍하니 보던 한진우의 귓가에 금비의 소리가 들려왔다.

찍찍.

품 안에서 고개를 빼꼼 내민 금비를 보며 한진우가 피식하고 웃었다.

"그래도 금비 너밖에 없다."

찍찍.

마치 답하듯 소리를 낸 금비가 폴짝 뛰어내려 먼저 산에서 내려간 일행을 따라가기 시작했다.

그 모습에 한진우가 한숨을 내쉬며 발길을 옮겼다.

그때 한진우의 마음을 아는지 붓으로 변한 여의 검이 울기 시작했다.

윙.

윙.

뭐냐?

여의 검마저도 자신의 강의가 듣기 싫다고 거부하는 것 같았다.

한진우는 입맛을 다시며 자신의 머리에 들어있는 사조들의 사념을 불렀다.

-어르신들!

-…….

하지만, 그들에게도 응답은 없었다.

한진우가 다시 그들에게 외쳤다.

-방 빼시렵니까?

그때 허겁지겁 누군가의 목소리가 들려왔다.

-어르신들은 모두 선계에 불려 가셨다네.

이 목소리는 남궁장천이었다.

-선계에요?

-너무 큰일을 봐서 그런다네.

남궁장천의 말에 한진우가 가 고개를 갸웃했다.

-큰일이라니요?

-곧 문이 열린다니, 다시 그런 일이 일어난다면 큰일이 아닌가?

-선계가 몰랐다는 것이 말이 됩니까?

-몰랐다기보다는 삼십 년마다 문이 열릴 수 있다는 사실을 몰랐다네.

남궁장천의 말에 한진우는 피식 웃었다.

알고 보니 이 세상 걱정을 할 사람들은 따로 있는 것 같았기 때문이다.

한참을 웃던 한진우가 궁금하게 있다는 눈빛을 하며 물었다.

-그런데 왜 남궁장천 어르신은 남으신 겁니까?

-막내는 여기서 자넬 지켜보라 하셨네.

-아, 그러고 보니 막내셨군요.

-흠.

남궁장천은 헛기침 소리와 함께 사라졌다.

남궁가를 일으켜 세운 일대종사가 이곳에서는 막내라니.

아무리 생각해도 빡빡한 배분이었다.

한진우는 남궁장천 덕분에 강의하겠다는 욕심은 모두 잊고 산길을 내려갔다.

* * *

며칠 후.

한진우 일행이 섬서와 감숙의 경계인 천태산에 막 들어섰을 때였다.

매 한 마리가 한진우 일행의 머리를 맴돌았다.

그 매를 확인한 천향이 능숙한 솜씨로 휘파람을 불었다.

그 모습에 모두의 시선이 천향에게 모였다.

그때 하늘을 맴돌던 매가 날개를 펄럭이며 천향의 앞에 내려앉았다.

천향은 아무렇지도 않게 매의 다리에 묶어 서찰을 풀었다.

그러고는 허리에서 육포 하나를 꺼내 매의 입에 넣어 줬다.

그러자 매가 다시 날아올랐다.

천향은 날아오르는 매에는 조금도 신경 쓰지 않고 받아 든 조그만 서찰을 펼쳤다.

서찰을 읽는 천향의 눈빛이 심상치 않자 한진우가 물었다.

"왜 그러십니까?"

"진안에서 섬서로 대규모의 병력이 움직이고 있다고 합니다."

"진안이라면 벌써……."

"아닙니다. 학사님이 말씀하신 대로 그들이 향한 도착지에 있는 마을 사람들은 모두 대피시켰다고 합니다."

"그런데 왜 그리 놀라십니까?"

"여기 직접 읽어 보시는 것이……."

천향이 말끝을 흐리며 서찰을 건넸다.

재빨리 서찰을 받은 한진우는 그것을 읽어 나갔다.

마을 주민들은 모두 대피시켜 인명 피해는 없습니다.

하지만, 그들이 행한 일이 이상합니다.

…….

마을 근처에 있는 묘지의 시체들이 모두 일어나 그들을 따랐습니다.

서찰을 끝까지 읽은 한진우는 짐짓 굳은 얼굴이 되었다.

그들의 목적지는 진안의 초입에 있는 묘지인 것 같았다.

진안의 초입에는 제갈량의 생가라 전해지는 곳이 있다.

덕분에 그 주변의 땅은 좋은 기운을 타고난 명당이라고 전해졌는데 바로 이것이 문제의 시작이었다.

명당을 탐내는 이들이 부모를 몰래 묻으며 진안의 초입은 뜻하지 않게 공동묘지가 되어 버린 것이다.

물론 그 주변에는 제법 큰 마을도 존재했다.

그 지역 전체가 죽은 자는 후세에 행운을 전하고 산 자는 입신양명을 할 수 있다고 알려진 명당이니 말이다.

한진우는 이 마을이 그들의 목표인 줄 알았다.

그런데 마을이 아닌 공동묘지가 목표였다.

게다가 시체를 일으켰다니?

한진우의 표정의 본 천향이 나지막이 외쳤다.

"아무래도 강시의 제조법이 부활한 것 같습니다."

천향의 말에 한진우가 고개를 흔들었다.

"강시가 아닌 듯합니다. 그들은 강시가 아니라 주술로 일어난 시체에 불과합니다."

한진우의 말은 사실이었다.

그 주술에 대해서는 여의 검이 전한 바 있었다.

그때였다.

매 한 마리가 팽연화의 머리 위에 맴돌더니 날개를 퍼덕이며 내려앉았다.

서찰을 확인한 팽연화가 눈을 크게 뜨며 한진우에게 달려왔다.

"큰일 났어요. 스승님."

"대체 무슨 일이냐?"

하루에 전서응이 두 번이나 날아드는 것은 심상치 않은 일이었다.

게다가 지금 팽연화에게 온 전서응은 무림맹에서 온 것이 분명했다.

팽연화가 살짝 숨을 고르더니 표정을 수습하고 말을 이었다.

"황궁에서 영웅대회를 개최한대요."

"영웅대회라고?"

"정, 사, 마의 대표에게 황제의 보검을 내릴 거라고 합니다."

"보검이라고?"

"네, 무림의 독자성을 인정한다는 징표라고 합니다."

한진우는 뭔가 일이 심상치 않게 돌아감을 느꼈다.

이것은 삼십 년 전 청해혈사와 판박이였다.

한진우가 다시 물었다.

"영웅대회가 열리는 곳은 어디라고 하더냐?"

"서안이라고 합니다."

팽연화의 말에 한진우가 그럴 줄 알았다는 표정으로 조용히 고개를 끄덕였다.

그 모습에 팽연화가 물었다.

"혹시 다 알고 계셨습니까?"

"내 그럴 줄 알았다."

한진우의 확답에 일행이 눈을 크게 뜨자 한진우는 한참을 웃다 조용히 돌아서 왔던 길을 바라봤다.

아무 말 없이 걸어가는 한진우의 소매를 팽연화가 잡았다.

"무슨 일입니까? 스승님."

걸음을 멈춘 한진우가 천천히 고개를 돌렸다.

올망졸망 눈을 빛내는 팽연화의 모습에 고개를 끄덕인 한진우가 말을 이었다.

"삼십 년 전의 일이 되풀이될 것 같구나."

"삼십 년 전이라면······."

팽연화가 고개를 갸웃하자 한진우는 말을 이었다.

"청해혈사 말이다."

"그게 무슨 말씀이에요?"

팽연화의 눈이 커졌다.

그 모습을 본 한진우가 진지한 표정으로 다시 입을 열었다.

"삼십 년 전 행해졌던 주술이 이번에 서안에서 또 행해질 것 같구나. 온 무림인을 모아 놓고 말이다."

"그렇다면······?"

"이번 일로 무림은 끝이 나겠지."

"헉."

팽연화의 입술 사이로 비명이 흘러나왔다.

"가장 큰 문제는⋯⋯."

한진우가 말끝을 흐리자 팽연화가 바싹 붙었다.

"가장 큰 문제가 무엇인지요? 스승님."

팽연화의 질문은 모두가 궁금해하는 사항이었다.

철심도, 당소소도, 하다못해 천향까지 모두가 한진우의 주변으로 몰려들었다.

올망졸망 눈을 빛내며 모두가 한진우를 바라봤다.

한진우는 그 시선에 흡족한 미소를 지으며 선심 쓰듯 입을 열었다.

"무학의 끝을 볼 수 없다는 점이지."

"스승님, 그게 무슨⋯⋯."

당황한 팽연화가 말끝을 흐리자 한진우가 설명을 붙였다.

"생각해 봐라. 무림이 없어진다면 내가 무학의 끝을 본다 한들 증명해 줄 이가 누가 있겠느냐?"

"아. 그렇군요."

팽연화가 멍한 얼굴로 고개를 끄덕였다.

물론 나머지 이들도 마찬가지였다.

무림을 뒤흔들 일을 앞둔 상황에서 한진우의 말은 팽팽하게 조여졌던 긴장을 끈을 단칼에 싹둑 자르는 것과 같았다.

여기저기서 헛숨이 터져 나오자 앞서 나가던 한진우가 씩 미소를 지었다.

찍찍.

금비가 한진우의 미소에 답했다.

·~~~·

한진우 일행이 다시 서안에 들어선 것은 보름이 지나서였
다.

한진우가 서안에 도착해 가장 먼저 찾은 것은 바로 서점이
었다. 한진우를 알아본 서점 주인이 한걸음에 달려 나와 머리
를 숙였다.

"학사님, 오셨습니까?"

고개를 한참 동안 숙였다가 고개를 살짝 들어 한진우를 힐
끔 바라본 서점 주인의 눈이 커졌다.

"하, 학사님이 아니십니까?"

서점 주인이 떨리는 목소리로 묻자 한진우가 고개를 갸웃하
며 답했다.

"혹시 무슨 일이라도 있습니까?"

"그, 그게 모습이 어딘가 많이 달라진 것처럼 보여서 말입니
다."

한진우도 그제야 그의 말뜻을 알아듣고 미소 지었다.

그렇다고 환골탈태를 진이 빠질 정도로 했다고 할 수도 없
는 일이었다.

한진우는 재빨리 말을 이었다.

"아. 그거라면 제가 조금 신경 좀 썼습니다."

서점 주인이 눈을 크게 떴다.

"어떻게 신경을 쓰셨기에 이렇게나 피부가 고와지신 겁니까? 비법이라도……."

서점 주인이 조심스럽게 한진우의 눈치를 봤다.

그 모습에 피식 웃은 한진우가 말을 이었다.

"여기서 멀지 않은 곳에 새로 생긴 온천이 있지 않습니까?"

"아, 군자 온천 말씀이시군요."

군자 온천은 한진우가 복면 괴인들과 처음 마주친 곳이었다.

그때 바닥에 묻혀 있는 유황과 온천물이 흘러나오며 그곳은 서안의 명소로 거듭났다.

그 온천과 연결된 폐가는 현재 제갈무학이 관리하는 중이었다.

제갈무학은 학사 온천이라 이름을 지으려 했지만, 한진우가 극구 말려 이름을 군자 온천으로 명명한 상태였다.

서점 주인이 손뼉을 치며 고개를 끄덕이자 한진우가 활짝 웃으며 말했다.

"제가 그 온천 덕을 좀 봤습니다."

한진우의 말에 서점 주인이 탄성을 흘렸다.

"아, 그러셨군요."

서점 주인은 알았다는 듯 아무렇지도 않게 고개를 끄덕였다.

하지만, 눈빛만은 반짝이는 것이 마치 머릿속에 그 온천을 각인하고 있는 듯해 보였다.

그 모습을 뒤에서 보고 있던 철심은 혼자 고개를 끄덕였다.

철심이 보기에 한진우는 역시 빈틈이 없었다.

큰일을 앞두고도 자신의 온천을 홍보하는 저 모습이란…….

역시 배울 점이 많았다.

철심이 그렇게 존경의 눈빛을 보내고 있을 때, 홍보를 마친 한진우가 서점 주인에게 인사를 건넸다.

"그건 그렇고, 주인장은 그동안 잘 지내셨습니까?"

한진우의 인사에 서점 주인은 얼른 표정을 수습하고 굽실대기 시작했다.

"저야 학사님 덕분에 잘 지냈습니다. 이번에는 뭘 찾으시는지요?"

"이번에는 병법서를 찾고 있습니다."

"병법서라면……."

서점 주인은 말끝을 흐리며 조심스럽게 한진우의 표정을 살폈다.

그 모습에 한진우가 씩 웃으며 말을 이었다.

"별건 없고 오래된 책이면 좋겠습니다. 필사본이 아닌 진본이면 더 좋고요."

"아. 그렇다면, 제가 몇 개 수집해 놓은 것이 있습니다. 서고로 안내해 드리겠습니다."

"안내는 됐고 제 일행을 좀 챙겨 주십시오."

한진우가 뒤쪽을 가리키자 서점 주인이 손을 비비며 시선을 돌렸다.

"헉."

서점 주인의 헛숨에 한진우가 놀라 물었다.

"왜 그러십니까? 주인장."

"저, 저기 저분은 대체 누구십니까?"

서점 주인이 가리킨 것은 천하영이었다.

천하영은 자타가 공언하는 중원 제일의 미녀였다.

중원 제일미라는 칭호는 딱지치기로 얻어진 것이 절대 아니었다.

천하영은 가만히 있어도 중원 제일미의 기품을 드러내고 있었다.

서점 주인은 그 기품에 자신도 모르게 반응한 것이었다.

서점 주인의 호들갑에 천하영은 검집을 움켜쥐었다.

아무리 어질다 해도 천하영의 출신은 모두가 마교라 일컫는 천마신교였다.

자신을 저리 보는데 가만히 있을 여인이 아니었다.

그 모습을 눈치챈 한진우가 조용히 말했다.

"다 온천 덕이지요."

다시 튀어나온 온천 자랑에 서점 주인이 눈을 크게 떴다.

"저도 오늘 일이 끝나면 꼭 가 봐야겠습니다."

서점 주인은 자신의 목숨이 살짝 이승에서 떨어졌다 붙은 줄은 꿈에도 모르고 계속 호들갑을 떨었다.

한진우의 모습을 본 천하영이 검집에서 손을 뗐다.

그리고 한동안 서점 주인의 호들갑이 계속 이어졌다.

서점 주인은 한진우 일행을 접객실로 안내한 다음 끊임없이 말을 늘어놓았다.

물론 그의 말 중에 서고에 보관한 병법서에 관한 이야기도 있었지만, 대부분이 한진우에게 온천의 효능을 물어보는 것이었다.

그때마다 한진우는 미소로 답했다.

서점 주인의 호들갑을 뒤로한 채 한진우는 조용히 서고로 걸어갔다.

한진우가 원하는 것은 병법서.

그가 병법서를 원한 이유는 간단했다.

앞으로 맞설 적의 형태 때문이었다.

전서에 따르면 대규모 병력이 이동했다고 했다.

진시황릉을 중심으로 어떤 음모를 꾸미고 있는지는 몰라도 무인 대 무인의 대결이 아닌 대규모 충돌이 될 것이 분명했다.

그것이 의미하는 것은 바로 전쟁이었다.

전쟁은 비무와는 다르다.

일대일로 맞서 승패를 겨루는 것이 아닌 전체적인 판세가 승부를 결정하기 마련이었다.

한진우는 그 대비를 위해 병법서를 찾은 것이었다.

운이 좋아 제갈공명의 사념이라도 만난다면 운수 대통한 것이고 말이다.

그리고 지금 천마, 달마, 장삼봉이 자리를 비운 상태에서 조력자가 필요하기도 했다.

덜컹.

조용히 문을 열고 들어간 한진우는 서점 주인이 말한 곳을 향해 터벅터벅 걸어갔다.

사실 병법서 자체가 일반 백성들에게는 찬밥 취급을 받는 서적이었다.

병법을 안다 해도 병법을 사용할 곳이 어디 있겠는가.

병법서보다는 태극권이 그나마 한 닢이라도 더 값이 나가는 실정이었다.

게다가 고급 병법이 민간에 돌아다닐 리는 만무했다.

고급 병법은 모두 황실의 자산.

그런 사정을 알고 있는 한진우는 서점 주인에게 고마움을 느꼈다.

비급을 수집하라고는 했지만, 병법서까지 마련해 놓았을 줄은 몰랐다.

한진우는 발길을 멈추고 앞에 꽂혀 있는 병법서를 바라봤다.

그리고 병법서를 재빨리 차례대로 정리했다.

물론 한진우가 정리한 차례는 섭취할 순서대로 놓은 것이었다.

가장 먼저 맛볼 것은 제갈공명이 직접 저술한 것 같다고 서점 주인이 말한 병법서였다.

팔진도의 이해.

딱 봐도 제갈공명의 향기가 물씬 묻어나는 병법서였다.

게다가 표지로 봐서는 한눈에 그 서책이 범상치 않음을 알수 있었다.

쫙.

한진우는 첫 장을 찢어 입속에 넣었다.

한진우가 책을 곱씹자 고서에서 풍기는 향기가 입안을 퍼져 나갔다.

그 향기를 만끽하기도 전에 한진우의 입에서 한숨이 튀어나왔다.

"허, 이거 참."

한진우는 첫 장을 찢은 책을 옆으로 밀어 넣었다.

표지만 멀쩡했지 이것은 흔하디흔한 필사본이었다.

게다가 한진우가 북경 한림원에서 여러 번 맛본 서적이기도 했다. 즉, 도움이 전혀 안 되는 책이었다.

한진우는 다시 다음 책을 바라봤다.

얼마나 씹었을까.

한진우는 고개를 절레절레 내저었다.

지금 눈앞에 있는 책들은 모두 제목만 달랐지 모두 저잣거리에서 흔히 볼 수 있는 병법서였다.

한진우가 찾는 병법서는 이런 것이 아니었다.

그가 찾고 있는 것은 황실에서나 볼 수 있는 고급 병법서나 아니면 병법가의 혼이 담겨 있는 서책이었다.

하지만, 일단은 씹어 봐야 그 진가를 알 수 있는 법.

한진우는 조용히 다음 책으로 손을 가져갔다.

책장을 찢기 위해 힘을 주었을 때였다.

찌릿.

한진우가 눈을 크게 떴다.

이상한 감각이 온몸을 자극했다.

이것은 환골탈태를 거친 후 예민해진 감각 때문인 것 같았다.

감각이 반응한다는 것은 이 책에 어떤 기운이 깃들어 있다는 것이었다.

한진우는 일단 책에서 떼어 낸 첫 장을 입에 넣고 곱씹기 시작했다.

겉으로는 평범한 책인 것 같았는데, 이상하리만큼 향기가 입안에 가득 퍼졌다.

이 향기는?

마치 소나무 가득한 숲에 온 것처럼 상쾌한 기분이었다.

그때 한진우의 앞에 문자 하나가 나타났다.

귀(鬼).

뭐지?

글자가 나타내는 뜻은 분명 귀신이었다.

그렇다면 귀신이 들린 책?

귀신이 들렸다고 보기에는 그 기운이 청아했다.

한진우는 재빨리 다음 장을 씹기 시작했다.

하지만, 기대했던 변화는 없었다.

청아한 기운이 입안에 맴돌 뿐이었다.

얼마나 씹었을까, 책의 반이 넘게 없어진 시점에서 다시 글자 하나가 떠올랐다.

곡(谷).

한진우의 고개가 살짝 삐딱하게 기울어졌다.

지금 나타난 글자는 골짜기를 나타내는 곡이었다.

그때 한진우의 눈이 점점 커졌다.

한진우의 머릿속에 떠오르는 인물이 하나 있었다.

그것은 귀곡자라 불리는 종횡가의 시조 왕선이었다.

본명은 왕후.

세상에 얼굴을 알리고 나서는 왕선이라는 이름으로 불렸던 사상가였다.

종횡가는 전국시대의 제자백가 중 정치적 책략과 군사전략으로 이름을 떨쳤던 학파.

전국시대를 주름잡았던 소진, 장의, 손빈, 방연 등이 모두 그의 제자라 전해진다.

이것이 만약 귀곡자가 남긴 서책이라면?

적과 맞설 준비는 거의 끝났다고 봐도 되었다.

한진우는 서둘러 남은 책을 모조리 섭취했다.

동시에 한진우의 앞에 환상이 나타나기 시작했다.

그 모습을 본 한진우가 씩 웃었다.

이제야 기다리던 깨달음이 시작된 것이다.

주변이 암흑으로 변하다가 주변이 픽픽 돌기 시작했다.

하지만, 한진우는 당황하지 않고 주위를 여유 있게 바라봤다.

어느덧 문장이 완성되었다.

귀곡자.

동시에 한참을 돌던 풍경이 멈추고 한진우의 주변에 대나무 숲이 나타났고 쭉 뻗은 길이 눈에 들어왔다.

한진우는 터벅터벅 그 길을 따라 걸었다.

오십 걸음 정도를 걷자 대나무 숲이 끝나고 확 트인 공간이 나타났다.

그 끝은 인위적으로 만들어진 듯 정갈하게 돌로 마무리되어 있었다.

그곳에 서 보니 아래에는 연무장을 연상시키는 공간이 자리 잡고 있었다.

그때 아래쪽에서 목소리가 들려왔다.

"왔는가?"

그 목소리가 나오는 곳을 바라보니 누더기를 입은 사내가 위쪽을 보며 누런 이를 드러내고 있었다.

한진우는 그를 보며 눈을 좁혔다.

자신의 예상이 정확하다면 귀곡자가 맞을 것이다.

한진우가 하얀 이를 마주 드러내며 말했다.

"네, 왔습니다."

"그럼 내려오게."

귀곡자가 손짓하자 한진우는 주위를 다시 살폈다.

이곳은 귀곡자가 자신의 제자를 수련시켰다는 사신대 같았다.

몇몇 문헌에 따르면 귀곡자는 제자들의 담력을 시험하기 위해 이곳을 이용했다고 한다.

그는 지금 한진우의 담력을 시험하고 있는 것이었다.

한진우가 씩 웃었다.

사신대라는 이름이 붙여진 절벽이지만, 정확히는 한진우의 머릿속이었다.

거기다 한진우는 귀곡자가 원하는 바를 아주 정확히 알고 있었다.

한진우는 여유 있게 그를 향해 뛰었다.

펄쩍 날아오른 한진우의 모습에 아래에 있던 귀곡자의 눈이 왕방울만 하게 커졌다.

귀곡자가 비명을 질렀다.

"헉."

그 비명이 끝나기도 전에 한진우의 몸이 귀곡자를 덮쳤다.

쾅.

굉음과 함께 널브러진 귀곡자 위에서 한진우가 천천히 일어났다.

툭툭.

옷에 붙은 먼지를 털어 낸 한진우가 귀곡자를 보며 웃었다.

"합격인가요?"

"……."

귀곡자는 멍하니 한진우를 바라봤다.

한진우가 이런 행동을 한 이유는 전해 내려오는 귀곡자의 시험 방식 때문이었다.

그가 수업을 평가하는 방식은 엄격했다.

자신을 넘어설 만한 인재에게만 합격을 의미하는 통(通)을 주었다.

그것은 담력 시험에서도 마찬가지였다고 한다.

그런 이유로 한진우는 그의 머리 꼭대기에 올라앉은 것이었다.

추상적인 의미가 아닌, 진짜 귀곡자의 머리에 내려앉았으니 할 만큼 했다 한진우는 생각했다.

아니나 다를까.

살짝 눈가를 떨던 귀곡자가 말했다.

"통이네. 합격이야."

그의 말에 입가에 미소를 머금은 한진우가 손을 내밀었다.

"그럼 주시죠."

"뭘 말인가?"

"병법에 대한 깨달음을요."

"병법이라니?"

"어르신이 군사와 병법의 대가가 아니었습니까?"

"음. 내가 잘하는 건 그보다는……."

"다른 건 됐으니 병법에 관한 지식이나 주십시오."

"그러니까 외교라든지, 진법이라든지, 주술이라든지……."

귀곡자는 입에 물레방아를 달아 놓은 듯 자신이 자랑할 수 있는 모든 분야를 읊어 댔다.

하지만 한진우는 그 말이 끝나기도 전에 손을 내저었다.

"다른 건 됐습니다."

한진우가 단칼에 사절하자 귀곡자가 혀를 차며 말했다.

"정말 다른 건 필요 없나?"

"필요 없습니다. 그냥 병법에 관한 지식이나 주십시오."

지금 한진우에게 다른 지식은 필요 없었다.

필요한 것만 딱 빼서 나가면 되었다.

하지만 귀곡자는 자존심이 상한 듯 헛기침을 하더니 수염을 쓸어내렸다.

"험. 정말 다른 것은 필요 없나?"

"네, 필요 없습니다."

한진우가 단칼에 자르자 귀곡자가 한발 다가서며 눈을 빛냈다.

"통이네, 합격이야."

"네?"

"나의 외교술, 진법, 주술 등 모든 지식을 자네에게 전하겠네. 만약에 자네가 모든 것을 원한다고 했으면 나는 아무것도 전해 주지 않았을 것이야."

뭐지?

한진우가 달라는 병법에 관한 지식 빼놓고는 다 준다는 말이었다.

진짜 묘한 성격의 귀곡자였다.

마치 자신에게 약을 팔려는 수작이 아닌가?

"아니, 됐습니다. 무슨 금도끼 은도끼 설화도 아니고 왜 이렇게 나옵니까? 설화를 너무 많이 보신 거 아닙니까?"

"허허. 사람의 성의를 무시하면 천벌을 받지."

"제가 시간이……."

"이곳의 시간이 흐르는가?"

그의 말에 한진우는 허탈하게 웃었다.

귀곡자는 이곳이 어디인지 알고 있는 것 같았다.

"제 머릿속이라는 것을 알고 계시는군요."

"그래, 소문을 듣고 찾아왔지. 그럼 내 자네에게 가르침을 주겠네."

"네, 일단 주십시오."

한진우가 손을 내밀자 귀곡자는 품 안에서 환약 하나를 꺼냈다.

"자, 이걸 먹게."

"이게 뭡니까?"

"내가 쌓아 온 지식일세. 내가 본 세상을 자네도 볼 수 있을 거라네."

한진우는 건네받은 환약을 이리저리 살펴봤다.

비급먹는
학사님

그러고는 아무렇지 않게 환약을 먹었다.

뭐지?

한진우는 고개를 갸웃했다.

새로운 지식이 아니라 이제까지 알고 있던 외교, 사상, 진법 등의 지식 중 부족한 부분이 채워지는 느낌이었다.

하지만, 그 느낌이라는 것이 미미했다.

고개를 갸웃하던 한진우가 말했다.

"이거 가짜 아닙니까?"

"헉."

귀곡자가 탄성을 토해 냈다.

그는 한진우를 좌우로 살피며 고개를 흔들었다.

"왜 그러십니까?"

"정말 아무 변화가 없나?"

"네, 변화가 없습니다."

미미한 느낌이 드는 것에 대해서는 이야기하지 않았다.

지금은 거래의 기술이 필요한 자리였기 때문이다.

한진우의 표정을 본 귀곡자가 말을 이었다.

"아무래도 그 이유는 한 가지인 것 같네."

"그게 무엇입니까?"

"내 지식을 받기 전에 자넨 이미 완벽한 지식을 가지고 있었다는 거지. 어찌 이런 일이……."

귀곡자의 눈빛이 떨렸다.

그에 맞춰 한진우가 모른 척 하늘을 올려다봤다.

그리고 슬쩍 입꼬리를 올렸다.

잠시 후.

한진우는 씩 웃으며 눈을 떴다.

귀곡자는 생각보다 집요했다.

그는 한진우가 모르는 분야를 전수하기 위해 갖은 노력을 했다.

덕분에 한진우는 지금 당장 필요한 군사 운용에 관한 완벽한 지식을 얻을 수 있었다.

한진우가 서고에서 나오자 앞에서 기다리던 철심이 달려왔다.

"학사님."

"왜들 다 나와 있는 것이야?"

"학사님이 걱정돼서 그럽니다."

"걱정은 무슨……."

한진우가 손을 젓자 철심이 와락 달려들었다.

철심이 한진우를 안고 눈물을 흘렸다.

"학사님, 어디 가시면 안 됩니다."

녀석의 말에 한진우가 고개를 갸웃했다.

요즘 들어 이런 이상한 분위기가 계속 이어졌다.

모든 것이 자신의 덕망이 높은 탓이라 넘겼지만, 이건 정도가 조금 지나친 듯싶었다.

❦

　다음 날 한진우 일행은 드디어 진시황릉의 주변에 도착했
다.
　한진우가 일행과 함께 진시황릉을 향해 천천히 걸어갈 때
였다.
　갑자기 그 일대에 서 있던 병사들이 한진우의 앞을 막았다.
　군사 중 책임자로 보이는 병사가 한발 앞으로 나왔다.
　"멈추십시오. 저는 여기를 책임지고 있는 군관입니다."
　그의 외침에 철심이 나섰다.
　"왜 그러십니까?"
　군관이 철심의 앞을 막아서며 말했다.
　"초대장을 보여 주시지요."
　"초대장요?"
　철심이 고개를 갸웃하자 군관이 말을 이었다.
　"황실에서 발송한 초대장이 있어야 지나갈 수 있습니다."
　말을 마친 군관의 뒤로 병사들이 창을 교차했다.
　초대장을 보여 주기 전까지는 못 들어간다는 의미였다.
　그때 팽연화가 군관의 앞으로 나섰다.
　"영웅대회라고 들었는데. 무림인이라면 누구나 참석할 수

있는 거 아닌가요?"

팽연화가 대답을 기다리듯 고개를 갸웃했다.

그 모습에 교관이 말을 이었다.

"초대장이 확인된 영웅만 모시라는 명을 받았습니다."

군관은 왼손에 검집을 잡은 채 미안하다는 표정으로 포권했다.

그 모습에 팽연화가 다시 물었다.

"그럼 초대장을 발급받으면 된다는 말씀인가요?"

"초대장은 오직 무림 백대 고수라 불리는 영웅들에게만 발송했다 전해 들었습니다."

그 말에 팽연화가 눈을 빛냈다.

황실에서 파악한 백대 고수의 명단은 아마 일 년 전의 기준일 것이었다.

그렇다면 팽연화는 명단에 없을 테지만, 뒤쪽에 있는 천하영과 천수명은 그 명단에 들어 있을 터.

팽연화가 입을 열었다.

"그럼 만약 백대 고수에 속한 사람이 온다면 들어갈 수 있는지요?"

"아닙니다. 백대 고수임을 증명할 초대장이 있어야 합니다."

군관의 말에 팽연화가 고개를 끄덕였다.

전서에는 나오지 않았지만, 중요한 것은 초대장이었다.

그 초대장이 딱 일백 장만 발송되었다는 이야기였다.

황실이 주최하는 영웅대회에 그 직위를 양보하는 이가 있을까?

그건 불가능한 이야기였다.

팽연화가 굳은 표정으로 군관을 바라보고 있을 때 뒤쪽에 있던 한진우가 앞으로 나왔다.

"다른 방법은 없겠습니까?"

불쑥 튀어나온 한진우를 본 교관이 멈칫했다.

마치 밤새 눈이 내린 것처럼 하얀 옷을 입은 한진우의 모습이 범상치 않았기 때문이었다.

군관이 보기에는 황실의 일원 혹은 고관대작의 자녀.

"혹시 누구신지……."

군관은 자신 없는 목소리로 말끝을 흐렸다.

"한진우라고 합니다. 한림관 출신의 학사입니다."

"아. 그 유명한……."

군관이 다시 말끝을 흐리며 한진우의 외모를 살폈다.

고개를 갸웃한 군관이 의심의 눈초리로 입을 열었다.

"한림관의 한진우 학사님이라면 저도 아는데, 아무리 봐도 그분이 아니신 것 같습니다."

"저를 아십니까?"

"……당신이 아니라 한진우 학사를 알고 있습니다. 제가 한림관 경비 무사 출신입니다."

"혹시, 진철 군관님입니까? 한림관 시절 몰래 월담할 때 돈을 받고 봐줬었던…….”

한진우의 말에 앞에 있는 군관이 기겁하며 비명을 질렀다.

“앗.”

그 표정을 본 한진우가 씩 웃었다.

한림관에서 유학을 공부하던 시절, 무료한 생활을 달래기 위해 한진우는 가끔 담을 넘고는 했었다.

그리고 그때 친해진 것이 바로 앞에 있는 진철 군관이었다.

“어쩐지 낯이 익다 싶었습니다.”

“저, 정말 한진우 학사님이십니까? 그런데 이 외모는 어떻게 된 것입니까? 그게 벌써 몇 년 전인데, 어찌 더 어려 보이십니다.”

“그만큼 한림관이나 황궁의 생활이 팍팍하다는 증거 아니겠습니까.”

“하긴 팍팍하긴 하죠. 저도 많이 늙었으니…….”

진철 군관이 동의한다는 듯 고개를 끄덕이다 말끝을 흐렸다.

그러고는 한진우를 물끄러미 바라봤다.

“왜 그러십니까?”

“그런데 아무리 봐도 이해가 안 됩니다.”

“궁금하십니까?”

“네, 궁금합니다.”

“이건 비밀인데…….”

한진우가 말끝을 흐리자 군관이 얼굴을 바싹 갖다 댔다.

그 모습에 한진우는 기다렸다는 듯 그의 귀에 속삭였다.

"제가 강호를 돌아다니다 보니 좋은 걸 많이 먹어서……."

"좋은 거라니요?"

군관의 말에 한진우는 씩 웃으며 품 안에서 호리병을 꺼냈다.

군관이 입을 꿀꺽 삼키는 모습을 본 한진우가 호리병에서 환약 한 알을 꺼내며 말했다.

"바로 이겁니다. 태청단이라는 건데, 이걸 하나만 먹으면……. 뭐 긴 설명은 생략하겠습니다."

씩 웃은 한진우는 그 태청단을 진철 군관의 손에 올려놓았다.

진철 군관은 태청단을 받자마자 주위를 두리번거리며 품 안에 갈무리했다.

눈 깜짝할 사이에 지나간 상황을 모두가 어안이 벙벙한 표정으로 보고 있을 때 한진우가 말했다.

"공짜는 아닌 거 아시죠?"

"예나 지금이나 변한 게 없으시군요."

"사람이 쉽게 변하겠습니까?"

"안 변해서 더 좋은 분이 있다는 게 저한테는 중요합니다."

"그럼 어서……."

한진우의 말에 진철 군관이 수하들을 물리고 바닥에 주변

지형을 그리기 시작했다.

그 지도를 본 한진우가 말했다.

"개구멍이군요."

"네, 이곳에는 병력을 배치하지 말라 명받았습니다."

"음."

한진우가 작게 침음을 흘리다가 재빨리 표정을 수습했다.

동시에 뒤를 보며 외쳤다.

"다들 갑시다."

차 한 잔 마실 무렵이 지난 후, 한진우는 진철 교관이 말한 장소를 앞에 두고 두리번거리고 있었다.

앞에는 돌산이 가로막고 있고 그 돌산의 앞에는 조그마한 무덤이 자리를 잡고 있었다.

진철 교관의 말로는 저 돌산을 넘어서 가면 된다고 하는데, 이상하게 그 앞에 있는 봉분이 신경 쓰였다.

무덤은 이미 누군가 파헤쳤는지 떼가 벗겨져 흙으로 급하게 덮어 놓은 모양새였다.

흙이 머금고 있는 수분으로 봐서 여길 덮은 것은 길어야 한 시진쯤인 것 같고 말이다.

한진우가 뒤쪽에 서 있는 일행을 보며 말했다.

"자, 우린 여길 파야 할 것 같다."

한진우가 무덤을 파 보자는 말에 철심이 고개를 절레절레 저었다.

"귀신이라도 나오면 어떻게 합니까? 학사님."

"우리가 싸울 놈들이 귀신인데, 귀신을 무서워하면 어찌 하느냐?"

"그 귀신같은 놈들하고 진짜 귀신하고 똑같습니까?"

"그럼, 다 같은 귀신이지 다를 게 뭐가 있겠느냐?"

한진우가 철심을 보니 피식 웃었다.

그 모습에 이를 보고 있던 팽연화와 천하영은 은은한 미소를 지었다.

한진우와 철심이 주고받는 대화가 의도된 것임을 그녀들은 알았다.

아마도 긴장을 풀어 주기 위함이리라.

한참 동안 주거니 받거니 철심과 농담을 나누던 한진우가 대화를 멈추고 천향을 바라봤다.

그의 시선을 눈치챈 천향이 날듯이 한진우에게 다가왔다.

"학사님, 혹시 시키실 일이라도……."

"네. 부탁할 일이 있습니다."

"무엇이든 말씀만 하세요. 학사님."

"이 근방에 있는 주민들을 대피시켰으면 합니다. 이 주변에 묘한 기운이 감돕니다."

"알겠습니다. 학사님."

천향은 포권하며 바로 한진우의 시야에서 사라졌다.

천향이 사라지자 한진우는 주변을 바라봤다.

주변을 세심히 살피던 그는 조용히 헛웃음을 뱉었다.

"허허."

그 웃음에 철심이 물었다.

"왜 그러십니까? 학사님."

"일이 년 준비한 게 아닌 것 같아서……."

"네?"

"이 부근이 모두 진법이다."

"진법이라니요?"

"그들이 말하는 천계를 열기 위한 소환진이다."

"그럼 위험한 것입니까?"

"그건 열려 봐야 아는 것이고……."

말끝을 흐린 한진우는 무덤과 나무 돌 모든 배치를 다시 한 번 바라봤다.

한참을 바라보던 한진우가 고개를 끄덕였다.

"다행히 아직은 미완성이구나."

"휴, 그럼 다행입니다."

"그런데 진법이 완성되는 건 시간문제라 서둘러야겠구나."

"그럼 진법을 파훼시키면 될 것이 아닙니까?"

"그래, 이제부터 파훼시켜야지."

"어떻게 하면 됩니까?"

철심의 질문에 다른 이들도 눈을 반짝였다.

한진우의 지시가 떨어지면 바로 행동할 듯 모두 병장기를 잡았다.

그 모습을 본 한진우가 피식 웃으며 말했다.

"일단 무덤부터 파자."

"아."

탄성을 뱉은 철심이 무덤과 한진우를 번갈아 봤다.

철심은 내키지 않은 표정으로 무덤 앞에 섰다.

철심을 따라 천수명과 남궁태랑 그리고 제갈무학, 혈수동자까지 모였다.

가장 먼저 검을 뽑아 든 것은 천수명이었다.

천수명이 검을 뽑아 바로 무덤을 베었다.

쉿.

천수명의 검이 파공성을 내며 무덤을 파고들었다.

먼지를 일으키며 무덤을 반으로 갈라가던 중 이상한 소리가 들려왔다.

챙.

이것은 분명히 쇠붙이와 쇠붙이가 충돌하는 음이었다.

무덤에서 검을 빼어 낸 천수명은 반 정도 갈라진 흙더미를 장력으로 밀어냈다.

팡.

동시에 무덤의 반이 날아갔다.

동시에 피어오른 먼지가 조그만 무덤을 감쌌다.

천천히 먼지가 걷히자 천수명의 입이 커졌다.

이것은 무덤이 아니었다.

무덤이 아니라 어디론가 향하는 문이었다.

지금 천수명의 검과 충돌한 부분은 문의 손잡이였고 말이다.

묵을 갈아 넣은 듯한 짙은 검은색 문의 전체에서 범상치 않은 기운이 맴돌았다.

누가 봐도 무덤은 커다란 문을 덮기 위한 위장이었던 것 같았다.

자세히 보니 손잡이와 문은 모두 하나로 이어져 있었다.

그것을 본 천수명이 말했다.

"학사님, 심상치가 않습니다."

한진우도 고개를 끄덕이며 입을 열었다.

"틈이 없는 것으로 봐서 문과 손잡이가 하나의 주물에서 만들어진 것 같구나."

"그럼……."

"적어도 어느 왕조에서 만들었다는 것이지. 십 척의 주물을 찍어 냈다는 것은 국가적인 사업."

"진시황릉은 저 건너편에 있지 않습니까?"

"그건 아마도 일부인 것 같다. 이 지역 모두가 황릉인 것 같구나."

"이 문도 말입니까?"

"아마도 입구겠지."

한진우의 말에 천수명이 다시 반 정도 남은 흙더미 앞에 서서 장력을 뻗어 냈다.

천수명이 오른손을 앞으로 뻗자 거대한 기운이 다시 흙더미를 강타했다.

팡.

이제는 검은색 손잡이 두 개가 모두 드러났다.

천수명은 문의 앞에 서서 손잡이를 잡았다.

천수명은 금나수의 수법으로 손잡이를 정교하게 낚아채며 기를 손에 집중시켰다.

"헉."

문을 열려 하던 천수명은 낮게 탄성을 흘렸다.

얼굴이 시뻘게진 채 고개를 갸웃하는 천수명에게 철심이 다가갔다.

"왜 그러십니까?"

"그, 그게 미동도 하지 않습니다."

"힘을 안 준 게 아니고요?"

철심의 의심은 타당했다.

장력만으로 무덤처럼 덮인 흙을 모두 걷어낸 천수명이 이깟 문 하나를 열지 못한다는 것은 말이 되지 않았다.

"마치……."

천수명이 문을 바라보며 말끝을 흐렸다.

그 모습에 철심이 다시 물었다.

"네?"

"열리는 문이 아니라 어딘가에 딱 붙어 있는 문 같습니다."

천수명이 황당한 듯 철문을 바라볼 때 한진우가 다가왔다.

"우리가 열 수 있는 문이 아니다."

"그게 무슨 말씀입니까? 학사님."

"우리가 착각하고 있는 것이 하나가 있다."

"착각이라니요?"

"그것은 이 문의 크기이다."

"……."

"우린 손잡이만 보고 착각을 하고 있는 것이지."

"손잡이라니요?"

"문의 손잡이가 성인의 팔뚝 정도. 그렇다면 누구나 다 문의 크기가 성인 신장의 두 배 정도로 생각하겠지."

"그 정도로 큰 문이라는 말입니까?"

"그 정도로 큰 문이 아니라, 우리는 그 문의 위에 있는 것 같구나."

"그럼……."

"이곳 전체가 다 어딘가로 통하는 문이라는 거지."

"그럼 만리장성을 만들 듯 그런 대공사를 했다는 말입니까?"

"이건 진시황이 만든 것이 아닌 것 같구나. 누군가 이곳을 이용하기 위해 거대한 문을 만들었겠지."

천수명은 주변을 둘러봤다.

일행 모두가 한진우의 말에 놀란 듯 입을 벌리고 있다.

그때 철심이 한진우에게 물었다.

"그럼 어떻게 합니까? 만약 무쇠로 된 문이라면……."

철심의 말이 끝나기도 전에 한진우가 말을 이었다.

"무쇠가 아니다."

"무쇠가 아니라고요?"

"만년한철이다. 북해빙궁에서도 귀하다는 그 만철한철 말이다."

"헉. 그럼 이 문을 영원히 열 수 없다는 말 아닙니까? 어떻게 합니까? 학사님."

"우린 한마디로……."

"빨리 말씀해 주십시오."

"땡잡았다는 거지."

손가락을 튕긴 한진우는 제갈무학을 바라봤다.

시선이 마주친 제갈무학이 포권하며 말했다.

"말씀하십시오."

"이것도 우리 재산 목록에 넣도록 해라."

"아, 알겠습니다."

제갈무학이 당황한 듯 말을 더듬자 철심이 황당하다는 표정으로 한진우에게 한발 다가섰다.

"아니, 지금 이 시점에 그게 중요합니까?"

"뭐가 문제더냐? 철심아."

"문을 열어야죠."

"그야, 만든 놈이 열겠지."

"만든 놈이요?"

"생각해 보아라. 흙으로 덮은 흔적이 손잡이밖에 없다는 것은 아직 이 문이 움직인 적이 없다는 거겠지."

"그것도 그렇죠."

"이 문을 그냥 멋으로 만들 리는 없고 진법을 활성화하기 위해서 만들었을 것이 아니더냐?"

"그것도 그렇습니다."

"그럼, 누군가가 이곳으로 오지 않겠느냐?"

"그래도 우리가 먼저……."

"힘 빼지 말고 기다리자꾸나."

한진우는 아무렇지도 않게 손을 내저으며 주변을 다시 살폈다.

눈을 빛내며 걸어가던 한진우가 걸음을 멈췄다.

"이곳이 좋겠군."

그곳에 선 한진우가 품 안에서 붓 몇 자루를 꺼내 주변으로 쏘아 냈다.

파파팍.

팍.

팍.

붓이 주변에 박히며 한진우가 자취를 감췄다.

그 모습에 철심이 외쳤다.

"학사님."

그때 한진우가 다시 모습을 드러냈다.

"다들 여기로 오거라."

"거긴 왜 들어갑니까?"

"그럼 적이 오는데 목을 내밀고 기다릴 것이냐?"

한진우의 말에 일행은 은둔진 속으로 들어갔다.

모두는 진법의 안에서 눈을 빛내며 상대를 기다렸다.

그때 한진우가 고개를 갸웃하며 이한빈에게 다가갔다.

이한빈은 계속 머리를 감싸 쥐고 있었다.

괴로운 표정으로 뭔가를 떠올리려 애쓰는 듯 계속 머리를 감싸 쥐고 있다가 두드리기를 반복했다.

"어르신, 괜찮으십니까?"

한진우의 목소리에 정신이 들었는지 이한빈이 낮은 목소리로 답했다.

"음, 괜찮다네."

"혹시 무언가 떠오르는 것이 있으십니까?"

"어렴풋이 기억이……."

이한빈이 다시 머리를 감싸 쥐자 한진우가 손을 내저었다.

"너무 무리하지 마십시오."

"그때 하늘에서 문이 나타났다네."

"……."

한진우는 아무 말 없이 그 말을 들었다.

문이라?

다른 세계로 가는 문이 틀림없었다.

청해혈사도 그 문과 관련이 되어 있었을 것이다.

한진우는 품 안에 들어 있는 여의 검을 어루만졌다.

그때 이한빈이 말을 이었다.

"그때 문이 말을 했다네. 아, 아마 이건 내 기억이 잘못됐을 지도 몰라. 어떻게 문이 말을 하겠나?"

"그렇게 생각하지는 마십시오. 어르신. 지금 강호에 일어나 는 일 중에 정상적인 것이 있습니까?"

"하긴 그렇지, 이 괴집단도 그렇고 말이야. 맞아, 그때 문이 자신을 그렇게 밝혔어……."

"뭐라고요?"

"자신은 혼돈의 중심이라고……."

"……."

한진우는 말없이 고개를 끄덕였다.

이것은 여의 검에게 들어서 알고 있는 지식 중 하나였다.

다른 세계로 향하는 문이자 문지기.

그것이 바로 혼돈의 중심이었다.

한진우는 입꼬리를 슬쩍 올렸다.

이번에 문이 모습을 드러낸다면 이 여의 검으로 영원히 봉인하면 그만이었다.

그 표정을 본 이한빈이 물었다.

"자네는 전혀 놀라지 않는군."

"이 정도로 놀라면 어떻게 세상을 살아갑니까? 진짜 걱정은 이 만년한철을 어떻게 조각내어 팔 것 인지하는 것이죠."

"허허. 자네는 참······."

이한빈은 말끝을 흐리며 한진우를 바라봤다.

이제 그의 얼굴에서는 괴로운 표정을 찾아볼 수 없었다.

그때였다.

한진우가 진법의 밖을 바라보며 모두에게 외쳤다.

"기다리던 녀석들이 찾아온 것 같다."

눈을 빛내며 어딘가를 바라보는 한진우의 모습에 이한빈이 물었다.

"어떻게 나도 못 느끼는 것을 어떻게 자네가······."

"들립니다."

"기감이 아니라 들린다고?"

"네, 뭔가를 끄는 소리입니다. 그 소리가 실은 사악한 기운이 느껴지는 거고요."

"대체 자네는······."

이한빈은 말끝을 흐렸다.

지금 이한빈은 예전의 무위를 모두 찾은 상태였다.

그것은 현경을 목전에 둔 상태였다.

그런데, 손톱만큼도 느껴지지 않는 적의 기운을 한진우가 느꼈다고 했다.

자연경의 경지란 참으로 오묘하다고 생각하며 이한빈은 감탄했다.

하지만, 그것은 이한빈의 착각이었다.

한진우는 몇 번의 환골탈태를 이루며 모든 감각이 인간의 경계를 벗어났다.

특히나 가장 먼저 부분 환골탈태를 했던 눈은 그중 가장 뛰어난 능력을 갖추고 있었다.

그런 한진우의 시야에 조금씩 적의 모습이 보이기 시작했다.

가장 먼저 들어온 것은 하얀 무복의 사내였다.

그 뒤로 검은 복면의 사내들이 무언가를 끌고 다가왔다.

"이것 참."

한진우가 혼잣말을 뱉었다.

그 목소리에 이한빈이 물었다.

"왜 그러는가?"

"적들이 관을 끌고 오고 있습니다."

"관이라고?"

"그 수가 만만치 않습니다."

"그 수가 만만치 않다?"

"적어도 오백 개는 되는 것 같습니다."

한진우의 말에 이한빈이 벌떡 일어났다.

학사님 가리사대

벌떡 일어난 이한빈은 고개를 두리번거리며 질문을 던졌다.

"관이 오백 개라면? 사람은 그것보다 많다는 것이 아닌가?"

"어림잡아 칠백 명 정도로 보입니다."

둘의 대화에 옆에 다가온 제갈무학이 조심스럽게 말을 걸었다.

"그럼 일단 피하는 게 좋지 않겠습니까? 학사님."

그의 말에 한진우가 조용히 미소를 지었다.

"일단은 지켜보는 것이 좋겠다. 불리하면 삼십육계 중 마지막을 쓰면 되는 것이고 말이다."

한진우는 아무렇지도 다시 앞을 바라봤다.

삼십육계란 고대부터 이제껏 전해져 오는 병법을 모아 놓은 것이었다.

손자병법과 함께 병법의 가장 기본이 되는 병법서였다.

사실 삼십육계의 병법에 대해서 이렇게 떠올리고 있는 것은 귀곡자가 준 병법 강의서 덕분이었다.

귀곡자가 준 병법 강의서는 병법서를 자신의 것으로 만들기 쉽게 병법에 대한 기본 사항을 그림으로 옮겨 놓은 것이었다.

덕분에 한진우는 미리 알고 있던 병법서들의 본질을 꿰뚫을 수 있었다.

삽십육계 중 마지막 여섯 개는 패전계라 불리는데, 상황이 불리해졌을 때 아군의 피해를 최소한으로 줄이며 후일을 도모하는 데 유용하다.

그 마지막이 주위상(走爲上)이고 말이다.

주위상이란 말 그대로 줄행랑을 친다는 의미였다.

한진우는 다가오는 적을 바라보며 작전을 구상했다.

사실 지금 진법 안에서 적을 바라보는 것도 병법 중 하나였다.

만천과해(瞞天過海).

하늘을 가리고 바다를 건넌다는 뜻으로 상대의 시야에서 벗어난다는 의미였다.

지금은 진법으로 상대의 시야에서 벗어나 문이 열리길 기다리는 방법이 최선이었다.

안쪽의 공간이 어느 정도인지는 모르겠지만, 일단은 상대를 저곳에 몰아넣는 것이 전술의 시작이었다.

⚬

얼마나 지났을까.

적들이 한진우의 시야 바로 앞으로 다가왔다.

말이 칠백 명이지 그들이 관을 끌고 정렬하자 마치 일천 명이 넘는 병사가 전쟁을 앞두고 늘어선 듯한 착각이 들었다.

그때 그들의 틈을 뚫고 흰색 복장의 사내가 천천히 걸어 나왔다.

아까 봤던 흰색 무복의 사내였다.

그때 그를 본 팽연화가 나지막이 속삭였다.

"남선검주?"

팽연화의 외침에 제갈무학이 한진우를 바라보며 설명을 이었다.

"광둥을 중심으로 최근에 위세를 떨치고 있는 남선문의 문주입니다. 차기 무림맹주로도 거론될 정도로 성품이 인자하다 소문이 난 사람이죠. 그런데 왜 그가……."

제갈무학이 이해가 안 된다는 듯 고개를 갸웃했다.

한진우도 제갈무학의 말에 동의했다.

무림백서에 나와 있는 무림 서열 중 십이 위에 있는 고수였다.

　게다가 광둥에 기근이 생기면 가장 먼저 곡식을 푼다는 것
이 바로 남선검주였다.

　덕분에 남선문은 강호에서 명성을 얻었다.

　남선검주의 앞으로 복면의 사내 하나가 달려와 포권했다.

　"군주님, 준비되었습니다."

　"실행하여라."

　남선검주가 명령을 내리자 칠백 명 중, 오백 명의 병사들이
자신이 끌고 왔던 관 뚜껑을 열었다.

　그 모습을 진법 안에서 본 한진우가 눈을 좁혔다.

　그들은 남선검주를 문주 혹은 검주가 아닌 군주라 불렀다.

　그 얘기는 그가 전에 들었던 역병의 군주라는 이야기였다.

　한진우는 조용히 그들의 행동을 바라봤다.

　모두가 일제히 관을 여는 모습은 마치 전쟁을 준비하며 무
기를 꺼내는 모습과 같았다.

　다만, 남선검주의 옆에 있는 몇 개의 관만은 열지 않았다.

　오백 개의 관을 연 병사들은 품 안에서 피리를 꺼냈다.

　손가락 한 마디 정도의 작은 피리였다.

　그것이 연주를 위한 것이 아님은 누구나 알 수 있었다.

　뭐지?

　한진우가 고개를 갸웃할 때였다.

　남선검주가 손뼉을 쳤다.

짝짝.

그 소리에 맞춰 오백 명의 병사가 일제히 피리를 불기 시작했다.

동시에 관에서 뭔가가 일어났다.

그것을 본 철심이 눈을 크게 뜨며 떨리는 목소리로 말했다.

"저, 저것은 강시가 아닙니까?"

철심은 떨리는 손으로 관에서 일어나는 시체를 가리켰다.

그때 천하영이 말했다.

"저것은 강시가 아닙니다."

천하영의 말에 철심이 물었다.

"죽은 자가 일어났는데 강시가 아니라니요?"

"강시의 제조법이 전해 내려오는 곳은 딱 두 곳입니다."

"두 곳이라면?"

"강소의 모산파와 우리 천마신교죠. 하지만, 두 곳의 어떤 비법도 저런 형태의 강시를 만들어 내지 않습니다."

"음."

짧은 침음을 뱉은 철심은 시체를 바라봤다.

시체들은 누더기를 걸친 해골처럼 보였다.

강호에 전해 내려오는 강시의 형태가 아니었다.

보통 강시라고 하면 말라붙었어도 장기를 가지고 있어야 했다.

그리고 죽은 지 얼마 안 되는 시체나 산 자에게 주술을 건

후 특수한 약으로 처리를 한다.

하지만, 지금 앞에서 일어나는 시체는 한마디로 해골이었다.

한진우는 조용히 그들의 행동을 바라보며 말했다.

"스켈레톤."

이것은 여의 검이 가르쳐 준 저 강시의 정체였다.

한진우의 한마디에 모두가 고개를 갸웃했다.

멀리 있던 당소소는 못 참겠다는 듯 한걸음에 달려왔다.

"스케…… . 아, 발음도 안 되네, 그게 대체 무엇입니까? 사조님."

"음, 뭐라고 할까. 해골 강시라고 하면 적당할 듯싶구나."

당소소는 다시 해골들을 바라보더니 고개를 끄덕였다.

"사조님 말씀대로 해골 강시라는 표현이 딱 맞겠네요."

당소소의 말에 천하영도 고개를 끄덕였다.

"저건 전설에 전해 내려오는 해골 강시가 맞는 것 같습니다."

천하영의 말에 한진우가 물었다.

"해골 강시를 들어 본 적이 있습니까?"

"그냥 전설입니다. 해골까지도 강시로 만들 수 있는 악랄한 수법이 있었다고요."

천하영의 말에 한진우가 피식 웃었다.

강시를 만드는 것은 그 자체가 악랄한 수법이었다.

영혼의 일부를 육체에 불러들여 영면을 방해하는 수법이니 말이다.

그때 남선검주가 품 안에서 종을 꺼냈다.

한진우가 눈을 더욱 좁혔다.

저것은 분명 섭혼령이었다.

남선검주가 뒤쪽을 바라보며 종을 흔들었다.

한진우도 그쪽으로 시선을 돌렸다.

그들의 뒤쪽으로는 전에 봤던 거대한 관이 족히 열 개는 모여 있었다.

딸랑.

딸랑.

섭혼령의 방울 소리가 은은하게 울려 퍼지자 뒤쪽의 거대한 관이 흔들리기 시작했다.

저깃은 지난번 마주쳤던 거대한 괴인이 잠들어 있던 관인 것 같았다.

딸랑, 딸랑.

몇 번의 방울 소리가 이어지더니 진동하고 있던 관이 갑자기 멈췄다.

순간 주변이 침묵에 휩싸였다.

모두가 집중해 그 관을 바라볼 때였다.

빠지직.

쾅.

거대한 관이 폭발하듯 터지며 거대한 괴인이 모습을 드러냈다.

한진우는 미간을 찌푸렸다.

어떤 방법을 썼는지는 몰라도 이상하게 거대한 괴인들의 살이 더 오른 것 같았다.

지난번에 봤던 괴인들은 피부가 뼈에 찰싹 달라붙어 있었다면 이번 놈들은 뭔가 영양분을 섭취한 듯 보였다.

딸랑.

남선검주가 종을 흔들자 거대한 괴인들이 앞으로 걸어왔다.

동시에 해골 강시들이 마치 바다가 갈라지듯 양옆으로 자리를 피했다.

모든 괴인이 남선검주의 앞에 섰을 때였다.

남선검주가 손가락을 튕겼다.

동시에 검의 괴인 중 하나가 관을 끌고 왔다.

그 모습에 한진우는 눈을 좁혔다.

검은 복면 사내의 이마에 쓰인 숫자가 눈에 익었기 때문이었다.

복면에 쓰인 숫자는 오(五).

저것은 분명 법문 진인이 맞았다.

같은 숫자를 나타내는 글자라도 묘하게 획의 마무리가 달랐는데, 한진우는 환골탈태한 눈으로 그 차이를 본 것이었다.

법문 진인이 관을 끌고 남선검주의 앞에 서자 모두가 숨을 죽였다.

그때 남선검주가 법문 진인에게 말했다.

"잘 숙성되었는가?"

"지금쯤이면 먹기에 딱 알맞을 것 같습니다."

법문 진인이 답했다.

그들의 대화에서 한진우는 그 관속에 들어 있는 것이 거대한 괴인의 먹이임을 알 수 있었다.

한진우가 눈을 빛내며 그들의 대화에 집중할 때 남선검주가 입을 열었다.

"그것은 누구의 살점인가?"

"이것은 저희를 쫓아 왔던 여인의 고기입니다."

"그럼 원혼이 알맞게 숙성되었겠군. 다른 살점들은 누구의 것인가?"

"지나가던 서생의 것입니다."

"서생이라? 그럼 우리를 쫓는다는 학사를 말하는 것인가?"

"아닙니다. 향시를 보고 돌아가는 평범한 서생의 고기입니다."

"서생이라……. 그리 많은 원혼이 모이지는 않았겠군. 그럼 그 학사의 일행이라는 여인의 관부터 열게."

그들의 대화에 한진우를 비롯한 일행의 눈이 커졌다.

지금 그들이 열려고 하는 관 속의 내용물이 추측되었다.

철심이 떨리는 목소리로 혼잣말을 뱉었다.

"서, 설마……. 아니겠지. 아닐 거야."

그 목소리에 당소소가 조용히 속삭였다.

"아닐 거예요. 아저씨. 백련 언니가 그렇게 당할 사람이 아니잖아요."

백련이라는 이름을 듣자 철심은 어깨를 가늘게 떨었다.

"그래. 아닐 거야."

그들이 당황하고 있을 때 한진우만은 호기심 어린 눈으로 적을 바라볼 뿐 다른 감정은 보이지 않았다.

철심이 놀라 떨고 있을 때였다.

법문 진인이 관 속에서 뭔가를 하나 들어 남선검주에게 전했다.

"여기 있습니다."

"그래."

남선검주는 시체의 조각을 법문 진인에게 받아들었다.

그것은 사람의 다리 한쪽이었다.

시체라고는 하나 죽은 지 얼마 되지 않은 듯 피가 뚝뚝 흐르고 있었다.

그 모습을 보던 철심이 갑자기 부르르 떨었다.

"저, 저기 신발이……."

철심의 말에 당소소가 검지를 펴 그 시체 조각을 가리켰다.

"저건 백련 언니의 신발인데……. 아니, 아닐 거예요. 저잣거리에 똑같은 신발이 얼마나 많은데요."

당소소는 계속 손을 내저었다.

하지만, 당소소도 몸을 부들부들 떨고 있었다.

그것은 공포가 아닌 분노의 표현이었다.

당소소는 주위를 힐끔 돌아봤다.

철심이 본 것을 무공이 높은 다른 이들이 못 봤을 리 없었다.

모두 분개한 듯 몸을 파르르 떨고 있었다.

그런데 이상한 일이었다.

당소소의 사조인 한진우만은 아무렇지 않게 그 상황을 바라보고 있었다.

미동도 없었고, 얼굴에 표정마저 없었다.

하지만 그 모습을 보니 이상하게 안심이 되었다.

그러나 남선검주의 다음 행동에 당소소는 입술을 꽉 깨물어야만 했다.

남선검주는 그 시체를 거대한 괴인에게 던졌다.

거대한 괴인은 사냥개처럼 그 시체 조각을 받아먹었다.

"제길!"

당소소는 주먹을 불끈 쥐었다.

그때 한진우가 낮게 읊조렸다.

"보이는 것을 다 믿지는 말아라."

그 말에 철심이 재빨리 물었다.

"그럼 저게 환상이라는 말씀이십니까?"

"환상은 아니지만, 백련이 아닐 가능성이 높다는 말이다."

한진우의 말에 철심이 눈을 동그랗게 떴다.

"정말입니까? 학사님."

"나는 법문을 보내며 그에게 섭혼술을 걸었다. 그중 하나가 우리 일행은 헤치지 말라는 것이었다."

"하, 학사님."

철심이 울먹이며 한진우를 바라봤다.

그 시선에도 한진우는 아무 표정 없이 남선검주의 행동을 지켜봤다.

저것은 정, 사, 마의 문제가 아니었다.

이념이 아닌 인성의 문제였다.

그때 남선검주는 시체 한 조각을 다시 던졌다.

다 뭉개진 얼굴이었다.

얼굴로만 봐서는 신분을 추측할 수도 없을 것 같았다.

남선검주가 마지막 시체 조각을 집더니 그것을 살펴보며 미소를 지었다.

"공포에 죽어 갔던 것이 확실하군."

그 모습을 보던 철심의 눈이 파르르 떨렸다.

그 시체의 조각은 팔이었다.

그런데 어떤 한 부분이 유난히 철심의 눈에 들어왔다.

쿵.

쿵.

철심의 가슴이 요동치기 시작했다.

"저, 저건⋯⋯."

철심이 말끝을 흐렸다.

철심의 눈에는 시체의 손가락에 끼어져 있는 반지 밖에 안 보였다.

그 반지는 철심이 얼마 전 백련에게 건넸던 반지였다.

더는 생각할 필요가 없었다.

철심이 부르르 떨며 외쳤다.

"개자식들, 다 죽여 버릴 거야. 다 죽어!"

철심은 그 외침과 함께 주위 사람이 말릴 새 없이 진법의 밖으로 나갔다.

진법의 밖으로 뛰쳐나간 철심은 성난 황소처럼 그들을 향해 뛰어갔다.

콧김을 내뿜으며 눈이 시뻘게진 채 말이다.

그리고 난데없는 철심의 등장에 남선검주는 행동을 멈추고 왼손으로 검집을 움켜잡았다.

남선검주의 옆에 있던 복면을 쓴 사내들은 조용히 한발 뒤로 물러났다.

남선검주의 행동에 거대한 괴인도 건네받은 팔을 툭 하고 떨어뜨렸다.

툭.

떨어진 팔이 바닥을 뒹굴었다.

팔에서 흘러나오는 피를 흙바닥이 머금었다.

철심이 남선검주를 지나쳐 그 팔을 품에 안았다.

그 모습에 남선검주가 눈을 가늘게 뜨며 물었다.

"네놈은 누구냐?"

"……."

철심은 말없이 팔을 들고 남선검주를 노려봤다.

그때 복면 사내 중 하나가 남선검주에게 속삭였다.

"그 학사의 일행 같습니다."

"오호라. 잘됐구나. 그러지 않아도 찾으려던 참이었는데, 좋구나. 좋아."

남선검주가 검집을 잡았던 왼손에 힘을 풀며 주변을 둘러봤다.

남선검주는 한진우 일행의 기를 못 느꼈는지 고개를 갸웃하며 철심이 뛰어나온 수풀 쪽을 바라봤다.

"은신술이 감쪽같구나. 대체 너희는 누구더냐?"

남선검주가 흥미롭다는 듯 바라보자 그제야 눈물을 멈춘 철심이 입을 열었다.

"이 여인의 연인이다."

"연인?"

"네가 능욕했던 이 여인의 남자이며, 네가 조각내어 이승을 떠나지 못하고 있는 이 여인의 원혼을 달래 줄 남자다."

"원혼을 달래 준다. 하하. 원혼을 달래 주는 것이 아니라 미끼가 되겠지."

"미끼?"

"너 혼자 어떻게 하려고?"

"너를 죽일 것이다."

철심이 소리치자 남선검주가 옆을 향해 턱짓하며 말했다.

"일단 저놈의 사지를 부러뜨려라."

남선검주의 지시에 옆에 있던 이마에 오 자의 복면을 쓰고 있는 법문 진인이 나섰다.

"존명."

터벅터벅 걸어간 법문 진인이 철심을 향해 오른팔을 내뻗었다.

맹렬히 내뻗는 좌수는 철심의 팔꿈치를 향하고 있었다.

남선검주의 말대로 관절을 모조리 꺾으려는 듯 매의 발톱처럼 좌수를 뻗을 때였다.

법문 진인이 갑자기 동작을 멈췄다.

법문 진인의 몸은 마치 석상처럼 굳어졌다.

남선검주는 주위를 돌아봤다.

누군가 암기를 날린 것이 아닌가 하고 말이다.

이것은 합리적인 의심이었다.

이것은 분명 혈도를 제압당한 모습이었다.

남선검주는 주위에 시선을 거두지 않고 법문 진인에게 다가가 완맥을 쥐었다.

그러고는 고개를 갸웃했다.

그 모습에 옆에 있던 수하가 물었다.

"어찌 된 일입니까?"

"이건 점혈 당한 것이 아니다. 혈도에는 이상이 없다."

"군주님. 점혈이 아니라면 대체…….'"

"아무래도 주술에 걸린 것 같다."

남선검주의 말에 수하들이 웅성대기 시작했다.

동시에 남선검주는 오른손을 들어 그들의 입을 닫았다.

"그만."

남선검주의 말에 주변은 침묵에 쌓였다.

그 침묵 속에 철심의 동공이 파르르 떨렸다.

분노를 못 참고 뛰어나왔지만, 이내 적들에게 둘러싸인 자신의 모습을 깨닫게 된 것이다.

철심은 품 안에 안아 든 백련의 팔을 보며 혼잣말을 뱉었다.

"당신이 없는 세상은…….'"

철심은 잠시 말을 잇지 못했다.

벅차오르는 감정 때문은 절대 아니었다.

아무리 봐도 백련의 손가락이 아니었다.

마치 남자의 손가락처럼 투박하기 그지없었다.

처음에는 못 알아봤지만, 자신을 공격하려는 복면 사내가 혈도를 제압당한 것처럼 석상이 되어 버리자 여유가 생겼다.

뭐지?

그럼 이 팔의 주인은 누구란 말인가?

그러고 보니 한진우에게 들은 이야기가 있었다.

그것은 일행을 헤치지 못하도록 법문 진인에게 섭혼술을 걸어 놨다는 얘기였다.

아까 들은 얘기로는 분명 관에 넣은 시체를 확인한 것이 앞에 있는 이였다.

복면에 쓰인 숫자로 봐서 눈앞에서 석상이 된 사내는 법문 진인이 맞는 것 같았다.

이렇게 행동을 멈춘 것은 아마도 한진우가 펼친 섭혼술의 영향이고 말이다.

이제 모든 상황이 눈앞에 그려지자 철심은 어깨를 가늘게 떨었다.

이것은 일생일대의 실수였다.

순간 눈이 뒤집혀 앞뒤 가리지 않고 저지른 자신의 행동이 모든 일을 그르친 것이다.

툭.

철심은 자신도 모르게 팔을 떨어뜨렸다.

그 모습에 남선검주가 물었다.

"조금 전까지만 해도 죽일 기세로 덤벼들더니만 왜 그러는 것이냐?"

"산 사람은 살아야 하지 않겠습니까? 휴."

철심은 한숨을 내쉬며 하늘을 올려다봤다.

그리고 그는 한진우가 계획을 실행할 시간을 벌어 주기로 다짐했다.

그 모습을 진법 안에서 지켜보고 있던 팽연화가 물었다.

"어찌 된 일입니까? 학사님."

"금선탈각(金蟬脫殼)!"

"네?"

"매미가 허물을 벗는 것처럼 백련은 위기의 순간에 적절한 시체를 골라 자신의 옷을 입히고 반지를 끼운 후 도망친 것 같다."

"그게 무슨……."

"저 손은 백련의 팔이 절대 아니다."

"아니라고요?"

"듬성듬성 털이 나 있는 손이 어찌 백련의 팔이 될 수가 있 겠느냐?"

"그걸 어떻게……."

"보이니 하는 말이지."

한진우는 대수롭지 않게 앞을 바라봤다.

그 모습에 팽연화가 물었다.

"그럼 저희는 어찌해야 합니까?"

"적당할 때 나가면 되겠지."

"적당할 때라면?"

"적을 알아야 위태로움이 없을 것이 아니냐."

"그럼, 철심이 위험하지 않겠습니까?"

"전에 공지 대사님의 이야기를 뭐로 들었느냐?"

"공지 대사님의 말씀이라면⋯⋯."

"금강불괴라고."

"헉, 그러면⋯⋯."

"일단은 두고 보자."

한진우는 조용히 앞을 바라봤다.

하지만, 그의 눈을 쉬지 않고 움직였으며 오른손은 품 안에 들어 있는 여의 검을 꽉 잡고 있었다.

***

한편 황궁이 주최하는 천하영웅대회가 개최되고 있는 진시황릉의 주변.

황궁에서 초대한 악사들의 음악이 울려 퍼지는 가운데 고관대작들과 무림인들이 찻잔을 들고 대화를 꽃피우고 있었다.

상석에는 황국의 환관 중 두 번째 실력자인 정수민과 소림사의 공지 대사가 나란히 있었고, 그 옆으로 사황성의 성주와 천마신교의 둘째 공자인 천기린이 나란히 있었다.

편안히 차를 즐기는 가운데에서도 그들의 눈은 쉴 틈 없이 서로를 탐색하고 있었다.

그도 그럴 것이 천마신교의 천기린은 사황성으로 향하라는 전서구를 받았었다.

그런 이유로 사황성으로 향하던 중, 황실의 초대장을 받은 것이었다.

물론 한진우가 바꿔치기한 가짜 전서구였지만 말이다.

이런 천마신교의 움직임을 사황성이 파악하지 못 할 리 없었다.

사황성주는 곱지 않은 눈빛으로 천마신교의 천기린을 바라보고 있었다.

실제 칼을 들지는 않았지만, 눈빛으로만 보면 이곳에 모인 모든 무림인들은 다들 칼 하나를 가슴에 품고 있는 것이 맞았다.

상석에 있는 소림의 공지 대사는 황실의 관료들과 무림인에게 눈을 떼지 않고 있었다.

그가 읽은 천기에서는 오늘이 바로 천살성이 열리는 날이었다.

공지 대사는 차를 입에 대는 둥 마는 둥 입술을 살짝 적신 뒤 찻잔을 내려놨다.

누굴까?

게다가 천살성이 열리는 날, 살육을 막기로 예정되어 있던 학사 한진우는 그 어디에도 보이지 않았다.

그때 환관 정수민이 대동한 궁녀에게 지시를 내렸다.

"잔을 바꿔 드려라."

그 목소리에 궁녀가 공지 대사의 잔을 새로 바꿨다.

환관 정수민은 새로운 잔에 차를 따랐다.

그 모습에 상념에게 깨어난 공지 대사가 염화미소를 보이며 말했다.

"제가 실례를 했습니다. 대인."

"아닙니다. 덕망 높으신 공지 대사님의 수행에 이런 자리가 폐가 될까 저희들이 염려스러울 뿐이죠."

"제 실수를 그리 너그러이 봐주시니 감사할 따름입니다. 모든 것이 황실의 은덕이지요."

공지 대사가 합장하며 염주를 굴렸다.

그 모습에 환관 정수민이 자신을 수행한 무사에게 눈짓을 했다.

그의 시선을 받은 무사가 붉은색 장포를 펄럭이며 연회가 한창인 중앙으로 나섰다.

터벅터벅.

중앙으로 걸어간 무사는 고관대작들과 무림명숙에게 포권하며 외쳤다.

"여러분들께 황제 폐하께서 하사하신 보물을 보여 드릴까 합니다."

그의 말에 장내가 술렁이기 시작했다.

강호에서 날고 기는 고수들이었지만, 여기 모인 모두가 황제의 백성이었다.

황제가 무림의 독립적인 영역을 준 것인 모든 곳을 살피기에 힘이 부족할 뿐이었다.

힘이 강해지면 그 독립적인 영역, 즉 관과 무림은 불가침이라는 무언의 약속을 언제든 거둬들일 수 있다는 이야기였다.

술렁이던 장내는 무사가 가운데 놓인 붉은 천을 들추자 조용해졌다.

무사가 들춘 붉은 천 속에는 황금색 궤가 놓여 있었다.

누가 봐도 보물이 들어 있을 거라 예상할 수 있듯 그 황금색은 태양 아래에서 찬란하게 빛나고 있었다.

무사는 그 궤를 보며 황제를 향한 예를 취했다.

"황제 폐하의 성은을 뵈옵니다. 만세, 만세 만만세."

무사의 외침을 뒤로 뒤쪽에 앉아 있던 고관대작과 무림인들도 일어나 황제가 내린 보물에 대해 예를 취하였다.

"만세, 만세 만만세."

사람 수 만큼의 외침이 장내에 울려 퍼지자 무사는 황금색 궤를 열었다.

그는 그 궤 안에서 황금색으로 치장된 판 하나를 꺼냈다.

그 판에는 검은색 구슬이 상석에 앉은 무림인의 수대로 놓여 있었다.

무림의 백대 고수를 초대했다고 하나 연회의 상석에 앉을 수 있는 무림 고수를 공지 대사를 포함해 불과 열두 명이었다.

구슬이 놓인 황금색 판을 든 황궁 무사가 천천히 공지 대사를 향해 걸어왔다.

걸음을 멈춘 황궁 무사가 황금색 판을 공지 대사의 앞에 놓았다.

툭.

그의 행동에 공지 대사가 고개를 갸웃할 때 환관 정수민이 말을 이었다.

"그중 하나를 고르시지요."

그의 말에 공지 대사는 조용히 고개를 흔들었다.

"이게 무엇입니까? 소승은 이런 선물은 받을 수 없습니다."

말을 마친 공지 대사는 조용히 합장했다.

그 모습에 정수민이 활짝 웃으며 손을 내저었다.

"대사님, 그건 오해십니다. 이 구슬은 사실 무림인에게만 보물입니다. 정확히는 보물노 아니지만요."

"보물이 아니라니요?"

공지 대사가 고개를 갸웃하자 환관 정수민이 그럴 줄 알았다는 표정으로 말을 이었다.

"이건 마령공명주라는 구슬입니다."

"마령공명주라고요?"

처음 듣는 이름에 공지 대사는 고개를 갸웃했다.

그 모습에 정수민이 살짝 웃었다.

마령공명주는 사실 십이지신 무리를 이끌고 있는 천제와 자신이 만든 이름이었다.

이 구슬의 이름은 마석이라 불리는 것이었다.

하지만, 본래 이름을 이들에게 가르쳐 줄 수는 없었다.

정수민은 진지한 표정으로 말을 이었다.

"이 구슬은 사람들이 가진 내공과 공명을 합니다. 한번 아무 구슬이나 잡아서 내공을 넣어 보시렵니까?"

"허허."

공지 대사는 구슬을 보며 낮게 웃었다.

그러고는 구슬 중 하나를 집어 들었다.

공지 대사는 고개를 갸웃했다.

황금색의 판에 담겨 있을 때는 진귀한 보물처럼 보였으나 지금 보니 그저 볼품없는 검은색 돌로 보였다.

내공에 반응하는 구슬이라고는 믿기 힘들 정도였다.

공지 대사는 반신반의하는 마음으로 내공을 불어넣었다.

이것은 무인으로서의 순수한 호기심이었다.

공지 대사가 불어넣은 내공은 차 한 잔 정도의 적은 양이었다.

그만큼 적은 내공을 마령공명주 속에 흘려 넣었을 때였다.

위-잉.

위-잉.

마령공명주가 낮게 울리기 시작했다.

그 모습에 모두가 시선을 한 곳에 고정했다.

그 시선에도 아랑곳하지 않고 공지 대사는 조금씩 더 내공을 불어넣었다.

이렇게 천천히 내공을 불어넣는 까닭은 이 구슬이 자신의 내공을 버티지 못할 것이라 생각했기 때문이었다.

처음에는 그저 호기심으로 눈을 빛내던 공지 대사는 곧 이 구슬을 자신에게 준 것이 음모라 생각했다.

이 구슬은 황제의 하사품이었다.

그런데 만약 모두가 보는 앞에서 구슬이 깨어진다면 여기에 참석한 이들의 앞날은 훤했다.

황제가 하사한 구슬이 깨진 것을 빌미로 무림을 공격하려 할 것이라는 게 공지 대사가 생각한 그들의 음모였다.

공지 대사는 일단 자신이 조심스럽게 이 구슬의 강도에 대해 살펴보고 이상한 기미가 보인다면 나머지 이들에게 전음으로 정보를 선하기로 마음먹있다.

위-잉.

위-잉.

구슬이 조금 더 크게 울었다.

동시에 검은색 구슬이 옅은 회색을 띠기 시작했다.

그 모습을 본 환관 정수민이 외쳤다.

"오, 정말 반응합니다. 이 구슬은 내공을 평가하는 용도로도 쓰인다고 들었습니다. 내공이 높을수록 투명하게 변하는 구슬이라 들었습니다."

이 구슬은 내공을 평가하는 구슬이 절대 아니었다.

환관 정수민은 한껏 웃음을 지었다.

그의 웃음이 끝나갈 때쯤 공지 대사가 잠시 구슬을 내려놓았다.

일할 가량의 공력을 흘려보낸 구슬은 검은색 기운이 걷히고 회색을 거쳐 곧 파란색으로 변했다.

하지만 공지 대사가 손에서 놓자 구슬은 다시 검은색으로 돌아갔다.

그것을 확인한 무림인들이 웅성대기 시작했다.

천마신교의 천기린이 말했다.

"저도 하나 받을 수 있겠습니까?"

"네, 물론이지요. 황제께서 여러분에게 하사하신 선물입니다."

환관 정수민의 말에 황궁 무사는 구슬이 든 황금색 판을 가지고 차례대로 무림인들의 앞에 섰다.

그때였다.

환관 정수민이 아래를 내려다보며 턱짓했다.

그 신호를 받은 무사 몇이 상자를 들고 아래에 자리 잡은 무인들에게 구슬을 돌리기 시작했다.

그들이 받은 구슬은 상석에 자리 잡은 위치한 무인이 받은 열두 개의 구슬보다 조금 작은 크기의 구슬이었다.

그 모습을 돌산에 올라가 있는 병사 중 하나가 확인하고 깃

발을 흔들었다.

그 병사는 환관 정수민에게 일정한 문양이 형성되었는지를 확인하라고 명받은 이였다.

그 병사의 눈에 영웅대회에 자리 잡은 무인들의 모습이 들어왔다.

영웅대회에 자리 잡은 무인들의 앞에 놓인 상은 모두 붉은 천으로 덮여 있었고 그 붉은 천을 따라 이어 가다 보면 환관 정수민이 말한 문양이 완성되어 있었다.

마치 횃불이 환하게 빛을 내는 모습의 문양이었다.

자신이 위치한 곳이 이어져 일정한 문양을 이루고 있다는 것은 공지 대사를 비롯한 무인들은 꿈에도 몰랐다.

한편 철심이 남선검주의 이목을 끌고 있을 때였다.

스르륵.

수풀 속 진법이 사라지고 한진우가 나타났다.

한진우 외에 다른 이의 모습은 보이지 않았다.

수풀 속에서 나타난 기척에 남선검주는 힐끔 뒤를 돌아봤다.

그곳에는 백의를 입은 한진우가 사람 좋은 얼굴로 반갑게 손을 흔들고 있었다.

"안녕하십니까."

한진우의 인사에 남선검주가 움찔했다.

미치지 않고서야 이 많은 병력 앞에 이리 태연하게 나오는 것은 쉽지 않은 일이었다.

저 당당한 표정으로 봐서 놈은 뭔가 꿍꿍이가 있는 것이 분명했다.

그때 철심이 외쳤다.

"하, 학사님."

철심의 외침에 남선검주가 먹잇감을 발견한 매처럼 눈을 번뜩였다.

남선검주는 학사님이라는 말에 백의 사내의 정체를 알아채고, 안도했다.

그는 씩 웃으며 천천히 입을 열었다.

"네놈이 우리가 그토록 찾던 그 학사 놈이구나."

"학사님이라는 말을 들어 봤어도. 놈 소리는 처음 들어 봤는데……."

"내 앞에서 그런 농담을 지껄이다니 참으로 광오한 놈이로구나. 지금이라도 내 앞에서 무릎을 꿇는다면 목숨만은 살려 주마."

"정말 살려 줄 것이냐?"

"다시 생각해 보니 그건 불가능하다."

"불가능하다고?"

"가축이 목숨을 구걸한다고 살려 줄 백정이 있더냐?"

"가축이라?"

"너희는 그 이상도, 그 이하도 아니지."

"그래서 전에 일백 명의 아이들을 납치해서 가축처럼 기른 것이냐?"

"음, 그건 가축이 아니라 곤충을 기른 것이지. 가축은 잡아 먹기라도 하지만, 곤충은 그저 밟아 죽이려고 기르는 것이니 말이야."

"너도 나만큼 말이 많구나."

한진우가 씩 웃자 남선검주가 미간을 한껏 좁히더니 입을 열었다.

"칠보살."

비무도 아닌 생사결에서 초식을 외친다는 것은 상대를 자신의 한침 아래로 봤다는 것이었다.

그도 그럴 것이 남선검주는 한진우의 무공을 이미 훤히 알고 있었다.

그리고 남선검주가 보기에 한진우는 무공이라고 할 만한 기술이 없었다.

지략에만 능할 뿐이지 무공은 저잣거리에서 서책을 사 호신술을 익힌 정도라고 보고 받았다.

그 보고는 정확히 맞았다.

상대에게서는 한 줌의 기세도 느껴지지 않았으니 말이다.

남선검주는 씩 웃었다.

초식을 외친 남선검주는 한진우에게 성큼 다가섰다.

탁.

무거운 첫걸음이 바닥에 꽂혔다.

지금 남선검주의 한 걸음, 한 걸음은 단순한 움직임이 아니었다.

기세로 상대를 누르려 살기를 담은 칠보살이라는 보법이었다.

칠보살(七步殺)은 남선검주의 절기로 일곱 걸음에 그 기세로 상대를 꺾는다는 보법이었다.

일곱 걸음으로 상대의 기세를 죽인 후.

상대를 일도양단하는 검으로 승부를 내기에 남선검주의 이 수법을 강호에서는 칠보일검(七步一劍)이라고 부르기도 했다.

그런데 이상한 일이었다.

한진우가 첫걸음에 반응하고 있지 않았다.

오히려 웃고 있었다.

남선검주는 한진우의 반응에 하룻강아지 범 무서운 줄 모른다는 속담이 떠올랐다.

그리고 두 번째 걸음을 떼었다.

첫 번째 걸음보다 두 배 더 강해진 살기.

주변의 복면 사내들도 한 걸음 뒤로 물러섰다.

파드득.

파드득.

주변의 새들마저도 위험을 감지한 듯 급하게 날갯짓하며 날아올랐다.

그런데 뭐지?

남선검주는 눈을 좁혔다.

한낱 미물도 이리 위험을 감지하는데, 저 학사는 아직도 평온한 표정을 짓고 있었다.

남선검주가 세 번째 걸음을 떼었다.

탁.

세 번째 걸음에 주변으로 진동이 퍼져 나갔다.

그때였다.

한진우가 낮게 외쳤다.

"학사군림보."

한진우의 외침에 남선검주가 고개를 갸웃하며 검을 움켜삽았다.

이상한 여유에 남선검주가 자신도 모르게 당황한 것이었다.

본래는 일곱 걸음을 걷고 나서 상대가 전의를 상실했을 때 눈 깜짝할 사이에 검을 뽑아 베어야 했지만, 자신도 모르게 검을 일찍 움켜잡은 것이었다.

당황한 남선검주가 가라앉은 목소리로 물었다.

"천마군림보도 아니고 학사군림보라니. 대체 그 초식은 무엇이냐?"

남선검주의 물음에 한진우가 웃었다.

"군자의 첫걸음은 절대 가볍지 않지만……. 마지막 걸음은 군자의 목표니라…… 걸음은 빠르지도 느리지도……."

한진우의 긴 설명에 남선검주는 고개를 갸웃했다.

자신이 묻기는 했지만, 검을 앞에 두고 저렇게 설명을 늘어놓을 줄은 몰랐다.

초식명을 외치는 것도 아니었고 한진우는 그저 끊임없이 설명을 이어 갔다.

그 모습에 남선검주가 자신도 모르게 검을 뽑아 들며 외쳤다.

"대체 지금 뭐 하는 것이냐?"

"제자가 질문하면 상세히 설명해 주는 것이 스승의 도리. 공자님이 말씀하셨지……."

"아니, 지금 왜 공자가 나오는 것이냐?"

"그야, 제자가 물었으니 말해 주는 것이 아니더냐?"

"누가 제자라는 것이냐?"

"당연히 당신이지. 남선검주."

"내가?"

"물음을 구한다는 것은 제자로 자청한 것이 아니더냐? 그 정도의 각오도 없이 해답을 구하려 하다니, 쯧쯧."

한진우가 혀를 차자 남선검주는 자신이 칠보살의 세 번째 걸음을 내디뎠다는 것도 잊은 채 검을 치켜들었다.

이것은 상대를 깔아 보던 자신의 위치를 내려놓은 행위이자 자신이 외친 초식을 바꾼다는 뜻이었다.

초식이 마무리되기도 전에 그것을 거둔다?

이것은 무인으로서는 자존심을 내려놓는 행동이었다.

남선검주의 이런 행동에 수하들도 입을 벌렸다.

강호의 양지에서는 남선검주로, 음지에서는 역병의 군주로 모두 위에서 군림하던 그가 보일 행동이 절대 아니었다.

그 모습에 한진우가 씩 웃으며 첫걸음을 떼었다.

휙.

바람 소리와 함께 한진우의 신형이 남선검주의 앞에 나타났다.

갑자기 들이민 한진우의 모습에 남선검주가 아래로 검을 그었다.

그런데 무언가 베인 느낌이 전혀 없었다.

마치 허공을 스친 느낌이었다.

따끔.

이마에서 이상한 통증이 밀려왔다.

남선검주가 자신의 이마를 짚었다.

이마에서 진득한 피가 묻어나 오자 남선검주는 자신의 손과 한진우를 바라봤다.

멍해진 그의 모습을 보던 수하들이 동공에 지진이 난 것처럼 눈을 부르르 떨었다.

언제 새겼는지, 남선검주의 이마에는 무언가 선명하게 새겨져 있었다.

벌(罰).

한진우는 남선검주의 이마에 새겨진 글자를 보며 피식 웃었다.

한진우의 손에는 붓의 모양을 한 여의 검이 들려 있었다.

한진우는 학사군림보 중 군자의 쾌(快)가 담긴 첫걸음을 밟으며 남선검주의 앞에 섰다.

그리고는 태극권의 원을 그리며 그의 시선을 피해 마지막에는 남궁세사의 창천무애검법의 쾌의 묘리로 이마에 글자를 새겼다.

쾌에서 시작해 유, 그리고 마무리는 쾌로 끝냈기에 남선검주도 너무 빠른 속도에 초식을 다 파악하지 못했다.

하나의 초식에 세 개의 비급이 녹아 있는 이 행동은 천마비동에서의 기연 덕분이었다.

자신이 씹은 비급의 본질을 꿰뚫는 한진우였지만, 그동안은 그 신체가 비급의 한계를 두었다.

하지만, 천마비동에서 환골탈태를 거쳐 한계를 깨끗이 지워낼 수 있었다.

한편, 남선검주는 자신이 공격당했다는 것만 알 뿐, 이마에 무언가 새겨졌다는 것은 눈치채지 못했다.

남선검주는 재빨리 한진우로부터 삼 장 정도 벗어났다.

그리고 일단은 상황을 파악하기 위해 주변을 둘러봤다.

그때 수하에게서 전음이 들려왔다.

-군주님, 저 학사 놈이 군주님의 이마에 '벌'이라는 글자를 새겨 놨습니다. 우린 저자의 적수가 아닌 듯싶습니다.

그 전음에 남선검주는 바로 섭혼령을 빼 들었다.

딸랑.

섭혼령의 방울 소리에 거대 괴인이 반응했다.

쾅.

거대 괴인들이 남선검주의 명령에 따르는 사냥개처럼 한진우를 포위했다.

그것을 보던 철심이 입을 벌렸디.

"학사님."

그리고 한진우에게 크게 소리치며 거대 괴인들에게 달려들었다.

있는 힘을 다해 달려간 철심은 거대 괴인의 다리에 몸통을 박았다.

퉁.

하지만, 가벼운 울림만 느껴질 뿐, 거대 괴인은 꿈쩍도 하지 않았다.

도리어 철심이 튕겨 나갈 뿐이었다.

철심이 금강불괴에 가까워졌다는 것은 사실이었지만, 마땅한 공격 수단이 없다는 것이 지금 그의 발목을 잡았다.

거대 괴인이 한진우를 향해 손을 뻗으려 할 때였다.

따라랑.

따라랑.

조금은 다른 방울 소리가 들려왔다.

그 소리와 함께 거대 괴인이 내뻗는 손의 방향이 바뀌었다.

휙.

거대 괴인의 팔이 한진우를 지나 남선검주를 향해 짓쳐 들었다.

그 모습에 남선검주가 다시 한발 물러났다.

쾅.

괴인의 손자국이 바닥에 선명하게 박혔다.

남선검주의 눈가가 파르르 떨렸다.

한참을 자신의 손바닥을 내려다보던 남선검주가 떨리는 목소리로 물었다.

"대체 너는 누구냐?"

남선검주의 물음에 한진우가 말했다.

"저는 일개 학사일 뿐입니다."

한진우의 말투가 변했다.

깔아 보는 듯한 말투에서 정중한 말투로 말이다.

그런 변화는 남선검주를 더욱 두렵게 만들었다.

남선검주가 떨리는 손으로 한진우를 가리키며 물었다.

"그 섭혼령은 어디에서……."

한진우는 그의 말이 끝나기도 전에 답했다.

"선물로 받았습니다."

"선물?"

"선의로 강의를 베풀다 보니 받게 된 것입니다."

이것은 사실이었다.

법문 진인에게도 동창의 환관이 있는 무리에게도 한진우는 강의를 베풀었다.

남선검주는 어깨를 파르르 떨었다.

자신은 상대에 대해 잘 모르는데, 자신은 적 앞에서 마치 발가벗겨진 기분이었다.

그때였다.

한진우에게 누군가 날듯이 다가왔다.

한 여인이었다.

그 여인은 순식간에 다가와 한진우의 옆에 조용히 자리했다.

그 모습에 남선검주가 놀라 입을 다물지 못했다.

여인의 움직임을 눈으로 제대로 좇지 못했기 때문이다.

그 여인은 천하영이었다.

한진우의 지시로 상대의 약점을 파악하고 있던 천하영과 일행이 임무를 마친 것이었다.

천하영이 입을 열었다.

"저 강시를 움직이게 만드는 동력의 정체는 바로 이것입니다."

천하영이 손을 펼쳤다.

그녀의 손에는 꿈틀대는 애벌레가 하나가 놓여 있었다.

하지만, 기분 나쁜 검은색의 광채가 겉으로 맴돌고 있어 보통의 애벌레 같지 않았다.

"이건 흑혈고가 아니더냐?"

한진우의 말에 천하영이 고개를 끄덕였다.

"네, 맞습니다."

"음, 이런 식으로 새로운 강시를 만들었군."

한진우는 흑혈고를 재미있다는 듯 바라봤다.

흑혈고는 무림백서에 나와 있는 독물 중 하나였다.

주로 밀교에서 사용하는 독물로 상대의 행동을 제약하기 위해 사용한다.

흑혈고는 암수 한 쌍으로 되어 있는 벌레로 암수 한 쌍은 멀리 떨어져 있어도 서로의 감각을 공유한다.

생명까지도 말이다.

덕분에 한쪽에 있는 흑혈고를 죽이면 나머지 한 마리도 죽는다. 그리고 흑혈고는 살아 있는 것에게만 쓸 수 있는 독물이었다.

그런데 해골을 조종한다?

그렇다면 그건 주술의 힘일 것이다.

하지만, 여기서 중요한 것은 해골 강시와 저 오백여 명의 병사가 생명을 공유하고 있다는 것이다.

해골 강시에 암컷 흑혈고를 심은 후 저 병사들의 머리에 수컷 흑혈고를 심은 것이 분명했다.

저 해골은 오백여 명의 병사의 생각에 따라 움직인다.

한진우는 저 해골 강시의 무서움을 여의 검을 통해서 알고 있었다.

저 해골 강시는 부서져도 다시 뼈를 맞추기만 하면 언제든지 일어날 수 있었다.

그 수가 병사의 수까지 합치면 일천 명이 넘었다.

그냥 무위만 믿고 맞서 싸운다면 일행이 다칠 수밖에 없는 많은 수였다.

하지만, 한진우에게 방법이 있었다.

씩 웃은 한진우가 품 안에서 금비를 쓰다듬었다.

한진우의 손길이 닿자 금비가 고개를 빼꼼 내밀며 주변을 살폈다.

찍찍.

난데없는 동물과 여인의 등장에 남선검주는 두려움도 잊고 다시 물었다.

"너희들은 누구냐?"

그 물음에 한진우가 손을 흔들며 말했다.

"잠시만 기다려 주시지요."

한진우는 금비를 품 안에서 꺼내 천하영의 손위에 내려놓았다.

천하영의 손으로 폴짝 뛰어내린 금비는 흑혈고가 신기했는지 물끄러미 바라보며 냄새를 맡았다.

쿵쿵.

그 모습에 한진우가 금비에게 물었다.

"먹을 수 있겠니?"

찍찍.

소리를 낸 금비가 고개를 끄덕이며 천하영의 손바닥에 있는 흑혈고를 날름 집어삼켰다.

순간 오백여 명의 무인들 뒤쪽에서 비명이 들려왔다.

"악."

단말마 같은 비명과 함께 뒤쪽에 있던 무인 하나가 쓰러졌다.

천하영의 손에 든 흑혈고와 쌍을 이루는 수컷을 머리에 넣은 병사가 분명했다.

살아 있는 자의 머리도 아니고 뼈를 드러낸 해골 강시에 심어 놓은 흑혈고는 이 무리의 절대 약점이었다.

그것을 확인한 한진우가 씩 웃었다.

그 웃음을 마주한 남선검주의 입이 열리기도 전에 한진우가 외쳤다.

"금비야. 다 먹어라."

한진우가 포상을 내리는 듯 금비를 바라봤다.

그 모습에 남선검주는 마지막 남은 내공을 모두 담아 악다구니를 썼다.

"강시를 일으켜라!"

그 외침에 뒤쪽에서 기립해 있던 오백여 명의 무인들이 일제히 손을 들었다.

동시에 해골들이 무인의 손에 맞춰 앞으로 걸어 나오기 시작했다.

마치 무인들이 꼭두각시를 조종하는 듯한 모습이었다.

탁.

탁.

해골 강시들이 무인들과 함께 일제히 앞으로 다가왔다.

거대한 해골의 무리와 그 뒤를 따르는 병사.

그렇게 두 줄로 이루어진 물결이 끝없이 밀려 들어왔다.

검은색과 하얀색이 교차하는 거대한 파도였다.

그곳에서 가장 가까이 있던 철심이 비명을 질렀다.

"저, 저것들이……."

그때 이상한 일들이 일어났다.

해골 강시의 목덜미에서 황금빛이 번쩍였다.

그러자 해골 강시가 갑자기 힘을 읽고 픽픽 쓰러지기 시작했다.

모든 해골 강시가 동시에 쓰러진 것은 아니었지만, 맨 앞줄의 해골 강시부터 차례대로 쓰러지기 시작했다.

앞서 오던 첫 줄의 해골 강시가 쓰러지자 그다음으로 둘째 줄의 해골 강시가 쓰러지며 하나의 벽을 쌓았다.

그리고 그 뒤를 따라 흑혈고를 통해 해골 강시를 조종하던 무인들이 비명을 지르기 시작했다.

"악."

"으악."

그 비명은 해골 강시가 쓰러지는 수만큼 계속 이어졌다.

푹.

푹.

"악."

"악."

이어지는 비명과 해골 강시가 넘어지는 소리가 가득해지면서 눈앞은 어느새 아수라장이 되었다.

해골 강시의 목덜미에서 빛나던 황금빛의 정체는 바로 금비였다.

사람이 보기에 흑혈고는 징그러운 벌레였지만, 금비에게는 별미였다.

그 모습에 당황한 남선검주가 재빨리 수하들에게 명령을 내렸다.

"포위하라."

그 명령을 들은 한진우가 숨을 크게 삼키며 외쳤다.

"빌어먹을!"

당황한 듯 보이는 한진우의 모습을 보며 남선검주는 회심의 미소를 지었다.

한진우의 모습이 낭패를 본 적장의 모습과 같았기 때문이다.

하지만 한진우는 아무렇지도 않게 다시 외쳤다.

"빌어먹을! 적들을 모두 해치워라."

'빌어먹을'이라는 말이 조금 이상하기는 하지만, 그것은 한진우가 법문 진인과 해파의 조직원들에게 걸어 놨던 섭혼술의 핵심 단어였다.

하지만 그걸 남선검주가 알 리 만무했다.

한진우의 외침을 들은 남선검주는 두 눈을 부릅떴다.

뭐지?

한진우의 외침은 아무래도 이상했다.

남선검주가 쉴 새 없이 이리저리 머리를 굴려 가며 생각을 하고 있을 때였다.

그는 순간 이상한 낌새를 발견했다.

자신의 수하들 중 몇몇의 움직임이 이상했다.

그들은 누구보다 더 빨리 검을 뽑아 들었는데, 이상한 것이 다들 그 자리에서 계속 검을 휘둘렀다.

그것도 옆에 있는 동료를 향해서 말이다.

쉭.

쉭.

그렇게 검은 복면 사내들은 거침없이 검을 움직여 나갔다.

마치 주방장이 무를 썰 듯 그들은 한 치의 망설임도 없이 옆에 있는 같은 복면인을 베었다.

그 모습을 본 남선검주의 눈이 커졌다.

이것은 반란이었다.

그 반란을 일으킨 것은 자신의 수하 중 일부였다.

문제는 그 일부의 반란을 그 누구도 예상하지 못했다는 점이었다.

천제와 십이지신, 그리고 자신으로 이루어진 조직은 한마디로 심령으로 연결된 공동체였다.

그런데, 이렇게 배신자가 나오리라고는 생각도 못 했다.

남선검주가 중얼거렸다.

"어떻게 이런 일이……."

그때 한진우가 다시 외쳤다.

"빌어먹을! 이제 너희 주인을 향해 도망쳐라."

한진우의 말이 끝남과 동시에 자신의 동료를 쓰러뜨린 복면 사내들은 휙휙 바람 소리를 내며 날아가듯 자리를 빠져나 갔다.

지금 빠져나가는 이들은 법문 진인과 해파의 조직원들이었다.

그들은 모두 한진우에게 섭혼술로 제압당한 자들이었다.

눈에는 더욱 예리한 눈으로.

이에는 더욱 날카로운 이로 적을 상대한 한진우는 씩 웃었
다.

마지막에 주인을 향해서 달리라는 것은 그들의 우두머리가
있을 곳을 향해 가라는 말이었다.

주변을 둘러본 한진우가 나지막이 외쳤다.

"포위해라."

그와 동시에 팽연화를 비롯한 일행이 남은 복면인들을 포
위했다.

눈 깜짝할 사이에 모든 것이 정리된 상태.

철심은 눈앞에 현실을 믿지 못하겠다는 듯 어리둥절해하며
한진우의 옆에 다가갔다.

"죄, 죄송합니다. 학사님, 아까는……."

철심의 말이 끝나기도 전에 한진우가 말했다.

"잘했다."

한진우의 말에 철심이 눈을 동그랗게 뜨며 말했다.

"네, 잘했다니요?"

"고백은 그렇게 하는 것이다."

"고백이라니요?"

"네가 백련이 사랑하는 사내라고, 아니지 연인이라고 했던

가?"

"그, 그게……."

"고백은 그렇게 당당히 하는 것이 군자의 도리다."

"하, 학사님."

"걱정하지 말거라. 네 고백은 헛되지 않았을 테니 말이야."

"그, 그게 무슨 말씀입니까?"

"네 목소리를 분명히 백련도 들었을 것이다."

"아……."

철심은 아무 말 없이 하늘을 바라봤다.

잠깐 동안의 침묵에 모두 조용히 서로를 바라봤다.

그때였다.

남선검주가 떨리는 목소리로 말했다.

"대체 당신들은 누구십니까?"

그 말에 천하영이 조용히 말했다.

"저는 강호인들이 천마신녀라고 부르는 천하영이라고 합니다."

"헉, 천마신녀가 왜 여기에……. 분명 주화입마로 죽었다고 들었거늘."

천하영의 말이 끝나자 천수명이 고개를 삐딱하게 기울이며 말했다.

"난, 천마신교의 천수명!"

그 말에 남선검주의 동공이 파르르 떨렸다.

남선검주는 말했다.

"천마신교한테 당한 것이군."

그의 말에 이한빈이 한발 앞으로 나섰다.

"내가 누군지 아는가?"

남선검주가 이한빈을 바라보며 고개를 갸웃했다.

자신을 몰라보는 듯한 표정에 이한빈이 말했다.

"자네들이 부리려 했던 검귀."

"헉."

남선검주가 헛숨을 토해 냈다.

검귀의 본신 내력에 대해서는 모른다.

다만, 투라한이나 아수라 같은 괴인을 틈에서 소환할 때 같이 딸려 나온 괴물이었다.

섭혼술로 이지를 속박하려 했지만, 자신들의 조직을 빠져나가 살인을 일삼던 자가 바로 검귀였다.

남선검주의 놀람이 잦아들 때쯤 이한빈이 말했다.

"그때는 아마 내가 이지를 상실했을 때였지, 그런데 지금은 정신이 조금 들었다네."

"대체 어떻게……."

"그야 자하신공의 공력을 회복한 덕분이지."

"자하신공? 그렇다면 화산파? 대체 당신은……."

남선검주는 끝없이 의문을 쏟아 냈다.

"아마도 내가 삼십 년 전 자네들 때문에 실종된 화산파의 이한빈이라고 하면 그 답이 되겠나?"

"이한빈? 그렇다면 삼십 년 전의 무림맹주?"

남선검주는 이한빈의 정체를 듣자 혼란에 빠진 듯 다시 질문을 던졌다.

하지만 이 질문의 대답을 듣기 위한 질문은 아니었다.

남선검주는 혼란에 빠진 듯 눈알을 이리저리 굴렸다.

그렇게 하염없이 구르던 눈은 이내 한곳에 멈췄다.

그는 최대한 표정을 수습하고 한진우를 바라봤다.

"살려 주게. 살려만 준다면 모든 것을 자네에게 주겠네."

남선검주도 이 무리의 결정권자가 누군지 이제 깨달은 것이다.

한진우는 그 모습에 잠시 미소를 머금었다.

그리고 그것도 잠시, 헛웃음을 토하며 입을 열었다.

"풋, 당신이 내게 해 줄 수 있는 것이 무엇일까요?"

"내가 이제까지 모아 온 모든 돈을 주겠네."

그의 말에 한진우가 제갈무학을 바라봤다.

"무학아, 제갈가의 힘이면 저분이 숨긴 재산은 쌀 한 톨까지 찾을 수 있겠지."

"네, 남선문에서 아침에 먹다 남은 생선 대가리까지 다 찾아 대령하겠습니다."

말을 마친 제갈무학이 정중히 포권했다.

그에 맞춰 남선검주의 눈이 커졌다.

남선검주를 향해 여유로운 미소를 흘리던 한진우가 고저 없는 목소리로 말을 이었다.

"제 제자가 그렇다고 하는군요."

"혁, 제갈세가까지……."

남선검주가 말끝을 흘릴 때 팽연화가 거도를 어깨에 걸쳐 메고 웃었다.

"팽가도 있습니다."

그때 당소소도 다른 이들에게 지지 않겠다는 듯 외쳤다.

"사천당가도 있지."

그들의 외침에 남선검주의 눈이 초점을 잃었다.

대체 이자의 정체가 뭐지?

어떻게 정과 마가 한곳에 모여 있단 말인가?

남선검주는 의문만 커져 가며 그 눈에 점차 빛을 잃어 갔다.

그가 입술을 깨물었다.

그는 마지막으로 젖 먹던 힘을 짜내 말했다.

"제발, 뭐든지 다 하겠소!"

그의 간절한 애원에 한진우가 입가에 미소를 머금고 말했다.

"누군가가 그랬소……."

살짝 말끝을 흘린 한진우는 남선검주를 보며 고개를 끄덕였다.

다 이해한다는 표정 같기도 했고 한편으로는 비웃는 표정

같기도 했다.

그 표정에 남선검주가 미간을 좁힐 때 한진우가 다시 말을 이었다.

"가축이 목숨을 구걸한다고 살려 주겠냐고 말이오."

그 말에 남선검주의 눈이 파르르 떨렸다.

그때, 멀리서 누군가가 흙먼지를 일으키며 뛰어왔다.

그 모습에 한진우는 눈을 좁혔다.

그 누군가는 다름 아닌 백련이었다.

한진우는 뒤쪽 돌산에서 백련의 기척을 느꼈다.

그녀가 이리 급하게 뛰어온다는 것은 그만큼 급한 일이 생겼다는 것을 의미했다.

타다닥.

거친 발걸음과 함께 백련이 한진우의 앞에 섰다.

그녀는 헐떡이는 가슴을 진정시키지 못한 채 곧바로 입을 열었다.

"하, 학사님, 후……. 지금 영웅대회에서 이상한 일이 일어나고 있습니다."

"대체 무슨 일입니까?"

"지금, 이상한 기운이 진법을 형성하고 있습니다."

"혹시 진법의 모양을 봤습니까?"

"횃불 모양이었습니다."

백련의 보고에 한진우가 미간을 좁혔다.

그리고 바로 주변에 있는 일행에게 외쳤다.

"가자!"

한진우의 외침에 백련이 말했다.

"제가 대회장까지 가는 샛길을 안내하겠습니다."

한진우에게 포권한 백련이 뒤돌아서서 다시 달리기 시작했다.

그런데 몇 걸음 달려가던 백련이 멈칫했다.

발길을 멈춘 백련이 고개를 돌려 철심을 바라봤다.

백련의 시선을 받은 철심이 입술을 달싹였다.

그 모습에 피식 웃은 백련이 말했다.

"방금 전에 다 들었어요."

"아, 그게……."

철심의 얼굴이 벌겋게 달아올랐다.

그 모습을 본 이한빈이 턱수염을 쓰다듬으며 너털웃음을 터뜨렸다.

누군가는 휘파람을 불어대기 시작했다.

휘익.

전쟁터에서 볼 수 없는 진기한 광경이었다.

한쪽에서는 머리가 터진 무인들이 해골 강시와 뒤엉켜 시체의 벽을 쌓고 있는 가운데 생뚱맞게 피어난 사랑이라는 풋풋한 감정은 모두의 긴장감을 살짝 풀어 주었다.

모두가 다시 여유를 찾자 백련이 다시 앞서 달려 나갔다.

한진우 일행이 십여 장 정도 멀어지자 남선검주가 한숨을
내쉬었다.

"살았구나. 휴."

그의 한숨에 수하 중 하나가 달려와 포권하며 말했다.

"군주님, 빨리 자리를 피하시지요."

수하의 권유에 남선검주는 미소를 띠었다.

그때였다.

따라랑.

따라랑.

귓전을 파고드는 섭혼령 소리에 남선검주는 한진우가 달려
간 방향을 바라봤다.

달려가는 한진우의 손에 들린 섭혼령이 눈에 들어왔다.

그때였다.

쉉.

파공성을 일으키며 바위가 눈앞에 들이닥쳤다.

"헉."

남선검주는 비명을 지르며 몸을 굴려 바위를 피했다.

따라랑.

따라랑.

다시 섭혼령 소리가 은은히 울려 퍼지자 바위가 방향을 바
꾸었다.

남선검주는 그제야 그 바위의 정체를 알았다.

그 바위는 거대한 괴인, 투라한의 손이었다.

섭혼령이 멈춰 조용히 잠들어 있던 거대한 괴인 투라한이 남선검주를 공격하기 시작한 것이었다.

남선검주는 다급히 자신의 섭혼령을 꺼내 흔들어 보았다.

하지만, 거대한 괴인 투라한은 더는 자신의 말을 듣지 않았다.

몇 번이나 이리저리 굴렀을까.

바닥으로 내려찍는 거대한 괴인들의 손은 마치 관음보살이 여덟 개의 팔로 공격하는 것처럼 느껴졌다.

몇 번을 몸을 굴려 피하던 남선검주는 갑자기 앞이 캄캄해지는 것을 느꼈다.

빠직.

그러고는 뼈가 으스러지는 소리와 함께 그는 형체도 없이 일그러졌다.

그 모습을 보던 수하가 입을 막으며 뒷걸음쳤다.

그때 다시 섭혼령이 울렸다.

따라랑.

따라랑.

그 뒤에 똑같은 소리가 곳곳에 울려 퍼졌다.

빠지직.

빠직.

그곳을 벗어나는 철심이 고개를 갸웃하며 물었다.

"학사님, 지금 그건 무슨 소리입니까?"

"세상이 평온해지는 소리다."

"세상이 평온해지는 소리요?"

"곡식을 다 털어먹는 메뚜기 떼가 불타는 소리지."

"아. 그럼 그놈들이 메뚜기 떼란 말씀이시죠?"

"메뚜기는 구워 먹기라도 하지, 저놈들은 그럴 가치도 없다. 그러니 칼을 들어야지."

"아, 학사님이 칼을 든다고 하니 안 어울립니다."

"살다 보면 군자도 칼을 들 때가 있지."

"군자가요?"

"제자백가 중 칼을 안 들어 본 이가 얼마나 될 것 같으냐?"

제자백가라면 공자를 위시한 춘추전국시대의 사상가.

그들이 기틀을 세운 학문이 중원의 학문이라고 봐도 됐다.

당시 글 꽤 읽었다는 사상가 중에는 검을 들어 보지 않은 이가 드물었다.

한진우는 난세에는 군자도 무기를 잡는 것이 맞다고 생각했다.

물론 무학의 끝을 보고 싶은 이유가 그것은 아니었지만 말이다.

지금 자신이 든 섭혼령과 여의 검은 무기라기보다는 회초리에 가깝다고 한진우는 생각했다.

한진우의 진지한 표정에 철심이 말했다.

"저도 들겠습니다."

"그래, 고맙다. 너희의 스승이 가라사대……."

한진우가 씩 웃었다.

그 모습에 철심이 물었다.

"가라사대 다음 말이 뭡니까?"

"오늘은 다들 나를 따라라."

한진우가 말하자 철심이 손을 모아 입에 대며 힘차게 외쳤다.

"학사님 가라사대. 오늘은 학사님을 따르랍니다."

철심의 외침에 모두가 환호로 답했다.

"네, 존명."

"알겠습니다. 스승님."

"학사님을 따르겠습니다."

모두가 포권하며 한진우를 바라볼 때였다.

두두두.

두두두.

괴이한 소리가 한진우 일행의 귓전을 때렸다.

"뭐지?"

한진우를 비롯한 모두가 발길을 멈추고 그 소리의 근원지를 살피기 위해 주변을 두리번거렸다.

그때 뒤쪽을 보던 철심이 입을 함지박만 하게 벌였다.

"저, 저기 보십시오."

모두가 철심이 가리키는 방향을 향해 고개를 돌렸다.

순간 이제까지 아무 말 없던 남궁태랑이 비명을 질렀다.

"앗, 저게 도대체 뭡니까?"

남궁태랑의 시선이 머무는 곳에서는 검은색 문이 아래에서부터 위로 열리고 있었다.

그것은 한진우 일행이 무덤으로 착각했던 바로 그 손잡이가 달린 문이었다.

그런데 문의 크기가 문제였다.

그 문의 크기가 병사 오백여 명이 모인 공간을 모조리 삼킬 정도로 거대했다.

실제로 문이 열리자 그 문에서 시체들을 우르르 뱉어 내고 있었다.

두두두.

두두두.

여기저기서 비슷한 울림이 계속 들려왔다.

한진우는 조용히 고개를 끄덕였다.

그 모습에 철심이 물었다.

"이게 무슨 일입니까? 학사님."

"천계가 열리나 보다."

"그게 무슨 말씀이십니까?"

"그들이 다른 세상으로 가는 통로를 열고 있음이야. 어서 서두르자."

말을 마친 한진우는 영웅대회가 개최되고 있는 곳의 하늘을 바라봤다.

그곳에서는 붉은 기운이 넘실대며 하늘로 빨려 들어가고 있었다.

⁂

한편, 공지 대사와 무림인들은 마령공명주를 손에 잡은 채 석상이 되어 있었다.

처음에는 단순한 호승심이었다.

내공의 경지가 높을수록 마령공명주가 투명해진다는 환관 정수민의 말에 무인 중 한둘이 무공을 뽐내려 기를 쓰고 내공을 쏟아붓자 그것을 지켜보던 다른 이들도 이에 동참하기 시작하면서 일이 커졌다.

결국 모든 무인이 자신의 내공을 뽐내는 대결로 번지게 된 것이다.

공지 대사마저도 말이다.

공지 대사는 이미 한번 마령공명주에 내공을 불어넣고 별다른 이상이 없음을 확인했었다.

그런데 모든 무인이 동시에 내공을 불어넣자 이상한 일이 일어났다.

마령공명주가 거머리처럼 손에 딱 달라붙어 버린 것이다.

게다가 옆에서 옆으로, 또 그 옆으로 마령공명주가 흡수한 기는 거미줄처럼 또 다른 마령공명주에 연결되었다.

본래에는 아흔 개가 넘는 구슬이었지만, 이렇게 모든 구슬이 보이지 않는 힘으로 연결되니 공지 대사도 어떻게 막을 수 없는 거대한 기운이 되어 버린 것이다.

이 무형의 기는 공지 대사를 속박하는 동시에 계속 기를 빨아들였다.

공지 대사가 이를 악물고 소림의 내공 비기인 역근경을 운용해 빠져나가는 기운을 억누르려 할 때였다.

마령공명주를 통해서 하나가 된 거대한 기운이 갑자기 하늘로 솟구치기 시작했다.

공지 대사는 눈을 크게 떴다.

사방에서 올라가는 기운은 묘하게도 붉은색을 띤 것으로, 모양은 한눈에 봐도 횃불이었다.

공지 대사는 주변을 바라봤다.

이대로 가면 비극의 시작을 알리는 첫 획이 될 터였다.

천마신교에 사황성, 그리고 팽 가주와 당 가주까지.

무림에서 내놓으라 하는 고수들은 다 모인 상태였다.

그때 공지 대사의 귓가에 환관 정수민의 목소리가 들렸다.

"환관이기 이전에 천제의 밑에 있는 군사로서 인사드립니다. 공지 대사."

"……."

공지 대사는 말없이 빠져나가는 내공을 막기 위해 계속 힘을 썼다.

그때 환관 정수민의 목소리가 다시 이어졌다.

"잠시 후, 천계가 열리면 당신들을 제물로 바치겠소."

제물?

공지 대사의 불심이 살짝 흔들렸다.

지금 말도 안 되는 일이 일어날 것만 같았다.

이게 얼핏 엿봤던 천기의 일부분인가?

그렇다면 지금쯤 구원자도 등장해야 할 터였다.

공지 대사는 공력을 운용하는 대신 마음속으로 반야심경을 몇 번이고 되뇌었다.

그때였다.

타다닥.

거친 발걸음이 연회장에 울렸다.

공지 대사는 경계하며 귀를 쫑긋 세웠다.

그는 태세를 바꿀 구원자의 등장이라 생각했다.

하지만, 그 바람은 한순간에 무너졌다.

열 명 정도의 복면인들이 달려와서는 환관 정수민의 앞에 무릎을 꿇은 것이었다.

"일은 모두 잘 처리했습니다."

"걸리적거리는 학사 나부랭이도 처리했느냐?"

"그자들은 역병의 군주님이 잘근잘근 밟고 있으니 걱정 안

하셔도 될 것 같습니다."

"그래, 다들 수고했다. 오늘 일이 끝나면 마음 놓고 진한 혈주를 마실 수 있겠구나."

그들의 대화에 공지 대사의 심장이 거칠게 뛰기 시작했다.

쿵.

쿵.

그들의 대화를 들어 보니 학사 한진우가 당했다는 것 같았다.

그때였다.

바닥이 거칠게 흔들리기 시작했다.

두두두.

두두두.

그와 동시에 몸 안에 있던 기가 더욱 세차게 빠져나가기 시작했다.

지진이라도 난 것처럼 땅이 울리는 동시에 사방이 어두워졌다.

공지 대사는 남은 힘을 쏟아 힐끔 하늘을 바라봤다.

일식?

하지만, 지금은 일식이 일어날 시기가 아니었다.

그런데 뭔가가 태양을 가리고 있었다.

검은색 타원형의 물체.

그 물체의 가운데는 희미하게 금이 그어져 있었다.

대체 저것은 뭐란 말인가?

공지 대사의 머릿속에 의문이 쌓여 가고만 있을 때, 타원형의 물체를 가로로 갈랐던 금이 천천히 열리기 시작했다.

헉!

공지 대사가 헛숨을 뱉었다.

하지만, 그 헛숨은 입 밖으로 나오지 않았다.

머릿속에서만 맴돌 뿐이었다.

저것은 분명히 눈이었다.

거대한 무언가의 눈동자 말이다.

그 거대한 무언가가 지금 눈을 뜨고 있었다.

마지막 강의

아!

그런데 무엇이 눈을 뜨는 것인지는 확인할 수 없었다.

아무리 봐도 저것은 거대한 눈 그 자체였다.

이제는 눈동자의 흑점이 보였다.

그 눈동자의 흑점이 세상을 내려다봤다.

저것은 천살성이었다.

천살성이 눈을 뜨고 있는 것이었다.

그 눈이 지상에 점점 가까워졌다.

그리고 이내 그 눈은 눈꺼풀을 완벽하게 떴다.

공지 대사가 잡고 있던 마령공명주가 더는 기가 필요 없다는 듯 툭 하고 공지 대사의 손에서 떨어져 나갔다.

공지 대사가 시체처럼 축 늘어졌다.

툭.

툭.

공지 대사뿐 아니라 모든 무인들이 힘을 잃고 제자리에 쓰러졌다.

대부분의 무인들이 눈만 겨우 뜨고 상황을 주시할 뿐, 손가락 하나 까딱하지 못했다.

그때 모두가 처음 듣는 음성이 모두의 뇌리에 박혔다.

-오염된 혼돈의 중심이 세상을 모두를 바라봅니다.

이것은 혜광심어였다.

귀를 통해 들리는 것이 아니라 머리에 뜻을 심는 전음 중, 최고 수법이었다.

자리에 널브러진 채 누워 있던 공지 대사의 시야에 거대한 눈의 이상한 변화가 보였다.

눈 주변에 있는 눈썹과도 같은 촉수가 땅으로 천천히 내려오고 있었다.

그 모습을 본 환관 정수민이 거대한 눈을 향해 절을 하며 외쳤다.

"여기 있는 모두를 제물로 바치나이다."

그때였다.

낭랑한 목소리가 모두의 귓전을 때렸다.

"제물은 무슨!"

그 목소리에 환관 정수민이 고개를 돌렸다.

그곳에는 백의의 사내가 활짝 웃으며 걸어오고 있었다.

이곳에는 멀쩡한 사람이라고는 자신의 사람밖에 없었기에 환관 정수민은 그저 고개만 갸웃할 뿐 한진우에게 별로 관심을 두지는 않았다.

그런데 이상한 일이었다.

백의의 학사는 아무렇지 않게 모두의 시선을 가로질러 환관 정수민에게 걸어왔다.

그때 한 촉수가 흐물거리며 공지 대사 쪽으로 내려왔다.

마치 먹이를 날름 삼키려는 뱀과도 같았다.

흐물거리며 내려오는 촉수의 끝은 검기를 품은 칼날보다 더 예리해 보였다.

자세히 보니 아니나 다를까.

그 촉수의 끝은 칼날로 되어 있었다.

그 끝에 붙어 있는 세 개의 칼날은 상대를 조각내려는 건지 아니면 그것으로 상대를 움켜잡아 끌어 올리려는 건지 알 수 없었다.

그 촉수가 공지 대사의 일 장 앞에 다가왔을 때였다.

그것을 본 한진우가 품속에서 여의 검을 꺼냈다.

분명 꺼냈을 때는 붓이었던 여의 검이 쫘르륵 펼쳐지더니 어느새 평범한 검으로 변했다.

한진우는 검을 삼재검법 중, 지의 묘리로 그어 나갔다.

쉭.

한 줄기 바람 소리가 연회장을 가르자 공지 대사를 덮쳤던 촉수가 바닥에 떨어졌다.

툭.

그 모습에 환관 정수민이 고함을 질렀다.

"네 이놈! 당장 멈추지 못할까."

그 말에 한진우가 고개를 끄덕이며 조용히 읊조렸다.

"그러지 않아도 잠깐 쉬려고."

"뭐라?"

환관 정수민이 노기를 드러내며 한진우를 바라볼 때였다.

타다닥.

타다닥.

여러 발걸음이 영웅대회가 펼쳐진 연회장을 갈랐다.

한진우 일행이었다.

철심이 한진우를 보며 외쳤다.

"학사님!"

달려오는 철심에게 한진우가 진지한 표정으로 말했다.

"철심아, 부탁이 있다."

"네, 학사님."

"넌, 내려오는 적을 맡아 주거라."

"적이요?"

철심이 고개를 갸웃하자 한진우가 위쪽을 가리켰다.

고개를 들어 위를 바라본 철심이 입을 쩍 벌렸다.

그리고 자신의 뺨을 툭툭 치며 고개를 흔들었다.

"저게 무엇입니까?"

"너도 아까 듣지 않았더냐? 혜광심어를……."

"그럼, 저게 혼돈의 중심입니까?"

"오염되었다고도 했지."

한진우의 말에 철심은 다시 하늘을 올려다봤다.

가늘게 뜬 눈의 위아래로 달린 눈썹이 마치 지네의 꿈틀거리는 다리 같았다.

한진우는 철심을 뒤따라온 나머지 일행에게 외쳤다.

"천하영과 천수명은 쓰러진 사람들을! 순서는 철저히."

한진우의 지시에 천하영과 천수명이 움직였다.

그들은 품속에서 호리병을 꺼내 들었다.

발 빠르게 움직인 천하영은 먼저 공지 대사에게 달려가 그의 입안에 태청단을 넣었다.

공지 대사의 입속으로 들어간 태청단은 단번에 그의 식도에 녹아들었다.

화한 기운이 공지 대사의 식도를 타고 내려갔다.

그 영약의 기운은 위까지 도달하기 전에 모두 공지 대사의 혈맥으로 파고들었다.

동시에 공지 대사가 혈색을 찾았다.

"후."

한숨을 내뱉은 공지 대사는 몸을 일으켜 정좌한 채 주변을 바라봤다.

공지 대사가 낮게 중얼거렸다.

"나무아미타불……."

공지 대사는 불호를 외치는 것 이외에는 할 말이 없었다.

천하영은 이어서 팽서문에게 달려갔다.

이것은 한진우가 미리 말해 둔 순서였다.

도움을 줄 수 있는 자들에게 먼저 태청단을 먹이는 것이었다. 방해만 될 자들은 일단 그냥 놔두기로 했다.

역시 한진우는 '마' 그 자체였다.

보통 무인이라면 이런 상황이면 사람을 가리지 않고 구하기 마련이었다.

하지만, 한진우는 달랐다.

철저하게 상황과 이익에 따라 사람을 나누었다.

천하영은 힐끔 한진우를 바라보며 나지막이 외쳤다.

"마신이시여……."

그때 천수명도 순서대로 사람들을 구했다.

천수명은 자신의 형인 천기린의 곁을 지날 때는 영약을 주는 대신 뒤통수를 후려갈겼다.

찰싹.

이것은 한진우에게 받은 영향이었다.

아무리 급해도 계산은 하고 넘어가야 했다.

외부 세력을 끌어들인 것에 대한 사소한 벌이었다.

그때 촉수가 다시 하늘에서 내려왔다.

흐물거리며 내려오는 촉수가 다른 무인을 덮치려 할 때, 한 진우의 지시를 받은 철심이 촉수를 막았다.

덮쳐 오는 촉수를 철심은 껴안듯 움켜잡았다.

챙.

촉수의 칼날이 철심의 몸에서 튕겨 나갔다.

순간 촉수가 움직임을 멈추었다.

철심을 씹을 수 없음을 감지한 것이었다.

씹을 수 없는 먹이를 감지한 촉수는 그 자리에서 멈췄다.

하지만, 다른 촉수들은 멈추지 않았다.

하나의 촉수가 멈추자 철심은 다른 촉수를 향해 달려갔다.

한편 제갈무학은 한진우의 지시대로 이 진법을 파훼할 수 있는 진법을 설치했다.

이 진법을 파훼하려면 진법의 일부분을 단 한 번에 끊어 내야 했다.

한진우의 지시를 받은 일행은 모두 아무 의심 없이 각자의 일을 수행했다.

그 모습을 확인한 한진우가 편안한 표정으로 환관 정수민을 향해 걸어갔다.

환관 정수민은 뒷걸음치며 외쳤다.

"천제(天帝)님이 너를 가만히 놔두지 않을 것이다."

그 말에 한진우가 씩 웃었다.

"네가 천제라 칭하는 자가 누구더냐?"

한진우가 묻자 환관 정수민이 입꼬리를 올리며 말했다.

"네놈이 알 거 없다."

"그렇다면 네놈은 황제가 아니라 천제(天帝)를 모신다는 것이지?"

"버러지 같은 놈들은 알 것 없다."

"황상이, 그리고 백성이, 우리가 버러지라는 것인가?"

한진우가 목청을 높이자 환관 정수민이 아무렇지 않게 외쳤다.

"버러지보다도 못하지."

그 외침에 한진우가 뒤를 돌아봤다.

그러고는 씩 미소를 지어 보이며 병사들에게 외쳤다.

"반역이다."

그 말에 일반 병사들이 움찔했다.

그 모습을 본 한진우가 다시 외쳤다.

"반역을 보고도 모른 척하는 병사가 있다면 그 병사는 반역자로 간주할 것이다."

움찔.

병사들의 몸이 움찔거렸다.

황궁 소속의 병사들 대부분이 이 상황이 얼마나 어처구니없는지 잘 알고 있다.

하늘에서는 괴물이 내려오고 있고, 무림 백대 고수는 모종에 술수에 의해 널브러져 있었으니 말이다.

하지만, 군법은 지엄한 것.

군령을 어길 수는 없어 이렇게 자리를 지키고 있는 것이었다.

모두가 움찔하고 있을 때 한진우가 슬쩍 옆을 바라봤다.

"진철 군관. 반역이 맞지요?"

한진우의 말에 어디선가 모습을 드러낸 진철 군관이 말했다.

"맞습니다. 반역입니다."

지금 대답한 이는 한진우와 얼마 전 마주쳤던 군관 진철이었다.

그의 직책은 황궁의 천부장.

어찌 보면 이 행사에 동원된 병사의 우두머리였다.

한진우는 이곳에 오며 이한빈에게 진철을 이곳으로 데려와 달라 부탁했다.

진철의 옆에는 이한빈이 옷소매로 땀을 훔치고 있었다.

이한빈에게 고개를 끄덕이며 감사를 표한 한진우가 진철에게 다시 고개를 돌렸다.

"그럼 반역도를 처단하시지요."

한진우의 말에 진철이 검을 뽑아 들고 외쳤다.

"모두 반역도를 포위해라!"

포박이 아닌 포위라 명령을 내린 것은 한진우의 지시 때문이었다.

일반 병사가 무림인을 상대하기는 버거울 터.

지금은 이런 모습만 보여 줘도 계획은 성공이었다.

한진우는 자칫 청해혈사와 같은 일이 벌어질지도 모르는 이 사태가 나중에 잘 해결되고 난 이후 일을 생각해 진철에게 도움을 청한 것이었다.

만약 이 사건이 잘 해결된다고 해도 자칫하면 반역도로 몰릴 수도 있었다.

황제가 과연 누구의 말을 믿겠는가?

그걸 떠나서 저 환관의 한마디면 자신들은 반역도로 오해받을 수 있었다.

그래서 누가 충신이고 누가 반역도인지를 명확하게 표시를 해 놓을 필요가 있었다.

그때였다.

갑자기 머릿속에서 장삼봉의 목소리가 들려왔다.

─조심하게.

선계로 갔던 장삼봉이 돌아온 것 같았다.

─저 문을 되돌려야 하네. 아미타불.

이것은 달마의 목소리였다.

─저것이 내려오면 세상은 혼돈에 빠질 것일세.

천마의 목소리도 들려왔다.

모두가 다시 한진우에게 돌아온 것이었다.

그때였다.

스스슥.

스스슥.

기괴한 소리가 위쪽에서 울렸다.

"뭐지?"

한진우가 고개를 들자 그의 시야에 거대한 눈동자가 점점 가까워지고 있었다.

동시에 환관 정수민이 머리를 감싸 쥐기 시작했다.

"아악."

비명을 지른 그의 얼굴이 점점 붉게 물들어 갔다.

그 모습에 한진우가 재빨리 외쳤다.

"빌어먹을! 너희들의 주인에게 검을 꽂아라."

한진우의 암시를 받은 복면인들은 그 즉시 자신들의 앞에 있는 환관들에게 검을 꽂아 넣었다.

푹.

푹.

푹.

갑자기 일어난 살육에 진철 군관이 눈을 부릅떴다.

그것도 잠시, 진철 군관이 비명을 질렀다.

"헉, 저게 무슨 일인가요?"

지금 검에 꽂힌 환관들이 붉은 피가 아닌 검은색 피를 쏟아 내고 있었다.

그것도 진득진득한 검은색 피를 말이다.

환관들의 모습은 누가 봐도 평범한 인간들이 아니었다.

그리고 방금 전 한진우가 잘라 냈던 촉수 하나가 흐물거리며 환관 정수민의 발아래로 기어갔다.

정수민의 발아래에 멈춘 촉수는 그의 몸과 하나가 되었다.

환관 정수민이 몸부림쳤다.

그의 몸부림에 그의 뒤에서 검을 꽂고 있던 사내의 복면이 벗겨졌다.

그 복면 뒤에서 법문 진인의 얼굴이 드러났다.

그 모습에 공지 대사가 다시 불호를 읊조렸다.

"아미타불⋯⋯."

그러고는 기력을 차린 듯 자리에서 일어났다.

그때였다.

여기저기서 비명이 터져 나왔다.

"아악."

"악."

날카로운 비명은 환관들을 감싸고 있던 병사들에게서 나는 소리였다.

그때 그 비명에 맞춰 하늘에서 기괴한 소리가 들려왔다.

우우웅.

우웅.

마치 비명에 공명하듯 지상에 가까워진 거대한 눈, 즉 그 혼돈의 중심이 소리를 내는 것 같았다.

그 소리를 들으니, 마치 앞이 막힌 피리를 부는 것처럼 답답하기만 했다.

한진우는 이 현상에 대해서 알 것 같았다.

혼돈의 중심이 내는 힘에 사람들이 점점 미쳐 가고 있는 것이었다.

"아악!"

이번 비명은 철심의 입에서 나온 것이었다.

"으아악."

황보소영도 비명을 토해 냈다.

공력이 낮은 순으로 모두가 머리를 감싸 쥐고 나뒹굴고 있다.

거대한 눈은 모두를 덮치려는 것 같았다.

저대로 놔두면 천천히 세상 전부를 덮칠 것이다.

푹.

어디선가 바람 빠지는 소리가 들려왔다.

그것은 환관들에게서 들려오는 소리였다.

모두가 머리를 감싸 쥐고 뒹굴고 있을 때, 이상한 형체로 변한 환관들은 비명을 지르는 일 없이 조용했다.

도리어 그들에게 꽂혔던 검이 저절로 빠졌다.

지금의 바람 빠지는 소리는 그 검들이 환관들의 몸에서 튕겨 나오는 소리였다.

탁탁.

그들이 한진우의 곁으로 다가오기 시작했다.

그나마 혼돈의 중심이 내뿜는 광기에 버티고 있는 천하영이 한진우의 앞에 호위하듯 섰다.

타다닥.

공지 대사도 신형을 날려 달려오는 환관들을 막아섰다.

환관들의 모습은 기괴하기 그지없었다.

차라리 해골 강시가 더 사람 같을 정도였다.

한진우는 오른손에 움켜잡은 여의 검을 위로 올렸다.

그리고 삼재심법을 운용했다.

자연의 기가 백회혈을 통해.

용천혈을 통해.

그리고 피부를 통해 모여들었다.

우우웅.

혼돈의 중심이 내는 소리보다는 미약했지만, 한진우의 몸 주변에서 칠현금을 연주하는 듯한 소리가 울려 퍼졌다.

그러더니 갑자기 황금빛 기운이 한진우의 몸을 감싸기 시작했다. 그리고 동시에 한진우가 위로 올렸던 여의 검의 크기가 점점 늘어났다.

그 늘어나는 속도가 마치 비도를 쏘아 내는 듯 빨랐다.

쉥.

파공성을 내며 여의 검의 끝이 혼돈의 중심을 향해 쏘아졌다.

푹.

그리고 정확히 흑점의 중심에 박혔다.

하지만, 혼돈의 중심은 멈추지 않고 소리를 내며 계속해서 천천히 내려왔다.

터벅.

터벅.

천하영과 공지 대사가 달려드는 환관에게 맞서 검과 권을 내뻗었다.

하지만, 지렁이처럼 변한 환관들은 천하영과 공지 대사의 공격에 진혀 타격을 받지 않는 모습이었다.

그들은 최면에 걸린 것처럼 두려움을 느끼지 못하고 한진우에게 달려들었다.

천하영과 공지 대사는 죽을힘을 다해 그들을 막아섰고, 한진우는 묵묵히 삼재심법을 운용했다.

하지만 여전히 혼돈의 중심은 멈출 줄 몰랐다.

혼돈의 중심에 여의 검이 깊게 박혀 있었지만, 겉으로 보기에 혼돈의 중심이 여의 검을 먹은 것처럼 보였다.

그때였다.

한진우의 머릿속에서 달마가 외쳤다.

-우리가 돕겠네. 나무아미타불.

그리고 이어서 장삼봉이 외쳤다.

-우리가 힘을 보탤 테니 기를 불어넣게!

한진우는 눈을 좁혔다.

백회혈에서부터 지금껏 느껴 보지 못한 강맹한 기운이 몰려들기 시작했다.

강맹하기는 했으나 거칠지는 않았다.

그것은 마치 아비가 자식을 쓰다듬는 것과 같았다.

아!

한진우가 속으로 탄성을 질렀다.

이것은 천마의 기운이었다.

이어서 따뜻한 불가의 기운이 밀려들었다.

그 뒤를 이어 청아한 도가의 기운도 한진우의 몸속에 피어났다.

한진우가 원래 가지고 있던 기운과 이들의 기운이 합쳐졌다.

우우웅.

우우웅.

한진우의 몸에서 청아한 소리가 나기 시작했다.

그와 동시에 한진우가 내뻗은 여의 검이 환한 빛을 내었다.

그 빛은 눈이 부실 만큼 밝게 사방을 비추었다.

그리고 한진우가 내뿜는 청아한 기는 여의 검을 통해 혼돈의 중심에 끊임없이 흘러 들어갔다.

처음에는 낙수가 바위에 떨어지듯 미미했지만, 눈 깜짝할 사이에 한진우가 흘린 그 기운은 점점 거대해져 그 바위를 조각낼 듯 들어갔다.

그때 한진우는 보았다.

혼돈의 중심 너머에 있는 세상을 말이다.

혼돈의 중심 너머에는 마에 지배당한 세상이 있었다.

한진우의 눈에 마물들에게 가축처럼 사육당하는 인간들의 모습이 들어왔다.

이렇게 혼돈의 중심 너머에 있는 세상을 볼 수 있었던 것은 혼돈의 중심에 있던 탁기가 걷혔기 때문이었다.

혼돈의 중심에서 탁기가 걷히자 주변이 황금색으로 물들었다.

그때 혜광심어가 한진우의 머릿속에 울렸다.

-혼돈의 중심이 당신에게 감사를 표합니다.

한진우가 한숨을 내쉬었다.

주변을 둘러보니 다행히 환관들이 본래의 모습으로 돌아와 있었다.

그때 장삼봉의 목소리가 들려왔다.

-어서 문을 닫게.

그 말에 한진우는 다시 혼돈의 중심을 바라봤다.

이제 어찌된 일인지를 알 것 같았다.

차원 사이에 있던 혼돈의 중심은 반대편 세계가 마물에 잠식당하자 오염된 것이었다.

　그 결과가 지금의 사태를 만들었고 말이다.

　아마도 삼십 년 전보다 더 정도가 심해졌을 것이었다.

　청해혈사 때 사라진 무림인들은 저 반대편 세상에 빨려 들어가 있을 것이다.

　그때 한진우의 마음을 읽었는지 혼돈의 중심이 혜광심어로 뜻을 전했다.

　-나를 닫고 싶으면 삼백 갑자의 내공을 바쳐야 한다.

　그 답에 한진우가 청해혈사를 떠올렸다.

　아마도 그 당시, 문을 닫기 위해 무림인들이 자신을 희생했던 것 같았다.

　한진우는 관자놀이를 왼손으로 툭툭 치며 잠시 생각에 잠겼다.

　이내 생각을 마친 한진우가 혼돈의 중심을 보며 말했다.

　"뭐 하나만 물어봐도 될까?"

　-말하라, 인간이여.

　혼돈의 중심이 답하자 한진우가 재빨리 말을 이었다.

　"저 건너편에는 무학의 끝이 있을까?"

　-무학이 힘을 말하는 것이라면 그럴 수도 있다.

　그 답에 한진우가 활짝 웃었다.

　그 웃음에 옆에 있던 천하영이 눈을 크게 떴다.

아무래도 안 좋은 일이 일어날 것만 같았기 때문이다.

저 멀리서 팽연화도 달려오며 외쳤다.

"학사님."

그들의 모습에는 아랑곳하지 않고 한진우가 외쳤다.

"그럼 나 좀 그쪽으로 데려다주겠니."

한진우의 말에 모두가 입을 떡 벌렸다.

한진우의 의도는 두 가지였다.

첫째는 무학의 끝이 저 건너편에는 있을 거라는 믿음이 있었고, 둘째는 이대로 세월이 흐른다면 혼돈의 중심은 다시 오염될 것이고 그때는 반대편 세상에 있는 마물을 이쪽 세상으로 뱉어 낼 것이 분명했기 때문이다.

그때 혼돈의 중심이 답했다.

-접수했다. 다른 부탁이 있으면 들어주마!

그 답과 함께 여의 검의 길이가 점점 줄어들었다.

아니, 사실 여의 검이 줄어드는 것이 아니었다.

여의 검과 한진우를 혼돈의 중심이 빨아들이고 있는 것이었다.

그때 한진우가 말했다.

"저쪽 세상에서 건너온 놈들을 모두 되돌려 놓고 싶은데, 가능할까?"

-접수했다. 하지만 지금 내 눈이 보이는 곳에 있는 자들만 가능하다.

동시에 환관 정수민의 몸이 두둥실 떠올라 혼돈의 중심에 빨려 들어갔다.

　본래의 모습을 찾은 환관 정수민이 외쳤다.

　"안 돼!"

　그의 목소리에 한진우가 빙긋 웃었다.

　"안 될 게 뭐가 있나? 왔던 곳으로 돌아갈 뿐이지."

　이미 한진우는 공중으로 이십 척 이상 떠오른 상태.

　위를 바라보던 철심이 울먹이며 외쳤다.

　"학사님!"

　"철심아, 백년해로하거라. 공자님이 말씀하시길……."

　한진우는 혼돈의 중심으로 천천히 빨려가며 강의를 시작했다. 그 모습을 본 이한빈이 말했다.

　"등선이군, 등선이야."

　이한빈의 말대로 한진우의 모습은 등선하는 신선의 모습처럼 보였다.

　그도 그럴 것이 혼돈의 중심은 황금빛 광채를 발하고 있어 마치 천계의 입구를 보는 것만 같았다.

　한참 동안 말을 이어 가던 한진우가 힐끔 천하영을 바라봤다.

　그러고는 왼손으로 허리에 차고 있던 천마 검을 빼 던졌다.

　"하영아, 이 천마 검을 받아라. 그리고……."

　한진우는 품속을 뒤져 뭔가를 꺼냈다.

한진우가 꺼낸 것은 황금색 장포였다.

그것도 천하영에게 던진 한진우가 외쳤다.

"천마비갑도 받아라."

"하, 학사님. 흑."

천마 검과 천마비갑을 받아 든 천하영이 왈칵 눈물을 쏟아
냈다.

한진우는 마치 이것이 이 세상의 마지막 강의라는 듯 다시
팽연화를 보며 말했다.

"연화야……."

그렇게 한참 모두에게 하고 싶은 말을 다 늘어놓은 한진우
는 빛 속으로 사라졌다.

그의 시야가 온통 황금빛으로 뒤덮였다.

그때였다.

한진우의 머릿속에 당황한 음성이 들려왔다.

─우, 우리는 어떻게 되는 거지?

장삼봉의 목소리였다.

─그쪽에는 선계와 연결이 안 되어 있을 텐데 낭패로군. 아미
타불.

이것은 달마의 목소리였다.

한진우가 씩 웃으며 그들에게 말했다.

─어떻게 되긴요? 그냥 같이 가는 거지.

한진우가 혼돈의 중심 속으로 사라진 한 달 후 화산.

혼돈의 중심을 마주한 강호는 발 빠르게 변했다.

서로가 싸울 때가 아니라는 것을 피부로 느낀 것이다.

그들이 마주한 힘은 화경, 현경, 자연경 등의 경지로도 나눌 수 없는 절대적인 힘이었다.

그런 힘을 눈앞에 목격한 이들의 반응은 두 가지였다.

넋을 잃고 은거하거나 아니면 만일을 대비해 더욱 이를 악물거나 말이다.

지금 화산에는 이를 악물고 힘을 키우기로 한 강호인들이 모여 있었다.

그리고 이전에 중지되었던 용봉지회가 다시 시작되었다.

힘을 기르기 위해서는 무림이 정상대로 굴러가야 한다는 이들의 판단에서였다.

비무대를 앞에 둔 철심이 하늘을 올려다봤다.

그 모습에 백련이 물었다.

"무엇을 그리 보시나요?"

"학사님이 다시 돌아올 것 같아서 그럽니다."

철심의 말에 백련이 웃었다.

"네, 저도 그럴 것 같아요. 우리가 살아 있을 때가 아니라 우리 자식들이 자랐을 때라도 학사님이 돌아오셨으면 좋겠습니다."

"휴."

철심은 한숨을 쉬며 눈물을 흘렸다.

백련이 철심에게 손수건을 건넸다.

그들의 대화에 당소소가 옆으로 다가와 끼어들었다.

"대체 학사님은 그 일을 왜 숨기신 거죠?"

"무슨 일을 말하는 것이냐, 소소야?"

철심이 고개를 갸웃하자 당소소가 말했다.

"서원 말이에요."

"아, 서원을 가장한 고아원 말이지?"

철심이 묻자 당소소가 고개를 끄덕였다.

"맞아요."

당소소의 말을 끝으로 그들은 한동안 말없이 다시 하늘을 올려다봤다.

철심은 한진우가 왜 그렇게 돈에 집착했는지를 최근에야 알았다.

감숙은 국경과 맞닿은 곳이었다.

감숙에는 유난히 전쟁으로 인한 고아가 많았다.

한진우는 그 고아들을 거두어 가르칠 서원을 감숙에만 열 군데가 넘게 설치했다.

이것은 제갈무학만이 알고 있던 사실이었다.

그때 누군가 흐느끼는 목소리가 들려왔다.

"흐흑."

철심이 고개를 돌려보니 그곳에서는 팽연화가 흐느끼고 있었다.

그리고 그 뒤에서 천하영도 따라 흐느끼고 있었다.

그녀들에게 한진우라는 이름은 울음보라는 폭탄에 심지를 당기는 것과 같았다.

하지만, 가장 서글프게 우는 것은 황보소영이었다.

"으앙."

황보소영이 이렇게 소리 높여 우는 이유를 모두는 알고 있었다.

유일하게 황보소영만이 한진우가 내려주는 기연을 받지 못했기 때문이다.

그런 황보소영의 울음에 일행이 잠시 미소를 머금었다.

그 웃음의 끝에 철심이 물었다.

"그런데 정말 황제 폐하가 여기로 오시는 건가요? 천제라는 자가 아직 잡히지도 않았는데요."

"반란이 일어나면 황제는 할 수 없이 자신이 건재하다는 것을 보여야 하지요. 아마 그런 이유에서 이곳에 오는 걸 거예요. 반역도는 진철 군관이 쫓고 있다고 들었습니다."

그때였다.

멀리서 뿔 나팔 소리가 울렸다.

빠—앙.

그 소리와 함께 굵직한 목소리가 들려왔다.

"황제 폐하 납시오."

그 목소리에 고개를 돌려보니 화산의 입구 쪽에서 황금색 가마가 들어오고 있었다.

그 가마에는 앳돼 보이는 외모의 황제가 주변을 경계하고 있었다.

황제가 도착하고 잠시 후.

철심은 비무대로 올라갔다.

하지만, 상대는 비무대 아래에서 머뭇거리고 있었다.

철심이 금강불괴라는 소문은 전 강호에 알려져 있었기 때문이다.

철심은 지금 무림, 아니 중원을 구한 영웅 중 한 명이었다.

그 모습을 위에서 지켜보던 황제는 조용히 고개를 돌렸다.

황제의 옆에는 화산파의 이한빈이 미소 짓고 있었다.

"궁금한 점이라도 있으십니까? 폐하."

"왜 상대가 올라오지 않는 것입니까?"

"힘의 차이를 느낀 것이겠지요."

"비무도 마치 전쟁과 똑같군요."

"그리 보시면 됩니다."

이한빈이 가볍게 포권하며 다시 비무대로 시선을 옮겼다.

그때.

우우웅.

엄청난 진동과 함께 비무장 전체가 흔들렸다.

이한빈은 그 누구보다 빨리 진동을 느끼고 재빨리 황제를 감쌌다.

그리고 곧 비무대와 황제가 자리한 중간 지점이 터졌다.

쾅.

콰르릉.

다행히 이한빈이 호신강기로 황제를 감싼 덕분에 황제는 무사할 수 있었지만, 갑자기 일어난 폭발에 사람들은 정신없이 자리를 피했다.

그때였다.

어디선가 불쾌한 목소리가 울려 퍼졌다.

"운이 좋군. 황제."

그 목소리는 비무대 옆의 높다란 석탑에서 들려왔다.

비무대에 올라가 있던 철심은 그를 보며 외쳤다.

"너는 누구냐?"

"나는 황제의 위에 있는 천제다."

그 답에 철심이 눈을 좁히며 말했다.

"쥐새끼 같은 놈. 빨리 내려와서 한 판 붙자."

철심의 말에 천제는 피식 웃었다.

"내가 왜? 버러지와 싸워야 하지? 내 손가락 하나로 화산 전체를 날릴 수 있는데."

그의 말에 군웅들이 웅성거리기 시작했다.

그의 말은 이곳에 폭약을 설치했다는 것을 의미했다.

무려 화산 전체를 날릴 만큼 말이다.

이에 철심이 석탑을 향해 달려들었다.

석탑을 무너뜨릴 기세였다.

그때 황제가 외쳤다.

"그만하시오."

어리지만 군주의 위엄이 깃든 목소리에 철심이 멈췄다.

그 모습을 본 황제가 고개를 끄덕이며 천제에게 물었다.

"당신은 장 환관이 아니오? 이미 권력을 쥐고 있는 당신이 무엇이 아쉬워 황제의 자리를 탐하는 것이오?"

황제가 질문을 던진 그는 환관의 수뇌이자 동창의 책임자인 장인환 환관이었다.

천제를 자칭한 장인환 환관이 피식 웃으며 말을 이었다.

"그건 아직 내 정체를 들키지 않았을 때지, 이제 그 자리를 내놓아라."

말을 마친 그는 손가락을 튕겼다.

딱.

그와 동시에 화산의 입구가 터져 나갔다.

쾅.

조금 전 황제가 올라왔던 문이었다.

지금의 폭발은 이곳에 천제의 무리가 있다는 의미였다.

누구도 섣불리 움직이지 못하는 상황.

우우웅.

우우웅.

그 순간, 갑자기 하늘에서 기괴한 소리가 들리기 시작했다.

그러더니 이내 황금색 기운이 감돌았다.

그 황금색 기운의 중심에서 이상한 물체가 쏜살처럼 아래로 떨어졌다.

그 물체는 정확히 천제가 앉은 석탑을 향해 날아갔다.

팡.

그리고 정확히 천제의 머리 위로 파공성을 내며 떨어졌다.

그 위력이 얼마나 강했는지 천제가 있던 석탑이 뿌연 가루가 되었다.

곧 먼지바람이 걷히자 누군가가 그곳에 서 있었다.

그 모습을 본 철심의 눈동자가 한없이 떨렸다.

지금 눈앞에 서 있는 이는 분명 학사 한진우였다.

"학, 학사님."

놀란 철심이 한진우에게 달려들려고 하자, 한진우가 손바닥을 내보이며 제지했다.

"잠시 기다려라."

한진우의 외침에 철심이 멈칫했다.

동시에 하늘에서 뭔가가 내려왔다.

쿵.

철심은 눈을 크게 떴다.

지금 내려온 이는 중원인의 외모가 아니었다.

그때 연이어 세 개의 빛줄기가 바닥에 내리꽂혔다.

한진우 외에 다른 네 명은 모두 중원인이 아니었다.

굳이 말한다면 서역인의 외모에 가까웠다.

한진우는 그들을 보며 조용히 말했다.

"그럼 부탁 좀 드리겠습니다."

한진우의 말에 가장 먼저 내려온 이가 합장하며 말했다.

"오늘은 살계를 범하겠습니다."

그는 말을 마치더니 순식간에 눈앞에서 사라졌다.

나머지 이들도 마찬가지였다.

동시에 주변에서 바람을 가르는 파공성이 연이어 울려 퍼졌다.

쉉.

쉉.

쉉.

그리고 한진우는 침착하게 바닥을 내려다보았다.

그곳에는 피 떡이 된 천제가 꿈틀거리고 있었다.

그 모습을 확인한 한진우는 황제를 바라보며 나지막이 외쳤다.

"이것을 좀 치워 주시지요."

한진우의 말에 정신을 차린 황제가 군관에게 명령을 내렸다.

"저자를 포박해라."

황제의 지시에 병사들이 피 떡이 된 장인환 환관을 질질 끌었다.

그때 한진우가 외쳤다.

"잠시만 기다려 주시지요."

한진우의 말에 병사들은 황제의 지시가 없었음에도 무의식적으로 자리에서 멈췄다.

한진우가 피 떡이 된 장인환 환관을 바라보며 눈을 좁혔다.

"네가 나를 회시에서 떨어뜨린 놈이지?"

아무도 한진우의 말이 뜻하는 바를 알 수 없었다.

그리고 피 떡이 된 장인환 환관은 대답이 없었다.

그 모습에 씩 웃은 한진우는 내공 대신 마음속의 화를 담아 힘껏 장인환의 옆구리를 걷어찼다.

퍽.

이상하리만큼 한진우의 타격음은 청아했다.

도가의 갈래인 화산에 딱 어울리는 소리였다.

황제는 뜻밖의 상황에 조용히 고개를 돌려 이한빈에게 물었다.

"저 사람이 대체 지금 무슨 말을 하고 있는 것입니까?"

"전에 권력에 밉보여 과거에 떨어진 적이 있다고 들었습니다. 아마 그 분풀이를 하는 것으로 보입니다."

"아."

황제는 다급히 고개를 돌렸다.

동창이 국가권력을 좌지우지해 왔다는 것은 황제도 알고 있었다.

그 중심에는 장인환 환관이 있었고 말이다.

하지만 그렇게 된 것에 대한 책임은 황제인 자신에게 있었다.

긴 탄성의 끝에 황제가 조심스럽게 말을 이었다.

"나중에 저 사람을 만나면 앞으로는 과거를 공정하게 시행하겠다고 전해 주시겠습니까?"

"네, 알겠습니다. 폐하."

이한빈의 답에 황제는 그제야 안도의 한숨을 내쉬었다.

그것도 잠시, 황제는 고개를 갸웃했다.

압도적인 무위를 가진 한진우의 모습과 그가 언급한 회시가 도저히 연결이 되지 않았기 때문이다.

황제가 다시 이한빈에게 물었다.

"대체 저분은 누구십니까?"

황제는 자신이 한진우를 저 사람에서 저분으로 바꿔 지칭했다는 것을 미처 깨닫지 못했다.

그 모습에 은은한 미소를 지으며 이한빈이 말했다.

"평범한 학사라고 하더군요. 한림관 출신의 학사 말입니다. 폐하."

"하, 학사라고요……."

"혹시 이름이……."

"한진우입니다. 폐하."

황제는 파르르 어깨를 떨었다.

한진우라면 자신도 익히 알고 있는 이름이었다.

그렇게 황제가 멍하니 한진우를 보고 있을 때였다.

한진우의 곁으로 사라졌던 이국적인 외모의 무인들이 번개처럼 나타났다.

그들의 손에는 몇 개의 수급이 들려 있었다.

탁.

탁.

그들은 바닥에 수급을 팽개쳤다.

하얀 대리석 바닥에 수급이 뿜는 핏물이 흘러내렸다.

그들은 이에 아랑곳하지 않고 한진우에게 말했다.

"다 끝났네."

"이쪽도……."

한진우는 그들의 모습에 말없이 웃고 있을 뿐이었다.

그 모습에 철심이 멀리 떨어진 곳에서 조심스럽게 물었다.

"그분들은 누구십니까?"

"아, 이쪽은 장삼봉 어르신이고 이쪽은 달마 대사님, 이쪽은 처음으로 천마라 불리셨던 분이고……. 이분은 남궁세가의 남궁장천……."

한진우의 말에 철심은 고개를 흔들었다.

다시 그들을 바라본 철심은 이번에는 눈을 비볐다.

그리고 귀를 후벼 팠다.

철심은 지금 한진우가 무슨 말을 하고 있는지 도무지 이해할 수가 없었다.

왜 고인들의 이름이 여기서 나온다는 말인가?

그때 한진우가 하늘을 올려다보며 품 안에서 붓을 꺼내 들었다.

그러고는 사방에 붓을 꽂아 넣었다.

이것은 철심과 일행에게는 익숙한 광경이었다.

사방에 진을 펼친 한진우가 달마라 소개한 일행과 함께 철심에게 다가왔다.

철심에게 온 한진우가 손을 들어 그의 어깨를 토닥였다.

"학, 학사님."

한진우의 따뜻한 손길에 철심이 떨리는 목소리로 반응했다.

그때였다.

하늘에서 다시 빛이 쏟아지기 시작했다.

셩.

셩.

그 빛은 끊임없이 바닥에 내리꽂혔다.

빛이 내리꽂힌 자리에는 여지없이 사람이 나타났다.

중원인의 모습을 한 이들이었다.

철심이 떨리는 목소리로 묻자 한진우는 어깨를 으쓱했다.

"대체……."

하지만, 철심은 계속 멍하니 생각에 빠져 있을 수만은 없었다. 또 하나의 반가운 얼굴이 한진우의 품 안에서 얼굴을 내밀었기 때문이다.

찍찍.

금비가 철심을 보며 인사를 하듯 울었다.

그 모습을 위에서 바라보던 이한빈이 놀라움에 입을 벌리다 어깨를 가늘게 떨었다.

빛과 함께 하나둘씩 나타난 이들의 얼굴이 눈에 익었기 때문이다.

그들은 청해혈사에게 이한빈과 함께 사라졌던 강호인들이었다.

이한빈은 옆을 힐끔 보며 말했다.

"폐하, 자리를 좀 비우겠습니다."

"편히 하게."

황제의 말에 이한빈은 곧장 한진우에게 날아갔다.

금세 한진우의 앞에 선 이한빈이 떨리는 목소리로 물었다.

"대체 어떻게 된 것인가? 그곳에서는 어떻게 빠져 나왔고?"

연달아 이어진 질문에 한진우가 편하게 말했다.

"그곳에도 서책은 있더라고요. 비급이라 불릴 만한 것들도 꽤 남아 있었습니다."

"그게 무슨 말인가?"

"예를 들어……."

말끝을 흐린 한진우가 오른손을 들었다.

그러자 한진우의 손 위에서 불길이 피어올랐다.

이것은 삼매진화의 수법이 아니었다.

내공이 아닌 실제 불을 보는 것 같았다.

그리고 곧 불을 거둔 한진우는 다시 얼음을 만들어 냈다.

그 모습에 이한빈이 물었다.

"그것이 무학의 끝인가?"

"아닙니다."

"그럼 무학의 끝을 보았는가?"

"아직 보지 못했습니다. 이제부터 다시 찾아봐야죠."

"무엇을 찾는가?"

한진우는 이한빈의 물음에 대답 대신 입맛을 다셨다.

그 모습을 모두가 호기심 어린 눈으로 바라보았다.

그날 태양이 서쪽으로 꼬리를 남기고 사라져 갈 무렵, 비무 대회 대신 성대한 연회가 벌어졌다.

제갈무학은 그 연회를 준비하며 한진우를 힐끔 바라봤다.

한진우의 말로는 달마와 장삼봉, 천마라 자칭한 사람들은 다른 세계로 가면서 사념이 다른 이들의 몸속으로 들어가 실체를 갖추었다고 한다.

반대편 세상에서는 계속 머물 수 있었지만, 이곳에 다시 돌아온 이상 등선의 절차를 밟아 선계로 돌아가야 한다고 했다.

이는 상단전이 개방된 제갈무학으로서도 받아들이기 힘든 이야기였다.

게다가 삼십 년 전 사라진 전대 고수들의 등장이라니.

한편, 한진우의 곁에는 강호인들과 고관대작들이 모여들었다.

그들은 궁금한 게 많았는지 한진우에게 계속 질문을 던졌다.

그들의 물음에 차 한 잔을 입술에 적신 한진우가 자리에서 일어나 모두에게 물었다.

"제 얘기가 그렇게 궁금하십니까?"

그 말에 모두가 고개를 끄덕였다.

"네."

"한 학사, 제발 말해 주게."

"저도 궁금해요."

모두의 반응을 본 한진우가 입가에 염화미소를 머금으며 말을 이었다.

"그럼 시작하겠습니다."

뜻밖의 이야기가 한진우의 입에서 흘러나오자 모두가 눈을 크게 떴다.

그들의 표정을 본 한진우가 진지한 표정으로 말을 이었다.

"참, 제 강의는 공짜가 아닙니다."

한진우의 말에 옆에서 듣던 제갈무학이 헛숨을 토했다.

한진우는 반대편 세계에서 보낸 시간이 십 년이라 했다.

그런데 변한 것은 전혀 없었다.

모두가 어리둥절해하자 한진우는 더욱 진한 미소를 지으며 입을 열었다.

"제가 혼돈의 중심이란 문에 처음 발을 들였을 때의 일입니다. 주위는 온통 황금색이었죠. 성현들은 흔히 말씀하시죠. 황금 보기를 돌같이 하라고요……."

한진우의 입은 물레방아를 달아 놓은 듯 쉴 틈 없이 움직였다.

그 모습에 제갈무학이 입을 떡 벌렸다.

벌써 한 시진이 지났지만 아직도 혼돈의 중심이라는 문에서 빠져나가기 전이였다.

대체 할 이야기가 얼마나 많은 건지, 한진우는 마치 그동안 못 한 강의를 한 번에 풀어내는 것 같았다.

힐끔 옆을 보니 황제가 허벅지를 꼬집고 있었다.

졸음을 참고 있는 것이었다.

한진우는 주변의 시선에는 아랑곳하지 않고 한이 맺힌 듯 강의를 이어 나갔다.

"이 현상을 노자의 관점에서 본다면……."

제갈무학도 이를 꽉 깨물었다.

이제는 어느덧 달이 차올랐다.

하지만 한진우의 강의는 멈출 줄 몰랐다.

"아."

제갈무학이 낮게 탄성을 흘렸다.

모든 강호인과 고관대작, 그리고 황제를 앞에 두고 강의를 하는 모습은 바로 제갈무학이 봤던 천기의 일부분이었다.

제갈무학은 알고 있었다.

한진우의 이 강의가 마지막이 아닌 시작이라는 것을 말이다.

《비급 먹는 학사님》 마칩니다

맹물사탕 현대 판타지 장편소설

다시 사는 재벌가 망나니

1994년으로 돌아간 재벌가의 사냥개 슈퍼 국민학생 되다!

억울하게 재벌가 망나니와 함께 죽었는데
눈떠 보니 30년 전 초딩, 아니 국딩?
심지어 내가 아닌 그 망나니 놈의 몸!

정신없는 재벌가의 밥상머리 경제학과 함께
시나브로 회복하는 망나니 시절의 평판
과거 지식으로 연예계, IT 안 가리는 사업 성공까지

"그나저나…… 30년 뒤 이 몸을 죽이라고 사주한 건 누구지?"

재벌가 도련님으로 시작하는 두 번째 인생
엄친아를 뛰어넘는 국딩 CEO 라이프!

ROK
MEDIA
롱크미디어

폐황제가 되었다

송제연 판타지 장편소설

팔자 편한 빙의물은 가라!
고생길 예약된 독자 출신 폐황제가 보여 주는
본격 스포 주의 생존기!

인기 없는 판타지 소설 '포킹덤'의 유일한 독자 민용
갑작스러운 완결 소식에 놀랄 새도 없이
다음 날, '포킹덤'의 폐황제 익스가 되어 눈을 뜨는데……

'그런데 이 녀석…… 사흘 뒤에 죽지 않나?'

외진 땅, 부족한 인재, 부실한 재정
뭐 하나 멀쩡한 게 없는데 복수까지 왔다 갔다 한다?
믿을 구석은 대류 곳곳에 숨어 있는 인재들뿐!

앞일을 내다보는 황제에게 불가능은 없다
모든 건 내 머릿속에 있을지니!